Ralf Schwob

Osthafen

Frankfurt-Krimi

mainbook

ISBN 978-3-948987-86-2
Copyright © 2024 mainbook Verlag
Alle Rechte vorbehalten
Lektorat: Gerd Fischer
Coverdesign und Umschlaggestaltung: Florin Sayer-Gabor –
www.100covers4you.com
Bildrechte: © Salim Chauhan Photography/ shutterstock

Auf der Verlagshomepage finden Sie weitere spannende Bücher:
www.mainbook.de

Der Autor

Ralf Schwob, geboren 1966 im südhessischen Groß-Gerau, Ausbildung und Berufstätigkeit als Krankenpfleger, später Abitur auf dem Zweiten Bildungsweg und Studium der Germanistik. Lebt heute mit seiner Familie in Groß-Gerau und arbeitet als Buchhändler und Autor. Für seine schriftstellerische Arbeit wurde er mit verschiedenen Preisen ausgezeichnet. Er veröffentlichte zuletzt die Krimis „Last Exit Goetheturm", „Holbeinsteg" und „Das Präsidium" im Societäts-Verlag und „Tod im Gleisdreieck" im mainbook Verlag.

Wasted and wounded
And it ain't what the moon did
I've got what I paid for now …

Tom Waits

Für Jay Wicked – I guess we will meet again in the end

November 2020: Lockdown light

Frankfurt am Main, Zeilsheim

In der Jahrhunderthalle läuft gar nichts mehr und sogar den kleinen Zeilsheimer Weihnachtsmarkt hat der Vereinsring schon mal vorsorglich abgesagt, weil man die Auflagen des Ordnungsamtes nicht werde einhalten können. Und in der Gastronomie? Keine Geburtstage, keine Hochzeiten und erst recht keine Weihnachtsfeiern in diesem Jahr. Nix. Nada. Nothing.

Den ersten Lockdown im Frühjahr hat Wilfried Bolz noch klaglos mitgemacht, aber jetzt ist Schluss. Er steht in dem engen Gang zwischen Küche und Tresen, klappt die Sicherungen nach oben und die Lichter im Schankraum gehen an. Alles wie sonst auch, nur die Rollläden bleiben unten und die Vordertür geschlossen. Dafür ist das kleine Tor zur Hofeinfahrt geöffnet und jeder, der es wissen will, kann sich selbst zusammenreimen, was das heißt. Über den Hof gelangt man zum Hintereingang der Gaststätte und von dort über einen Flur in den Schankraum.

Es ist Freitagabend und Bolz muss nicht lange warten, bis die ersten Gäste eintrudeln, manche tragen Masken, andere nicht. Sie betreten den Schankraum zögernd, als hätten sie Angst, in eine Falle zu tappen. Er nickt ihnen aufmunternd zu, wartet geduldig, bis sie Platz genommen haben, und kommt mit den Speisekarten an den Tisch.

„Schnitzelessen ist kein Verbrechen", sagt er zur Begrüßung und die Gäste lachen und für einen Moment ist es so, als gäbe es die ganze Pandemiescheiße nicht.

„Wenn Sie drauf bestehen, setze ich natürlich so ein Ding auf", sagt er und deutet auf die OP-Maske, die einer seiner

Gäste gerade langsam vom Gesicht nimmt. „Aber wenn es Ihnen egal ist, ist es mir auch egal."

Die Gäste lachen erneut und Wilfried Bolz reicht lächelnd die Speisekarten herum.

In der Küche bereitet Maria die Fritteuse vor, wäscht den Salat und sieht nicht zu ihm auf, als er wenig später den Kopf in die Durchreiche steckt und ihr die Bestellungen zuruft. Ein kaum merkliches Kopfnicken ist alles, was er heute von ihr als Antwort bekommt.

Von mir aus, denkt Bolz, dann eben so.

Er zapft gerade die ersten Biere des Abends, als die Skatrunde eintrifft. Die Männer grinsen und zeigen ihm den erhobenen Daumen, bevor sie sich an ihrem Stammplatz niederlassen. Es wird ein stinknormaler Freitagabend werden, die Gespräche an den Tischen vielleicht ein wenig gedämpfter und die Skatbrüder etwas leiser beim Auftrumpfen, aber sonst alles wie immer. Er steht hinterm Tresen, zapft und serviert, und Maria klopft in der Küche die Schnitzel.

Traditionsgaststätte Bolz, steht auf den Speisekarten, *seit 1924 in Familienbesitz*. Sein Großvater hat das Lokal trotz Krieg, Zerstörung und Inflation für die nachfolgenden Generationen erhalten, und er würde nicht zulassen, dass ein chinesischer Schnupfenvirus vier Jahre vor dem 100-jährigen Jubiläum das Lebenswerk seiner ganzen Familie ruiniert. Mag ja sein, dass ein paar Hochbetagte und Schwerkranke daran sterben, aber gestorben wird schließlich immer und überall.

Maria stellt die ersten Teller mit den Salaten in die Durchreiche und zieht sich sofort wieder zurück. Aus der Küche hört er das Zischen der Fritteuse, am Tisch vorne links mischt einer die Karten für die erste Runde. Wilfried Bolz serviert die Salatbeilage und kehrt gerade hinter seinen Tresen zurück, als Herbert Schaller den Schankraum betritt und sich mit einem Gesicht umsieht, als habe er Zahnschmerzen.

Der Schreck, der Bolz in die Glieder fährt, währt nur kurz, dann hat er sich wieder im Griff. Er nickt Herbert zu, der im Türrahmen stehengeblieben ist, nimmt eine Pilstulpe aus der Halterung über der Theke und beginnt mit dem Zapfen.

„Wilfried", sagt Herbert nach einer Weile, tritt an den Tresen heran und lässt die Arme hängen. „Wilfried, das geht so nicht."

„Was meinst du? Du trinkst doch immer Pils, wenn du herkommst", erwidert er ohne aufzusehen und gibt sich besondere Mühe bei der Schaumkrone.

„Du weißt genau, was ich meine …"

Bolz lässt das Glas noch einen Moment stehen und abtropfen, dann schiebt er es über den Schanktisch und sieht Herbert Schaller herausfordernd ins Gesicht. Nicht dass davon viel zu sehen ist, denn sein Gegenüber trägt eine FFP2-Maske, die ihn offenbar beim Atmen behindert. Jedenfalls schnauft der untersetzte Mann beträchtlich und die Maskenflügel ziehen sich beim Einatmen jedes Mal zusammen.

„Herbert, wie lange kennen wir uns schon?", fragt Bolz betont ruhig und freundlich.

„Darum geht es doch nicht, darum darf es auch gar nicht gehen, das weißt du doch …"

„Ein Leben lang kennen wir uns schon, falls du es vergessen haben solltest."

Schaller nickt. „Ja, ein Leben lang, ja. Aber das bedeutet nicht, dass ich für dich eine Ausnahme machen kann."

„Ach ja? Spricht jetzt der Herr Oberamtsrat, oder was?"

Schaller sieht ihn unverwandt an, hebt die Schultern und lässt sie wieder fallen.

Bolz schiebt das Bierglas noch ein Stück weiter über den Tresen und verschränkt dann die Arme vor der Brust. „Warum trinkst du nicht einfach dein Bier wie sonst auch? Geht aufs Haus."

Kleine Schweißperlen bilden sich auf Herbert Schallers Stirn. Im Schankraum ist es jetzt ganz still. Die Skatbrüder starren stumm in ihre Karten und die anderen Gäste sitzen wie gelähmt vor ihren unberührten Salaten. Ein junger Mann kommt durch den Flur in den Gastraum, sieht Schaller am Tresen stehen und geht wieder.

„Als du zum zweiten Mal geheiratet hast und noch bisschen klamm warst, wo hast du da gefeiert?", fragt Bolz scheinbar beiläufig und sieht, wie Herberts Stirn und Hals sich rot färben. „Und was habe ich dir damals dafür als Pauschale berechnet?"

Die Gäste an Tisch vier lassen ihre Salate stehen und stehen langsam auf. Bolz sieht, wie einer von ihnen einen Geldschein auf den Tisch legt, dann verschwinden sie wortlos durch den Hinterausgang. Er sieht ihnen nach und murmelt: „Offenbar ist Schnitzelessen heutzutage doch schon ein Verbrechen."

„Wilfried, sei doch vernünftig. Ich muss dich bitten ..."

„Was musst du mich bitten, Herbert? Was?" Bolz schlägt mit der flachen Hand auf den Tresen.

Schaller hebt beschwichtigend die Hände und tritt einen Schritt zurück. Er ist einen Kopf kleiner als der massige Wirt. Nun erheben sich auch die Skatbrüder und schleichen davon.

„Bist du jetzt zufrieden? Ja? Hast mir alle Gäste vergrault!"

„Du darfst derzeit gar nicht bewirten, das weißt du doch."

„Und von was soll ich leben, du Schlaumeier? Du hast gut reden, sitzt dir den Arsch platt in deiner Amtsstube und kriegst jeden Monat pünktlich dein Gehalt, aber ich verdiene nichts ohne zahlende Gäste! Ich gehe vor die Hunde!"

„Du ... du bekommst doch Überbrückungsgeld ... der entsprechende Antrag ist doch ..."

„Ich scheiß dir was auf Eure Almosen!", schreit Bolz und kommt mit großen Schritten um den Tresen herum. Schaller weicht immer weiter vor ihm zurück in den Schankraum.

Ein Leben lang, denkt Wilfried Bolz und sieht die Angst in den Augen des Anderen. Sie sind seit der Grundschule befreundet – und jetzt das.

„Willy, mach doch keinen Unsinn …", stammelt Schaller und hebt erneut die Hände.

„Das reicht jetzt!", hört Bolz plötzlich jemanden hinter sich sagen und dreht sich überrascht um. Maria steht in der Küchentür und hält ein kariertes Geschirrtuch in den Händen. „Es reicht!"

„Geh wieder in die Küche", sagt Bolz, aber seine Frau schüttelt nur stumm den Kopf. Sie faltet das Geschirrtuch akkurat zusammen, legt es auf den Tresen und beginnt, sich die Schürze aufzuknoten.

„Maria, was machst du denn da?"

Erneut schüttelt sie den Kopf. Aus den Augenwinkeln sieht Bolz, wie Herbert Schaller eilig den Schankraum verlässt.

Wilfried Bolz versucht, seine Frau am Arm zu fassen, aber sie entzieht sich ihm und verlässt ebenfalls die Gaststätte. Er hört ihre kleinen, schnellen Schritte auf der Treppe, die zu ihrer gemeinsamen Wohnung über dem Lokal führt. Jetzt steht er allein inmitten des Schankraums. Auf dem Tresen neben Marias Schürze und dem karierten Handtuch steht noch das Bier, das er für Herbert gezapft hat. Die Schaumkrone ist in sich zusammengefallen.

„So ist das also", knurrt Wilfried Bolz, „so ist das also … das habt ihr euch ja alle schön ausgedacht …"

Er geht ein paarmal gehetzt im Raum auf und ab, kehrt zum Tresen zurück, nimmt das Bierglas und trinkt es mit großen Schlucken aus, betrachtet das leere Glas in seiner Hand, als sehe er es in diesem Moment zum ersten Mal, und wirft es an die gegenüberliegende Wand, wo es in einem Scherbenregen zersplittert.

„Haut nur alle ab!", schreit er, „haut ab, ich brauche euch nicht, keinen von euch brauche ich! Keinen!"

Frankfurt am Main, Bahnhofsviertel

Siggi parkt seinen feuerroten Camaro am frühen Nachmittag direkt vor dem Eingang des Clubs im absoluten Halteverbot.

Hinter den rot getönten Scheiben des Puffs brennt kein Licht, die Doppeltür mit der Aufschrift „Girls, Girls, Girls" ist geschlossen. Seit man die Bordelle wegen der Pandemie dichtgemacht hat, läuft das Geschäft illegal auf der Straße. Die Türsteher sind gereizt, weil es nichts zu kontrollieren gibt, und die Mädchen, die keine andere Wahl haben, laufen scheinbar absichtslos durch die Gegend oder stehen in dunklen Hauseingängen. Ihre Zuhälter sitzen währenddessen gelangweilt in den am Straßenrand geparkten Autos und spielen mit ihren Handys.

Siggi steigt aus seinem Wagen und sieht sich um. An der Tür, die in das Treppenhaus neben dem Club führt, hängt ein mit Lippenstift gemaltes Schild: „Auch an Sexarbeit hängen Existenzen".

Ja, denkt Siggi grimmig, zum Beispiel meine. Er schließt auf, verschwindet im Hauseingang und nimmt die Treppe nach oben. Im ersten Stock des Altbaus betritt er ein fast leeres Zimmer. Lediglich zwei einfache Holzstühle und ein Bettgestell aus Messing mit einer nackten Matratze darauf befinden sich in dem Raum. An der Schmalseite des Zimmers hängt ein Spiegel, in der gekachelten Ecke zu seiner Linken ist ein einfaches Waschbecken an die Wand geschraubt. Ein verblichenes grauweißes Handtuch hängt an einem Haken daneben. Die Luft riecht süßlich schwer und ein bisschen nach kaltem Rauch.

Siggi durchquert das Zimmer mit großen Schritten, öffnet das Fenster und sieht hinunter auf die Straße. Drei junge Männer mit Bierdosen in der Hand stehen gegenüber vor dem Eingang eines Table-Dance-Ladens. Sie stoßen sich gegenseitig an und machen eindeutige Handbewegungen, lachen laut und überqueren breitbeinig die Straße, als könne ihnen keiner was. Ihre medizinischen Masken hängen ihnen wie Lätzchen unterm Kinn. Landeier, die wahrscheinlich zum ersten Mal im Frankfurter Bahnhofsviertel unterwegs sind, und das ausgerechnet im Lockdown.

Siggi reibt sich die Nasenwurzel mit Daumen und Zeigefinger, er hat Kopfschmerzen. Einen Moment schließt er die Augen, und als er sie wieder öffnet, stehen die Jungs unten vor dem Club. Einer lehnt sich mit seinem fetten Hintern an Siggis Camaro. Der Junge trinkt einen Schluck, rülpst und zerquetscht die Leichtmetalldose zwischen seinen Fingern. Als er Siggis Pfiff hört, sieht er sich suchend um, legt schließlich den Kopf in den Nacken und sieht ihn am offenen Fenster stehen. Ruckartig bewegt sich der Junge mit der zerdrückten Bierdose in der Hand von dem Camaro weg und hebt entschuldigend eine Hand, seine beiden Freunde treten feixend zu ihm, verstummen aber sofort, als sie Siggi am Fenster stehen sehen, der nichts weiter tut, als zu ihnen runterzusehen.

Die Jungs trollen sich und Siggi schließt das Fenster.

Früher wäre er nach unten gegangen und hätte es nicht bei bösen Blicken belassen, mittlerweile setzt er seine Mittel sparsamer ein. Mit Ende vierzig ist seine Reaktionsschnelligkeit nicht mehr die Beste und den härtesten Punch hat er auch nicht mehr. Siggis Überlebensstrategie ist deshalb, wenn es unbedingt nötig ist, immer als Erster zuzuschlagen, und zwar dahin, wo es wehtut. Wo es richtig wehtut. Meistens ist dann Ruhe im Karton.

Aber vorlaute Möchtegern-Freier, die angesoffen über die Taunusstraße stolpern, auf offener Straße zu verprügeln, ist unnötig. Die rennen am Ende noch zur Polizei, und die kann Siggi jetzt überhaupt nicht gebrauchen. Er ist froh, den Job bei den Rumänen zu haben. Die bezahlen ihn unter anderem auch dafür, weil er weiß, wie man in dieser schönen Stadt am Main unter dem Radar der Bullen bleibt.

Er geht ein paar Schritte auf den knarrenden Holzdielen durch den Raum und bleibt vor dem bodentiefen Spiegel stehen. Es gibt Leute, die ihm eine Ähnlichkeit mit Lemmy, Sänger und Bassist der englischen Heavy-Metal-Band Motörhead, nachsagen, der nach einem exzessiven Leben vor ein paar Jahren gestorben ist. Der Mann war allerdings schon fast siebzig, während Siggi noch nicht einmal die Fünfzig erreicht hat.

Neuerdings hat er diese Kopfschmerzen, die sich vollkommen anders anfühlen als der gewohnte dicke Kopf nach zu viel Bier und Schnaps. Die Kopfschmerzen, die ihm seit ein paar Wochen zu schaffen machen, kommen anfallartig wie aus heiterem Himmel und fühlen sich an, als würde ihm jemand mit einer heißen Stricknadel im Gehirn herumstochern. Wahrscheinlich wird er einfach nur alt und lässt nach, von früher kennt er so einen Scheiß jedenfalls nicht. Er greift in seine Jackentasche und holt einen Blister mit Schmerztabletten heraus, drückt sich zwei auf die Hand und schluckt sie ohne Wasser herunter, dann zündet er sich eine Zigarette an.

Als er wenig später Schritte auf dem Flur hört, macht er sich bereit. Die Tür in seinem Rücken wird aufgerissen und jemand in den Raum gestoßen, ein Mann flucht, eine Frau wimmert, dann fällt die Tür wieder krachend ins Schloss und alles ist still, bis auf den schweren, zitternden Atem der Frau.

Siggi bläst den Rauch seiner Zigarette gegen die Fensterscheibe und sieht dabei zu, wie sich der blaue Dunst über dem Glas verteilt. Ohne sich umzudrehen, fragt er: „Wie heißt du?"

Die Frau flüstert etwas, das er nicht versteht. Er wartet einen Moment, dann fragt er sie erneut, diesmal betont langsam: „Wie heißt du?"

„Sofia …", entgegnet die Frau, diesmal laut genug. Sie hat eine tiefe, aber dennoch weibliche Stimme.

Siggi zieht noch einmal an seiner Zigarette, stößt den Rauch aus und dreht sich langsam um.

Sofia steht in der Mitte des Zimmers, so wie sie alle am Anfang hier stehen: Jeans und Billig-Sneaker, eine dünne Kunstlederjacke über der zerknitterten, tiefausgeschnittenen Bluse, den Nylon-Rucksack mit ihren paar Habseligkeiten mit beiden Händen schützend vor den Bauch gehalten. Diese hier ist klein und sehr schmal, wahrscheinlich mit viel zu wenig Oberweite. Dafür mandelförmige braune Augen, dunkle lange Haare, leichter Teint, den Mund trotzig nach unten verzogen.

Siggi zieht einen der beiden Stühle heran und postiert ihn in der Mitte des Raums.

„Setz dich!"

Sofia sieht abwechselnd den Stuhl und Siggi an. Ihr Atem hat sich beruhigt. Er will sie gerade erneut auffordern, sich hinzusetzen, als Sofia sich mit dem Rucksack auf den Knien zögernd niederlässt, als könne es sich bei dem Angebot um eine Falle handeln.

Siggi geht mit der Zigarette im Mund um den Stuhl herum, streicht ihr über die Haare, bündelt sie mit einer Hand zu einem Zopf und legt so ihren Nacken frei, rechts und links des Haaransatzes kräuseln sich dunkle Nackenhärchen. Er holt einen einfachen Gummiring hervor und fixiert die gebündelten Haare mit ein paar schnellen Griffen zu einem Pferdeschwanz, den er ihr über die Schulter legt.

„So", sagt er.

Das Mädchen schweigt.

„Wie heißt du?"

„Sofia …"

„Das stimmt nicht", sagt Siggi sanft und wartet, ob sie darauf etwas erwidern wird, was das Mädchen aber nicht tut.

Vielleicht versteht sie ihn gar nicht, vielleicht aber doch und sie will aufsässig sein. Egal.

„Du heißt ab heute Angelina", sagt Siggi, als spreche er eine einfache, unverrückbare Tatsache aus. Er streicht ihr mit zwei Fingern zärtlich über die dunklen Härchen in ihrem Nacken, dann fragt er erneut: „Wie heißt du?"

„Sofia …", erwidert das Mädchen leise, aber bestimmt.

Siggi seufzt. Die Zigarette in seiner linken Hand ist bis zur Hälfte heruntergebrannt. Er zieht noch einmal kurz daran, ascht ab und führt die rotglühende Spitze an ihre feinen Nackenhärchen. Als sie die Hitze auf der Haut spürt, beginnt sie, unruhig auf dem Stuhl herumzurutschen, und Siggi drückt sie mit der rechten Hand zurück auf die Sitzfläche. Der Geruch nach angesengten Haaren steigt auf.

„Wie heißt du?"

Das Mädchen sagt nichts. Siggi spürt, wie ein Beben durch ihren Körper läuft, ihr Atem wieder schneller und ungleichmäßiger wird. Er nimmt die Zigarette zwischen die Lippen und zieht erneut daran, hält sie dann zwischen Daumen und Zeigefinger und wartet.

„Wie heißt du?"

„Ich … heiße …"

Siggi winkelt den Arm mit der Zigarette ab, beugt sich zu ihr herunter und bringt sein Ohr so nah an ihre Lippen, bis er ihren warmen Atem spürt.

„Sofia …", flüstert das Mädchen und eine Träne läuft ihr dabei über die Wange.

Siggi nickt. Irgendwie hat er das schon erwartet. Er lässt noch ein paar Sekunden verstreichen, tritt wieder hinter das Mädchen, drückt ihr mit der linken Hand den Kopf brutal nach vorne und drückt mit der rechten die glühende Zigarettenspitze in ihrem Nacken aus.

Groß-Gerau, Nordsiedlung

Nach der Beerdigung kehrt Dr. Alexander Bühler allein nach Hause zurück. Er parkt in der Einfahrt, lockert die schwarze Krawatte, lehnt sich im Fahrersitz zurück und sieht durch die Windschutzscheibe nach draußen. Er sucht nach einem fremden Fahrzeug in der Straße, kann aber keines entdecken. Gelbe Blätter liegen auf dem Bürgersteig und in den Vorgärten, die Bäume sind fast schon kahl, eine matte Herbstsonne, die nicht mehr richtig wärmt, steht am Himmel. Auf dem Beifahrersitz liegt die CD mit den Musikstücken, die Sylvia noch selbst ausgesucht hat. Er überlegt, ob er einfach hier sitzenbleiben und die CD noch einmal hören soll, um den köstlichen Schmerz zu verlängern.

Eine Bewegung vor dem Auto lässt ihn zusammenzucken. Jemand entfernt sich aus seinem Blickfeld und Bühler fährt mit wild schlagendem Herzen hektisch herum, erkennt aber dann, dass es sich nur um den alten Schubert aus der Nachbarschaft handelt, der mit seinem verzottelten Hund in den verwilderten Weg zwischen den Häusern einbiegt. Den schmalen, mit Unkraut überwucherten Grünstreifen zwischen Bühlers Grundstück und dem Acker hat der Hund seit einiger Zeit als Lieblingsort für sein großes Geschäft auserkoren. Früher hat er sich darüber geärgert, heute ist es ihm egal. Alexander Bühler legt die Stirn aufs Lenkrad und schließt einen Moment die Augen, wieder denkt er an die CD, entscheidet sich nun aber endgültig dagegen, sie noch einmal zu hören.

Er sitzt noch eine Weile so da, bevor er aus dem Wagen aussteigt und ins Haus geht. Er lässt die Haustür einen Spaltbreit offen, nimmt im Flur die schwarze Krawatte ab, öffnet die obersten Hemdknöpfe, hält den Atem an und lauscht, aber bis auf das leise Pochen der Heizung ist es still im Haus.

„Hallo?", ruft er nach einer Weile und bemüht sich, seiner Stimme einen festen Ton zu geben. „Sind Sie schon hier?"

Alexander Bühler bekommt keine Antwort. Offenbar hat er noch etwas Zeit.

Er hat sich in den letzten Tagen schon ein paarmal von allem verabschiedet, aber jetzt geht er doch noch einmal durch die Zimmer im Erdgeschoss. In der Küche steht noch die Tasse, aus der er heute früh Kaffee getrunken und sich anschließend in der Toilette übergeben hat, in der Spüle. Im Arbeitszimmer seiner Frau nimmt er die gerahmte Fotografie vom Klavier und geht damit ins Wohnzimmer. Hier ist es heller als in den anderen Räumen, die Sonne fällt durch die großen Fenster in den Raum und taucht die Sofalandschaft und die Bücherregale in sanftes vormittägliches Licht. Er steht eine Weile unentschlossen mit der Fotografie in den Händen am Fenster. Über das offene Feld hinweg kann er in der Ferne durch die herbstlich entlaubten Büsche und Bäume das Schützenhaus sehen. Der Inhaber des dortigen Restaurants hat auf dem Vorplatz die rotgelbe spanische Fahne gehisst. Am Waldrand gegenüber parken ein paar Autos, vermutlich Mitglieder des Schützenvereins, die auf dem unterirdisch gelegenen Luftgewehrstand zu tun haben.

Er sieht den Nachbarn mit seinem Hund zwischen Gartenzaun und Feld durchs Gras stapfen. Der alte Mann hebt kurz die Hand zum Gruß, als er ihn am Fenster stehen sieht. Bühler lächelt und winkt zurück. Danach entfernt er sich vom Fenster, stellt das Bild seiner Frau auf den niedrigen Couchtisch und öffnet den Glasschrank mit seinen Whiskys. Er holt den guten Scotch, den er ganz hinten im Schrank versteckt hat, heraus, schenkt sich einen Doppelten ein, nimmt einen großen Schluck und schließt die Augen.

Alexander Bühler spürt, wie er etwas ruhiger wird. Er trinkt erneut von dem edlen Whisky, behält das Glas in der Hand und lässt sich im Sessel vor Sylvias Bild nieder. Die

Aufnahme ist an einem warmen Tag im letzten Frühjahr auf der Terrasse entstanden. Seine Frau war von der Chemotherapie geschwächt, aber das sieht man ihr auf dem Bild nicht an. Sie trägt ein buntes Kopftuch und lacht über etwas, das er kurz davor gesagt hat. Bühler weiß nicht mehr, was es war. Er weiß nur noch, dass es einer der letzten Abende war, an denen sie draußen sitzen konnten. Im Sommer dann, als die Temperatur auch abends nicht unter zwanzig Grad fiel, war sie schon viel zu schwach dazu.

Er hat heute alles genau so gemacht, wie sie es sich gewünscht hat. Er hat in der Aussegnungshalle vor ihrer Urne gesessen und noch einmal ihre Lieblingssonaten gehört, danach hat er die Urne mit der Asche seiner Frau eigenhändig zu Grabe getragen. Da er der einzige Trauergast in der Kapelle war, musste er noch nicht einmal eine Maske tragen. Der Mann vom Beerdigungsinstitut hat ihm mit einem Nicken kondoliert. Und nun ist alles getan. Sylvia ist tot – und er wird es auch bald sein.

Alexander Bühler nimmt gerade den letzten Schluck Whisky aus dem Glas, als er Schritte vor dem Haus hört. Er überlegt, ob er sich noch schnell aus der Flasche nachschenken soll, entscheidet sich aber dagegen. Es ist genug.

Die Schritte nähern sich über die Außentreppe der Haustür, verharren einen Moment, dann hört er sie im Flur. Alexander Bühler stellt das Glas vorsichtig auf dem Tisch ab und setzt sich aufrecht in den Sessel, den Rücken durchgedrückt. Jetzt sind keine Schritte mehr zu hören, er spürt, dass die Person, die das Haus betreten hat, nun im Türrahmen direkt hinter ihm steht. Bühler schließt die Augen, er ist bereit.

Irgendwo hat er einmal gelesen, dass man den Schuss gar nicht mehr hört, wenn einem auf kurze Distanz in den Hinterkopf geschossen wird. Er hofft nur, dass die Person im Türrahmen ihr Geschäft versteht und keine halben Sachen macht.

Obwohl er sich einredet, mit dem Leben abgeschlossen zu haben, quälen ihn Fluchtreflexe, die mit jeder Sekunde schlimmer werden. Als er es nicht mehr aushält, stößt er empört hervor: „Nun machen Sie schon, verdammt nochmal!"

Tatsächlich hört er darauf ein metallisches Klicken, als nächstes jedoch keinen Schuss. Die Frau, die stattdessen mit großen Schritten das Wohnzimmer betritt, trägt enge Jeans und weiße Sneaker, sie ist groß und schlank und hat sich die blonden Haare zu einem straffen Pferdeschwanz zusammengebunden. In der linken Hand trägt sie einen geflochtenen Korb, in dem eine karierte Decke liegt. Sie sieht aus, als sei sie gerade unterwegs, um ein paar Besorgungen zu machen, nur die halbautomatische Pistole mit aufgesetztem Schalldämpfer in ihrer rechten Hand wirkt deplatziert.

„Darf ich mich einen Moment setzen?", fragt sie freundlich und ohne hörbaren Akzent.

„Habe ich eine Wahl?", entgegnet Bühler mit belegter Stimme. Er kann das Adrenalin spüren, das ihm durch den Körper schießt, seine Knie zittern und sein Mund scheint von einer auf die andere Sekunde vollkommen ausgetrocknet zu sein.

Die Frau lächelt und setzt sich in den Sessel auf der anderen Seite des Tisches. „Eigentlich nicht."

Sie richtet die Pistole auf ihn und stellt den Korb neben sich auf den Boden. Bühler versteht sofort. Nach erledigter Arbeit wird sie die Pistole darin verschwinden lassen. Und wenn jemand sie so aus dem Haus kommen sieht, ist sie nur eine Nachbarin oder Bekannte, die dem armen Witwer etwas zu essen gebracht hat. Jetzt wundert er sich auch nicht mehr darüber, dass sie eine Frau geschickt haben.

Eine Weile sitzen sie sich schweigend gegenüber, bis die Frau auf das leere Whiskeyglas deutet: „Nehmen Sie ruhig noch einen."

„Was soll das?"

„Trinken Sie!"

„Die Flasche ist drüben im Schrank."

Die Frau steht auf, holt den Scotch, schenkt ihm großzügig ein und setzt sich wieder. Sie legt die Pistole vor sich auf den Tisch und fragt: „Kein Eis?"

„Hören Sie bitte auf damit ..."

„Trinken Sie!"

Bühler atmet tief durch. Er muss das Glas mit beiden Händen nehmen, so sehr zittern seine Finger. Offenbar hat man die Frau instruiert noch ein bisschen mit ihm zu spielen, die Sache nicht zu schnell zu Ende zu bringen – was etwas verwunderlich ist, schließlich gibt es keine Kränkungen, keinen Grund für Rache, es geht nur um Geld, und die Leute, denen er es schuldet, hat er nie persönlich kennengelernt.

Bühler nippt an seinem Glas und ist froh, als es ihm gelingt, den Whisky hinunterzubekommen, ohne dass er sich dabei verschluckt.

„Besser jetzt?", fragt die Frau und hebt die Augenbrauen.

Bühler schüttelt den Kopf.

„Sie müssen keine Angst haben. Ich bin hier, um Ihnen ein Angebot zu machen, also entspannen Sie sich."

„Ein Angebot?"

Die Frau nickt. „Sie sind doch Arzt, oder?"

Bühler schließt die Augen. „Man hat mir die Approbation entzogen. Ich dachte, das wäre Ihnen bekannt ..."

„Eine Approbation ist für unsere Zwecke nicht nötig."

Bühler öffnet die Augen wieder und greift nach seinem Glas, die Frau sieht es und lächelt.

„Also, hören Sie zu ..."

Bukarest, Ferentari im 5. Sektor

Unten spielen die Kinder zwischen den Müllhaufen und nebenan schlägt Adrianas Vater mit der flachen Hand so fest auf den Küchentisch, dass die dünnen Wände wackeln. Sie hört ihre Brüder lachen und das Baby ihrer jüngsten Cousine schreien. In diesem Haus ist es nie still, noch nicht einmal nachts, irgendwo läuft immer ein Radio oder ein Fernseher, stolpert ein Betrunkener krakeelend durchs Treppenhaus.

Im Stockwerk drüber tanzt jemand zu den Songs von Florin Salam, die Lampe an der Decke wippt im Rhythmus des Manele-Sounds, und wenn die Musik einmal kurz aussetzt, legt Cosmin seinen kleinen Kopf schräg, presst das Ohr an die Wand und lauscht, als habe sich die Musik darin versteckt. Adriana will, dass er runtergeht und mit den anderen Kindern spielt, aber da reißt Cosmin erschrocken die Augen auf, hält sich die Ohren zu und schreit. Vielleicht, denkt sie, vielleicht ist er wirklich nicht ganz richtig im Kopf. Wäre ja kein Wunder bei dem Vater. Und dann denkt sie wieder daran, was Bogdan gesagt hat und ihr Herz schlägt ein klein bisschen schneller.

Unter den bunten Regenschirmen in der Altstadt hat er sie zum ersten Mal geküsst. In der Viktoria-Passage zwischen all den feinen Leuten. Und wie weich seine Lippen waren. Und wie schüchtern er sich gleich darauf wieder zurückgezogen hat, als hätte er etwas falsch gemacht. Adriana erinnert sich an den Lavendelduft seines frischgewaschenen Hemdes und den Ledergeruch seiner neuen Jacke und an das herbe Aftershave, das er nach dem Rasieren aufgetragen hat. Die anderen Männer hier im Viertel riechen alle nach kaltem Rauch und altem Schweiß. Dass es Männer wie Bogdan überhaupt gibt, kann Adriana immer noch kaum glauben. Sie kannte ja bisher nur Typen wie Petre, der sie schon beim ersten Treffen befummeln und mit ihr ins Bett wollte. Sie hat sich damals vor ihm geekelt, aber ihre Cousinen haben nur gelacht. Männer sind halt so, haben sie gesagt, und dass man sich daran gewöhnt. Aber Adriana wollte sich nicht daran gewöhnen und ist ihm aus dem Weg gegangen, bis er sie eines Abends auf dem Nachhauseweg im Dunkeln abgepasst hat. Da hat sie ihn halt machen lassen, weil sie hoffte, endlich Ruhe vor ihm zu haben. Adriana war damals noch keine siebzehn Jahre alt und danach sofort schwanger, und Petre ist keine Woche später in den Autobus gestiegen und hat sich auf Nimmerwiedersehen davongemacht.

Die Musik setzt wieder ein und Cosmin strahlt. Er hebt seinen Finger, die Lippen bewegen sich lautlos, die Augen starren angestrengt gegen die Wand, als müsse er in seinem Kinderköpfchen ständig irgendwelche Rätsel lösen. Der Kleine ihrer ältesten Cousine spricht schon längst und balgt sich mit den anderen Kindern im Flur herum, während Cosmin den ganzen Tag nur stumm am Fenster sitzt und staunend jeder Wolke hinterhersieht. In Deutschland gebe es Ärzte für sowas, hat Bogdan gesagt, als sie sich unter den bunten Regenschirmen in der Bukarester Altstadt zwischen Touristen, Studenten und gutgekleideten Menschen geküsst haben. All die feinen Leute, die bestimmt nicht mit ihren Eltern und Großeltern, ihren Brüdern, Schwestern, ihren Onkeln, Tanten und ihren hundert Cousins und Cousinen in einer engen Wohnung mit papierdünnen Wänden hausen müssen. Die nicht an heißen Tagen, wenn der Wind sich dreht, die Fenster schließen müssen, weil der Gestank nach Müll und Verwesung sonst unerträglich wird. Adriana will nicht undankbar sein, ohne ihre Familie hätte sie es allein mit dem Baby niemals geschafft, aber hier gibt es doch keine Zukunft. Nicht für sie und schon gar nicht für ihren kleinen Cosmin.

Bogdan wollte Adriana auf einen Kaffee einladen, aber sie hat die Preise auf den schwarzen Holztafeln gesehen und erschrocken den Kopf geschüttelt, doch Bogdan hat nur gelacht und ein Bündel Geldscheine hervorgeholt. Wenn er Adriana nicht getroffen hätte, wäre er schon längst wieder in Deutschland gewesen, um noch viel mehr Geld zu verdienen. Wenn Bogdan einmal eine Familie gründet, würden seine Frau und seine Kinder nicht in irgendeinem Rattenloch hausen müssen, das habe er sich geschworen. Bogdan war gerade wieder auf dem Sprung in den Westen, als er Adriana kennengelernt hat, und dann ist er geblieben und hat wegen ihr auf viel Geld verzichtet. Aber darüber solle sie sich keine Gedanken machen, hat er gesagt, er kenne genug Leute, die ihm jederzeit Arbeit geben würden, er habe Kontakte, sehr gute Kontakte. Er würde auf jeden Fall wieder in Deutschland arbeiten, auf einer Baustelle. Noch nicht einmal ihre Häuser bauen die Deutschen noch selbst, stell dir das mal vor, hat Bogdan gesagt, das machen Polen, Bulgaren und wir für sie. Er schüttelte den Kopf und trank noch einen Schluck, stellte die Tasse vorsichtig auf dem Unterteller ab, legte seine Hand auf ihre und sofort begann Adrianas Herz wieder wie wild zu schlagen. Ich bin ja verliebt, hat sie gedacht, so richtig verliebt, zum ersten Mal in meinem Leben. So fühlt sich das also an. Und weil es sich so schön anfühlte, hat sie sich gar nicht darüber gewundert, wie weich seine Hände waren, wo er doch angeblich auf dem Bau arbeitete …

Cosmin malt Striche in die Luft und summt.

Ce faci?

Was machst du?

Aber Cosmin gibt mal wieder keine Antwort, ist vollkommen versunken in seine Luftmalereien. In der Küche nebenan wird laut gelacht, Gläser klirren, eine Schnapsflasche kommt auf den Tisch, und Adriana wünscht sich weit weg, holt ihr Handy hervor und schaut sich zum x-ten Mal die Bilder an, die Bogdan geschickt hat. Die kleine helle Einzimmerwohnung im zweiten Stock, in der nur sie beide wohnen werden. Ein Bad und eine Einbauküche, in der sie jeden Abend für sie beide kochen könnte. Nur für sich und Bogdan und später auch für Cosmin. Bogdan schickt ein Selfie, auf dem er auf der Kühlerhaube eines Mercedes sitzt und lacht, er schreibt von der Frau eines Kollegen, die in einem Altenheim arbeitet, dort brauchen sie immer Leute, weil die Deutschen keine Zeit und Lust haben, sich um ihre alten Menschen zu kümmern – auch das machen jetzt wir, schreibt Bodan und schickt ein Grinse-Smiley und zwei Herzen. Ein reiches Land, aber irgendwie auch ein trauriges, denkt Adriana und kann es dennoch kaum erwarten, bis das Frühjahr und der Sommer kommt, denn dann wird sie Cosmin bei ihrer mittleren Cousine lassen und ihr so schnell wie möglich Geld aus Deutschland schicken, damit der Kleine nachkommen kann.

Adriana, hat Bogdan unter den bunten Schirmen zu ihr gesagt, wir schaffen das, nächstes Jahr im Sommer!

Und sie hat noch gezögert, weil es ihr so wehtat, den kleinen Cosmin erst einmal zurücklassen zu müssen. Es sei ja nur vorübergehend, hat Bogdan ihr versichert und gefragt, was mit Cosmin denn nicht stimme, ob er krank sei?

Adriana hat den Kopf geschüttelt. Nein, nicht wirklich krank, er ist nur irgendwie anders halt.

Und dann hat Bogdan sie ganz eng an sich gezogen, sie auf die Wange geküsst und gesagt, dass er sich um Cosmin kümmern werde wie um seinen eigenen Sohn, und da war Adriana den Tränen nahe und konnte ihr Glück kaum fassen.

Mai 2021: Lockerungen

Frankfurt am Main, Zeilsheim

Außengastronomie geöffnet, hat Wilfried Bolz mit weißer Krei-
de auf eine schwarze Tafel geschrieben und sie am Hoftor
angebracht. In den Innenhof hinter der Wirtschaft hat er zwei
Biertischgarnituren und vier runde Tische gestellt, aber nach
dem Theater im letzten Jahr ist es nicht einfach mit den Leuten am Ort.

Der einzige Gast heute ist nicht von hier, kommt aber seit
ein paar Wochen regelmäßig zum Mittagessen vorbei, während ansonsten kaum mehr jemand bei ihm einkehrt. Vor
Corona, als Maria noch eingekauft und gekocht hat, war das
Lokal zwischen zwölf und eins immer rappelvoll gewesen,
aber seit er sich selbst um alles kümmern muss, besteht das
Mittagsmenü aus einer aufgewärmten Dosensuppe, einem
faserigen Stück Fleisch aus der Tiefkühltruhe, das in dicker
dunkler Soße schwimmt, und aus einer großzügigen Portion
Bratkartoffeln oder Nudeln als Sättigungsbeilage. Manchmal
serviert er dazu noch einen kleinen abgepackten Eisbecher
aus dem Supermarkt zum Nachtisch.

Seine wenigen Stammgäste von früher fragten anfangs
noch unverhohlen, wann denn Maria wiederkomme, aber
mittlerweile hat sich die Lage im Hause Bolz im Ort rumgesprochen. Maria wird nicht wiederkommen.

Als die Pandemiescheiße im letzten Frühjahr losging, hat
sie ihm noch beigestanden, aber nach der Sache mit seinem
Freund Herbert im letzten Winter, wollte sie einfach nicht
mehr. Trotzig hat er sein Lokal immer wieder geöffnet, obwohl kaum mehr einer kam, bis Herbert, die Kameradensau,
mit der Polizei anrückte und ein Strafbefehl gegen ihn erging.
Bis in die Bildzeitung hat er es damit geschafft, und zwar als

„Coronarebell von Zeilsheim". Dabei ist er niemand, der die Existenz des Virus grundsätzlich leugnet, er hält die Pandemiemaßnahmen nur für vollkommen überzogen.

Als er unter Auflagen im Frühjahr wieder öffnen durfte, war sein Ruf im Ort ruiniert und er selbst hoffnungslos bis über beide Ohren verschuldet. Hinzu kommt noch, dass er ausgerechnet Herbert Schaller die Konzession für den Biergarten verdankt. Er weiß auch, dass sein alter Freund ihm im letzten Jahr von Amtswegen noch viel mehr hätte zusetzen können, aber stattdessen versuchte er ihm zu helfen, wo er nur konnte. Dass er ihm dafür jetzt irgendwie auch noch dankbar sein müsste, ärgert Bolz maßlos.

Der Mann, der allein im Hof sitzt und in die Frühlingssonne blinzelt, ist der einzige neue Gast in letzter Zeit. Er kommt regelmäßig, verzehrt, was Bolz lieblos zusammenbrutzelt, und gibt auch noch Trinkgeld. Er ist immer leger gekleidet, glattrasiert, graumeliertes Haar, ein sportiver Mitfünfziger in Jeans, Poloshirt und Sportsakko. Der Mann hat in das Kontaktformular, das Bolz jeden Gast ausfüllen lassen muss, einen nichtssagenden Namen und eine Adresse in Niederrad eingetragen.

Als Wilfried Bolz kurz vom Sportteil der Zeitung aufsieht, die er vor sich auf dem Außentresen ausgebreitet hat, hebt der Mann kurz die Hand, um auf sich aufmerksam zu machen.

Der Wirt schlurft an den Tisch, wo sein Gast sich gerade die Mundwinkel mit der Serviette abtupft.

„Hat's geschmeckt?", fragt Bolz müde und nimmt den leeren Teller entgegen, sein Gast nickt und entgegnet: „Wie immer."

Manchmal fragt er sich, ob der Kerl ihn verarschen will, aber das ist ihm nun auch egal. Er ist schon auf den Weg zurück zum Außentresen, als der Mann ihn noch einmal anspricht.

„Herr Bolz? Darf ich Sie mal was fragen?"

Er hält in der Bewegung inne, bleibt mit dem Teller in der Hand mitten im Hof stehen und atmet tief durch. „Wenn Sie von der Presse sind, dann kein Kommentar", knurrt er, ohne sich zu seinem Gast umzudrehen.

„Nein, nein. Ich bin kein Journalist."

„Hören Sie", sagt Bolz, „ich glaube nicht an Verschwörungstheorien und will auch keine hören. Ich bin kein Querdenker und schon gar kein Nazi, okay?"

„Selbstverständlich nicht", erwidert der Gast.

„Was wollen Sie dann?" Wilfried Bolz starrt auf den Teller in seinen Händen, ein paar Soßenreste kleben noch am Rand. Das Besteck liegt unter der zusammengeknüllten Serviette.

„Ich möchte Ihnen ein Angebot machen."

„Ein … Angebot?"

„Ein finanzielles Angebot."

Natürlich, denkt Wilfried Bolz, das ist es. Der Typ will ihm einen Vermögensplan aufschwatzen, eine Geldanlage, ein Spekulationsobjekt.

„Sie müssten dabei nichts investieren, es wäre vielmehr so, dass wir in Sie investieren würden", fügt der Gast hinzu, als habe er seine Gedanken gelesen.

„Ach ja?" Tatsächlich hat der Mann damit seinen wunden Punkt getroffen, denn es gibt nichts, was Wilfried Bolz nötiger braucht als Geld, und der Typ scheint das zu wissen.

Er bringt den Teller zum Tresen und stellt ihn dort ab, dann fragt er: „Möchten Sie vielleicht noch einen Kaffee oder sowas?"

Der Mann lächelt. „Kaffee? Ja, Kaffee wäre schön."

Bolz nickt und bereitet eine Tasse vor. Während er an der Maschine hantiert, überlegt er, was der merkwürdige Typ ihm wohl anbieten könnte. Seit er sich letztes Jahr gegen den zweiten Lockdown aufgelehnt hat, kommen jede Menge Spinner von außerhalb in sein Lokal, die ihn zuquatschen, aber weder etwas essen noch trinken wollen. Einmal war sogar einer von der AfD dagewesen und wollte ihm helfen. Bolz hat dankend abgelehnt.

Als er mit dem Kaffee zurück an den Tisch kommt, lächelt der Gast übertrieben dankbar, nimmt die Tasse entgegen, nippt daran und verzieht genießerisch das Gesicht. Wieder hat Bolz das Gefühl, verarscht zu werden, in der Tasse ist stinknormaler Filterkaffee und er hat noch nicht mal Milch und Zucker dazu angeboten.

„Also?"

„Also was?" Der Gast sieht ihn belustigt an.

Jetzt ist er sicher, dass er verarscht werden soll. Bolz verschränkt die Arme vor der Brust und nickt in Richtung Hofausgang. „Trinken Sie Ihren Kaffee und verschwinden Sie!"

„Aber, mein Lieber, nun setzen Sie sich doch erstmal."

Bietet ihm der Kerl in seinem eigenen Lokal einen Platz an? Was soll der Mist? Er will ihn gerade erneut auffordern zu verschwinden, als der Mann einen Umschlag aus der Innentasche seines Sakkos zieht und über den Tisch schiebt.

„Was ist das?"

„Eine Gesprächspauschale", sagt der Mann sachlich. „Dürfen Sie in jedem Fall behalten, egal, wie unser Gespräch ausgeht."

Misstrauisch nimmt der Wirt das Kuvert entgegen. Ein dünnes Bündel grüner 100-Euro-Scheine befindet sich in dem Umschlag.

„Was … wollen Sie von mir?", fragt Bolz vorsichtig.

„Dass Sie sich setzen und mir eine Viertelstunde ihrer wertvollen Zeit schenken."

Wilfried Bolz zögert, aber dann setzt er sich zu dem merkwürdigen Gast an den Tisch und lässt ihn reden.

Frankfurt am Main, Sachsenhausen

Siggi parkt seinen Camaro am Südfriedhof. Auf der anderen Straßenseite liegt der Sonnenring, eine zu Anfang der 70er Jahre erbaute Wohnanlage, die den Sachsenhäuserberg bis heute durch ihre ausgefallene Bauart prägt. Der Sonnenring besteht aus zwei gegeneinander versetzten Wohnkomplexen, die in sich treppenförmig abgestuft sind. Das Gesamtensemble wirkt wie ein halboffener Ring, der Innenbereich der Anlage ist begrünt und parkartig angelegt. In den Obergeschossen befinden sich die Penthouse-Wohnungen, und die Bulldogge besitzt seit Jahren eine der größten davon. Und die Bulldogge hat gerufen. Und wenn die Bulldogge ruft, dann folgt man diesem Ruf, auch wenn die großen Tage der Frankfurter Kiezgröße etwas zurückliegen.

Als Siggi aus dem Wagen steigt, beginnt sich mal wieder die Welt zu drehen, sodass er einen Moment die Augen schließen und sich am Wagendach abstützen muss. Die Übelkeit, die stets mit den Schwindelattacken einhergeht, flutet an, sein Magen hebt sich, ein Schwall bitterer Magensäure schießt ihm in den Mund, aber dann bekommt er das Kotzgefühl in den Griff, und als er die Augen wieder öffnet, ist der Schwindel verflogen.

Siggi schüttelt den Kopf, spuckt galligen Speichel aus und schlägt mit der flachen Hand aufs Wagendach. Seit Wochen geht das schon so. Sehstörungen, Kopfschmerzen, Übelkeit – und neuerdings diese Schwindelanfälle. Er kann so einen Scheiß nicht gebrauchen, schon gar nicht jetzt.

Als er die Darmstädter Landstraße überquert, fühlt er sich immer noch etwas unsicher auf den Beinen. Vor dem Eingang hält er inne, schließt noch einmal kurz die Augen und atmet ein paarmal tief durch. Er hat keine Ahnung, was die Bulldogge von ihm will, aber wenn er ihm nachher gegenübersitzt, darf er keinesfalls zittern oder sonst eine Schwäche zeigen.

Fast unmittelbar nachdem er auf die Klingeltaste gedrückt hat, ertönt schon das Summen des Türöffners, als habe man ihn erwartet. Er nimmt den Fahrstuhl bis ganz nach oben und wundert sich nicht, einen breitschultrigen Mann im schwarzen Anzug zu sehen, der ihn bereits im Flur empfängt, als sich die Aufzugstüren öffnen. Reden ist hier überflüssig, Siggi kennt das schon. Er tritt in den kleinen Gang und hebt die Arme. Der Mann sieht ihn eine Sekunde lang abschätzig an, tritt einen Schritt vor und tastet ihn ab. Nach der Leibesvisitation nickt er Siggi wohlwollend zu, als habe er eine Prüfung bestanden.

Das Erste, was ihm in der Wohnung auffällt, ist die Musik. Ein quengeliges Jazz-Saxophon plärrt aus unsichtbaren Boxen, gerade laut genug, um einem auf die Nerven zu gehen. Der Flur führt direkt in ein offenes lichtdurchflutetes Wohnzimmer, das von zwei ausladenden weißen Sofas und einem Clubsessel dominiert wird, die um einen Glastisch herum angeordnet sind. Der Rest des Raums ist spärlich möbliert, an den weißen Wänden hängen moderne Farbklecksbilder ohne Rahmen, durch die vollverglasten Schiebetüren hinter der Sitzgruppe geht der Blick auf die Terrasse, ein Stück der Frankfurter Skyline ist in der Ferne sichtbar.

Die aufdringliche Helligkeit im Zimmer löst sofort einen stechenden Schmerz hinter Siggis Stirn aus, und er muss sich darauf konzentrieren, nicht die Augen zu verengen oder den Blick abzuwenden. Der Mann, der ihn durchsucht hat, hält sich immer noch in seinem Rücken auf, was ihn etwas nervös macht, ein anderer steht mit verschränkten Armen vor einem der Gemälde und scheint Siggi gar nicht zu beachten. Die Bulldogge sitzt mit einem Whisky in der Hand im Clubsessel, lässt die Eiswürfel im Glas kreisen und sieht ausdruckslos in seine Richtung. Den Spitznamen hat man dem untersetzten

Mann zu einer Zeit gegebenen, als er noch selbst wie eine Bulldogge auf jeden Konkurrenten losgegangen ist, der ihm querkam. Heute sieht er mit seinen Hängebacken und den tiefen Stirnfalten tatsächlich aus wie eine. Fett ist er geworden, er wirkt müde und schwerfällig, aber Siggi ist schlau genug, sich davon nicht täuschen zu lassen. Er wünscht sich nur, jemand würde das elende Jazz-Gejaule abstellen, das seine Kopfschmerzen in Kombination mit der ungewöhnlich starken Lichteinstrahlung ins Unermessliche steigert.

Offenbar hat er seine Mimik weniger gut im Griff, als gedacht, denn die Bulldogge sagt statt einer Begrüßung: „Du magst keinen Jazz, was?"

Siggi schüttelt leicht den Kopf und spürt schon wieder den Anflug eines leichten Schwindels.

„Das ist Charlie Parker!", entgegnet die Bulldogge empört. „Charlie Bird Parker!"

„Kann schon sein. Ich kenne mich da nicht aus", antwortet Siggi ausweichend.

„Ein absoluter Klassiker!"

„Wie gesagt, ich kenne mich da nicht aus ..."

„Jetzt hör doch mal!" Die Bulldogge beugt sich vor und hebt den Zeigefinger.

Siggi schweigt. Nach einer halben Ewigkeit wird das nervige Saxophon von einer noch nervigeren Trompete abgelöst.

„Miles Davis", raunt die Bulldogge ehrfurchtsvoll, als habe er seinem Gast soeben ein großes Geschenk gemacht.

Siggi atmet tief ein. Er hat das Gefühl, jeden Moment ohnmächtig zu werden. Der Bodyguard, der sich vor dem Gemälde postiert hat, dreht sich zu ihm um und grinst. Du hast mich doch nicht herkommen lassen, um mir deine Bums-Musik vorzuspielen, will er sagen, bekommt aber keinen Ton heraus. Dafür sagt die Bulldogge jetzt endlich was.

Siggi sieht, wie sich der Mund des feisten Mannes öffnet und wieder schließt, wie er mit dem Glas in der Hand gestikuliert, versteht aber kein Wort. Sein Kopf ist voller Trompetengekreische, sein Blick sucht einen Halt, findet aber keinen. Alles so hell hier. Viel zu hell. Und wie es hier riecht, als brenne irgendwo auf dem Herd etwas an. Panik steigt in ihm auf, als er spürt, wie er zu zittern beginnt, wie der Schwindel, von dem er glaubte, ihn abgeschüttelt zu haben, mit Macht zurückkehrt.

„Geht's dir nicht gut, Siggi?", fragt die Bulldogge misstrauisch und winkt einen seiner Bewacher heran.

„Geht gleich wieder …", presst er mühsam hervor, stolpert rückwärts davon und öffnet wahllos eine Tür, hinter der er das Badezimmer vermutet.

Es ist tatsächlich das Bad, aber auch hier gibt es in die Decke eingelassene Boxen, aus denen Miles Davis soeben zu einem fulminanten Solo ansetzt. Siggi beugt sich über das Waschbecken und sofort schießt ein Schwall Wasser aus dem Hahn. Er will die Hände darunter halten, aber seine Arme gehorchen ihm nicht mehr. Er hat gerade noch genug Zeit, sein abgehetztes Gesicht im Spiegel zu sehen, bevor jemand das Licht ausschaltet und mit dem Licht auch ihn selbst.

Das Erste, was er sieht, als er die Augen wieder öffnet, ist das besorgte Gesicht der Bulldogge. Das Erste, was er hört, ist, dass er nichts mehr hört, die Musik ist endlich aus. Neben ihm sitzt einer der Bodyguards auf dem Rand der Badewanne und beäugt ihn kritisch. Der Typ muss ihm hinterrücks eine verpasst haben. Siggi erhebt sich langsam, kommt mit ausgestreckten Beinen in eine sitzende Position und betastet seinen Hinterkopf, wo sich tatsächlich eine schmerzhafte Beule befindet.

„Haste dir beim Umfallen geholt", sagt der Gorilla im grauen Anzug und reicht ihm einen Eisbeutel, der in ein kariertes Handtuch eingeschlagen ist.

Siggi presst die kühlende Packung auf die Beule und sieht den Mann argwöhnisch an, bis der zu lachen anfängt.

„Hast rumgezuckt wie ein Fisch auf dem Trockenen. Wir haben's mit dem Handy aufgenommen, willste mal sehen?"

Ohne Siggis Antwort abzuwarten, hält er ihm das Handydisplay unter die Nase, auf dem in erstaunlich guter Qualität zu sehen ist, wie er von Krämpfen geschüttelt auf dem gefliesten Boden einen Veitstanz aufführt.

„Nimm das weg", knurrt Siggi.

„Das Beste kommt noch!"

„Ich hab gesagt, du sollst das wegnehmen …"

Seine Stimme ist noch schwach und seine Muskeln aus Gummi, aber sein Kopf ist nun angenehm klar und leicht, als habe sich der ganze Schmerz in diesem komischen Anfall entladen.

Als der Bodyguard auch nach der nächsten Aufforderung noch nicht reagiert, schlägt Siggi dem überraschten Mann das Handy aus der Hand. Der reagiert prompt und will sich auf ihn stürzen.

„Es reicht!", ruft die Bulldogge und beide erstarren. „Los, hilf ihm, aufzustehen!"

Der Bodyguard presst vor Wut die Lippen aufeinander und zerrt Siggi unsanft auf die Beine, dann hebt er sein Handy auf und untersucht das Display auf Schäden.

„Du hast offenbar ein paar gesundheitliche Probleme."

Siggi versucht zu widersprechen, aber die Bulldogge lässt ihn nicht zu Wort kommen. „Ist mir auch egal, ist deine Sache, aber so kann ich dich nicht gebrauchen, das ist dir doch klar?"

Für was denn gebrauchen, denkt Siggi. Offenbar hat der Alte ihm tatsächlich ein Angebot machen wollen, für das er jetzt nicht mehr infrage kommt.

„Es ist nichts", stößt Siggi hervor und merkt sofort, wie dumm sich das anhört, nachdem er hier eben auf dem Badezimmerboden noch den Zitteraal gemacht hat und sich jetzt am Waschbecken festhalten muss, um nicht gleich wieder in die Knie zu gehen.

Sie bringen ihn zusammen zur Tür. Die Bulldogge verabschiedet ihn mit einem gönnerhaften Nicken und verschwindet in den Tiefen seiner Suite.

Der Bodyguard bleibt im Türrahmen stehen und behält Siggi im Auge, während der mit hängendem Kopf auf den Fahrstuhl wartet. Als der Aufzug kommt und sich die Türen öffnen, sagte er: „Wenn du willst, schicke ich dir das kleine Filmchen, dann haste was für deine einsamen Nächte."

Siggi dreht sich nicht zu ihm um, sondern betritt die Kabine, drückt den Knopf für das Erdgeschoss und zeigt dem Kerl, kurz bevor sich die Aufzugstüren wieder schließen, den Mittelfinger.

Frankfurt am Main, Osthafen

Dr. Alexander Bühler lehnt sich in seinem Bürostuhl zurück, legt den Kopf in den Nacken und starrt in die Dunkelheit. Er weiß, dass sich gut zwanzig Meter über ihm die metallene Unterseite des alten kugelförmigen Gasspeichers wölbt, weil er sie manchmal frühmorgens, wenn durch den Fensterkranz im oberen Drittel des Turms schon milchiges Licht fällt, sehen kann. Zu seiner Hauptarbeitszeit in der Nacht, wenn die mit Rigips-Wänden notdürftig voneinander abgetrennten deckenlosen Räume hier unten im Turm nur von ein paar Baulampen beleuchtet werden, verschwindet der obere Teil des Turms so vollständig in der Finsternis, dass er manchmal vergisst, wo er sich befindet.

Der ausrangierte Gasspeicher ist der letzte von vier Flüssigkeitshochbehältern, die in verklinkerten Türmen einst zum alten Frankfurter Gaswerk gehörten, das in den 70er Jahren stillgelegt wurde, als die Stadt auf Erdgas umstellte.

Teile des denkmalgeschützten Ensembles an der Schielestraße werden seitdem alternativ genutzt, nur der alte Gasspeicher und der in unmittelbarer Nähe gelegene Wasserturm fristen auf dem von Büschen und Unkraut überwucherten Gelände ein Schattendasein. Und im Schatten siedeln sich gern lichtscheue Wesen an, zu denen seit einiger Zeit auch Dr. Alexander Bühler gehört.

Im Vorraum tut sich was. Die schwere Eingangstür zum Turm wird geöffnet und fällt wieder scheppernd ins Schloss. Jemand schleppt sich herein, stöhnt, stößt unterdrückte Drohungen aus. Alexander Bühler hört, wie Boris den Mann zurechtweist, Stühle werden gerückt. Offenbar geht es ums Geld.

„So können wir sie leider nicht behandeln ...", sagt Frau Schneider nach einem erneuten Wortwechsel und der Mann brüllt sie an, er werde sie ficken und abstechen. Die Sprechstundenhilfe stößt einen schrillen Schrei aus, etwas fällt hart zu Boden. Was zum Teufel macht eigentlich Boris da draußen?

Bühler springt auf, reißt die Tür zum Vorraum auf und sieht, wie die Schneider mit erhobenen Händen und vor Angst geweiteten Augen hinter ihren Schreibtisch zurückweicht.

Der Mann auf der anderen Seite der Tischplatte fuchtelt mit einem Messer am ausgestreckten Arm vor ihrem Gesicht herum. Die Klinge in seiner Hand zittert, er steht vornübergebeugt und presst sich die andere Hand auf den Unterbauch, Blut quillt zwischen seinen Fingern hervor. Ein Stück hinter ihm sitzt Boris auf dem Boden und reibt sich das Kinn. Seine Aufgabe ist es eigentlich, Szenen wie diese zu verhindern.

„Sie brauchen Hilfe", sagt Bühler zu dem Mann, der ihm einen gehetzten Seitenblick zuwirft.

„Bist du der Arzt?"

„Ich bin der Arzt, aber wenn Sie weiterhin meine Mitarbeiterin bedrohen, kann ich nichts für Sie tun."

„Die Alte will mich abrippen …"

„Wir arbeiten nur gegen Vorkasse, das müsste man Ihnen eigentlich gesagt haben."

„Ich lass mich aber nicht verarschen!"

„Niemand verarscht Sie und jetzt legen Sie das Messer weg."

Bühler sieht aus den Augenwinkeln, wie Boris seine halbautomatische Pistole aus dem Schulterhalfter zieht und sich dem Messerstecher von hinten nähert. Als er ihm die Mündung der Waffe ins Genick drückt, erstarrt der Mann sofort und lässt das Messer auf den Schreibtisch fallen.

„Frau Schneider wird jetzt die Formalitäten erledigen, dann versorge ich Ihre Wunde, in Ordnung?"

Der Mann sagt nichts, greift aber in seine Jacke und zieht ein Bündel Geldscheine hervor, das er zu dem Messer auf den Tisch wirft. Frau Schneider tritt zögernd ein Stück vor, nimmt das Bündel entgegen, zählt die Scheine durch und nickt.

„Warum nicht gleich so, du Arschloch?", presst Boris zwischen zusammengebissenen Zähnen hervor und drückt ihm den Lauf der Pistole ein bisschen fester in den Nacken. Der Typ muss ihn kalt erwischt haben. Für einen Moment war Boris wohl unachtsam gewesen, und da hat er ihm eine verpasst, und das nagt jetzt an ihm.

Die Schneider hat sich wieder im Griff und rollt die Trage aus dem Untersuchungszimmer. Boris steht zwei Schritte hinter dem Mann, der sich schwer atmend mit einer Hand am Schreibtisch abstützt, und richtet immer noch die Pistole auf ihn.

„Ich glaube, das ist jetzt nicht mehr nötig", sagt Bühler, aber Boris ignoriert ihn.

Der Mann verdreht die Augen, als sie ihn endlich auf der Trage haben. Der Kampf bei der Aufnahme hat seine letzten Kräfte gekostet. Bühler tätschelt ihm leicht die Wange: „Hey, nicht ohnmächtig werden jetzt, okay?"

Der Patient nickt und stöhnt und sie schieben ihn ins Untersuchungszimmer, das mit Krankenhausmöbeln unterschiedlicher Herkunft zugestellt ist. Bühler hat Inventuraufkleber des Bürgerhospitals auf den Rollschränken entdeckt und die sterilen chirurgischen Sets tragen den Stempel der Uniklinik.

Die Sprechstundenhilfe richtet den Lichtspot auf die Wundgegend und reicht ihm die Verbandsschere, damit er Hemd und Unterhemd des Mannes aufschneiden kann. Die Schusswunde befindet sich an der rechten äußeren Körperseite des Mannes, ein Haarseilschuss, das Projektil ist ein und wieder ausgetreten, ohne in die Tiefe einzudringen. Der Mann hatte Glück, es ist unwahrscheinlich, dass irgendwelche inneren Organe betroffen sind. Bühler legt ihm einen venösen Zugang in der Ellenbeuge, über den er dem Patienten ein Schmerzmittel und nach der Wundversorgung mittels einer Infusion ein Antibiotikum zuführen kann, um eine Infektion der Wunde zu verhindern.

Eine knappe Stunde später betastet der Mann vorsichtig seinen Verband, verzieht das Gesicht und will dann aufstehen, wird aber von Bühler mit sanfter Gewalt zurückgehalten.

„Ich weiß, dass Sie es eilig haben. Jeder, der sich hier behandeln lässt, hat es eilig. Aber wenn Sie jetzt aufstehen, bricht die Wunde wieder auf, außerdem brauchen Sie noch das Antibiotikum."

„Ich muss weg ..."

„Natürlich müssen Sie das. Aber jetzt entspannen Sie sich erstmal. Hier findet Sie niemand."

Der Mann sinkt zurück auf die Trage und schließt die Augen. Bühler sieht Boris im Türrahmen lehnen, die Pistole hat er mittlerweile wieder eingesteckt.

Die Schneider trägt grüne Einmalhandschuhe und stopft blutbeschmierte Tupfer und Kompressen sowie die zerschnittene Kleidung des Patienten in einen Abfallsack. Danach zieht sie sich die Latex-Handschuhe mit einem schmatzenden Geräusch von den Fingern und packt sie als letztes, bevor sie den Sack verknotet, mit dazu. Als sie mit dem Abfall nach draußen geht, wirft sie Boris einen verächtlichen Blick zu. Der Leibwächter lässt den Operierten auf der Trage nicht aus den Augen, als könne der jeden Moment aufspringen und wieder Ärger machen.

Alexander Bühler korrigiert noch einmal die Tropfgeschwindigkeit der Infusion mit dem kleinen Stellrad, das an dem zuführenden Schlauch angebracht ist, fühlt den Puls des Patienten, der ruhig und fest schlägt, und schiebt sich an Boris vorbei durch die Tür.

Draußen weht eine frische Brise vom Main herüber. Der Frühling kommt noch nicht richtig in Schwung, im April gab es einige sommerliche Tage, aber in den Nächten stellenweise noch Frost. Bühler schaut auf seine Armbanduhr, fast halb drei. Er spürt den Schweiß auf seinem Gesicht, die Müdigkeit in den Knochen. In der Ferne am Osthafen blinken ein paar Lichter, aber in den umliegenden Werkshallen hinter dem brachliegenden Gelände ist alles dunkel, nur vereinzelt stehen ein paar Lkw auf dem Platz. Der alte Wasserturm, der sich ein Stück weiter vorne in der anderen Richtung 40 Meter hoch aus dem Gestrüpp erhebt, ist vor dem klaren Nachthimmel nur als düsterer Schatten sichtbar.

Im fahlen Lichtstrahl der Lampe über dem Eingang zum Gasspeicherturm kreisen Insekten.

Die Schneider steht mit geschlossenen Augen im Halbdunkel. Sie hat den Rücken an die Mauer gelehnt, mit einer Hand zieht sie sich die Strickweste vor der Brust zusammen, in der anderen hält sie eine Zigarette. Im gelblich orangen Licht der Lampe wirkt ihre Gesichtshaut alt und krank, die dünnen graublonden Haare hat sie wie immer zu einem strengen Dutt an ihrem Hinterkopf zusammengebunden. Eine kleine, zierliche Frau mit verhärmten Gesichtszügen, die fast vierzig Jahre Berufserfahrung als OP-Schwester hat und schon längst in Rente sein und sich um ihre Enkel kümmern sollte. Stattdessen assistiert sie mitten in der Nacht bei der Erstversorgung Krimineller in einer illegalen Arztpraxis. Jeder, der hier arbeitet, hat eine Schuld abzutragen. Sogar Boris scheint bei irgendwem in Ungnade gefallen zu sein und muss deshalb ihren Beschützer spielen – eine Rolle, der er mal mehr und mal weniger gerecht wird. Bühler hat in den vergangenen Monaten erlebt, wie er Männer, die größer und muskulöser waren als er, mit einem einzigen platzierten Punch außer Gefecht gesetzt hat, aber heute Nacht hat er seinen Gegner unterschätzt, und das hätte die Schneider fast das Leben gekostet.

„Es wird nachts noch ziemlich kühl", sagt Bühler, reibt sich mit der flachen Hand den Schweiß von der Stirn und stellt sich neben seine Assistentin.

Die Schneider antwortet nicht. Sie hat die Augen geschlossen und hält die halbgerauchte Zigarette am ausgestreckten Arm. Eine Zeitlang stehen sie beide schweigend im Zwielicht, dann sagt sie leise, wie zu sich selbst: „Manchmal habe ich es so satt, und wenn es so läuft wie heute Nacht, da …" Sie bringt den Satz nicht zu Ende, sondern schüttelt nur den Kopf und zieht so heftig an ihrer Zigarette, dass Bühler sehen kann, wie die Glut sich ins Papier frisst.

„Ich befürchte, wir haben alle keine wirkliche Wahl, Frau Schneider, sonst wäre wohl keiner von uns hier."

Die Assistentin lässt ihre Zigarette fallen und tritt sie mit dem flachen Absatz ihres Schuhs aus. „Tun Sie mir einen Gefallen, Herr Doktor?"

„Wenn ich kann …"

„Nennen Sie mich Karin, ja?"

„Schwester Karin"

„Nein", die Schneider schüttelt energisch den Kopf. „Die Schwesternzeiten sind vorbei."

„Also gut, Karin …"

Die Tür zum Turm wird geöffnet und Boris tritt heraus. Er fährt sich mit dem Finger unter den Hemdkragen und lässt die Schultern kreisen.

„Wie geht's unserem Patienten?", fragt Bühler, ohne sich zu ihm umzudrehen.

„Schläft wie ein Baby …"

Bühler nickt. Er hat das Schmerzmittel großzügig dosiert.

„Wenn sowas nochmal vorkommt, bin ich raus", sagt die Schneider an Boris gewandt.

„Ich glaube nicht, dass du dir das aussuchen kannst, Oma."

„Und ich glaube", entgegnet Karin Schneider gelassen, „dass die Oma wenigstens noch ihren Job beherrscht, was man nicht von allen Anwesenden behaupten kann …"

Zu Bühlers Überraschung hebt Boris sofort entschuldigend die Hände. „Kommt nicht wieder vor, versprochen."

Die Schneider nickt, zieht eine neue Zigarette aus ihrem Päckchen, gibt sich selbst Feuer und bläst den Rauch in die Dunkelheit. Bühler denkt, dass es ihm schwerfallen wird, die gut dreißig Jahre ältere Frau beim Vornamen zu nennen.

Das Handy in Boris' Jeans vibriert, er zieht es heraus und wischt auf dem Display herum. „Es kommt noch ein Notfall …"

„Wann?"

„In einer halben Stunde. Ich hol ihn an der Schielestraße ab und bring ihn her, dann kann ich ihn auch gleich filzen."

„Gute Idee", sagt die Schneider spitz, zieht noch einmal an ihrer Zigarette und schnippt sie dann weg. „Ich bereite schon mal drinnen die zweite Einheit vor."

Boris macht sich auf den Weg und Bühler sieht ihn in der Dunkelheit zwischen den Büschen verschwinden. Ungläubig schüttelt der Arzt den Kopf. Ein Gefühl, das er in den letzten Wochen und Monaten immer wieder hatte, überschwemmt ihn mit großer Macht und ebbt dann langsam wieder ab: Das Gefühl, in einem nicht enden wollenden absurden Albtraum gefangen zu sein.

Bukarest, Busbahnhof Militari

Adriana sieht dem grünen Flix-Bus hinterher, in den alle Leute, die in der letzten Stunde mit ihr hier gewartet haben, eingestiegen sind. Jetzt steht sie ganz allein am Straßenrand und wartet auf Bogdan, der sie bereits vor 30 Minuten in seinem Mercedes hätte abholen sollen, und schämt sich ein bisschen.

Sie schämt sich, weil sie sich noch vor Kurzem die neidischen Blicke der anderen Reisenden vorgestellt hat, wenn sie gesehen hätten, wie Bogdan in seinem neuen Auto am Straßenrand vorfährt, ihr die Tür aufhält und sie dann zusammen die Straße hinunter verschwunden wären und die wartenden Bus-Menschen einfach hinter sich gelassen hätten. Nun ist sie es, die noch hier steht und wartet, während alle anderen verschwunden sind.

Die Sonne lugt schon zwischen den Hochhäusern auf der anderen Straßenseite hervor, aber im Schatten ist es noch kalt. Adriana zieht die Kunstlederjacke, die sie über dem mit Strasssternen besetzten T-Shirt trägt, enger vor der Brust zusammen, sieht nach rechts, sieht nach links, aber kein Fahrzeug schert aus dem fließenden Verkehr aus. Ein Stück weiter vorne parken Taxis, ein Hund verrichtet sein Geschäft auf dem abgetretenen Grünstreifen, der die Fahrbahnen in der Mitte voneinander trennt.

Adriana holt ihr Handy aus dem kleinen Rucksack zu ihren Füßen, aber es ist keine Nachricht von Bogdan eingegangen. Sie wischt über das Display, aber er hat ihr auch keine SMS oder E-Mail geschickt oder sie in den vergangenen Stunden angerufen. Als sie den Kopf wieder hebt, steht ein silbermetallic glänzender Mercedes am Straßenrand. Allerdings ist der kräftige, untersetzte Mann mit Halbglatze, der sich gerade schwerfällig aus dem Fahrersitz hievt und sie über das Wagendach hinweg angrinst, nicht Bogdan.

„Adriana? Adriana Popescu?" ruft ihr der Mann fragend zu und winkt sie heran.

Während sie noch zögert, meldet ihr Handy den Eingang einer Nachricht. Bogdan schreibt, es täte ihm leid, aber er könne nicht kommen, er warte in Deutschland auf sie. Rudi sei ein guter Kollege, der sie mitnehme, sie könne ihm vertrauen.

„Ja, Mädchen, was ist nun?", ruft der Mann auf Deutsch und hebt die Hände.

„Du Rudi?"

Der Mann nickt und lacht, kommt um den Wagen herum und nimmt ihr den Rucksack ab. „Ist eine lange Fahrt, Mädchen, steig mal ein jetzt, ja?"

Das Auto riecht nach kaltem Rauch, obwohl ein grünes Duftbäumchen am Rückspiegel hängt. Im Radio läuft deutsche Schlagermusik. Adriana versinkt im gepolsterten Rücksitz und streckt die Beine aus. Rudi deponiert ihren Rucksack auf dem Beifahrersitz, lässt sich im Fahrersitz nieder und gibt sofort Gas. Die Beschleunigung drückt Adriana in den Sitz.

„Wir sind bisschen spät dran", sagt Rudi zur Erklärung und sucht kurz ihren Blick im Rückspiegel.

Adriana nickt und versucht, sich ihre Enttäuschung nicht allzu deutlich anmerken zu lassen, aber Rudi lacht und sagt:

„Jetzt mach nicht so ein Gesicht, siehst den schönen Bogdan ja bald wieder."

Sie versteht nicht alles, was der Mann sagt, der offenbar nur Deutsch spricht und hier und da ein paar rumänische Worte einflicht. Nach ein paar Minuten redet er aber ohnehin nicht mehr mit ihr, sondern konzentriert sich auf den dichten Verkehr, der aus der Stadt hinausdrängt. Die Musik läuft weiter, aber das Radio ist jetzt so leise gestellt, dass sie nur ab und zu den Fetzen einer Melodie zu erkennen glaubt.

Adrianas Gedanken schweifen ab. Sie denkt an Cosmin. Wie sie sich gestern Abend von ihm verabschiedet hat und wie er heute früh, als sie sich auf den Weg zum Busbahnhof gemacht hat, in seinem Bettchen lag, die Hände neben seinem Kopf auf dem Kissen zu Fäusten geballt und die Stirn gerunzelt, als müsse er selbst im Schlaf ständig irgendwelche Aufgaben lösen, die nur er begreifen kann. Ihr Herz fühlte sich auf einmal wieder ganz schwer an, und sie musste sich daran erinnern, dass es das Beste für sie alle und vor allem nur für eine begrenzte Zeit war, dass sie ihren Sohn zurücklassen musste, aber als sie das dunkle Treppenhaus hinunterstieg, hatte sie trotzdem Tränen in den Augen.

Adriana schaut aus dem Fenster, um sich abzulenken und nicht schon wieder traurig zu werden, aber mittlerweile haben sie es aus der Stadt herausgeschafft und es gibt nicht viel zu sehen, weshalb sie die Augen schließt und versucht, an Bogdan und die kleine saubere Wohnung im zweiten Stock zu denken, an den ersten Abend, an dem sie sich in der kleinen Küche am Tisch bei Kerzenlicht gegenübersitzen werden. Sie streift die Schuhe ab und zieht die Beine auf den Rücksitz, die lang und breit genug ist, um bequem liegen zu können, und ist nach wenigen Minuten eingeschlafen.

Adriana erwacht, als der Wagen ruckartig abgebremst und sie nach vorne geschleudert wird. Sie fängt sich mit den

Händen an der Rückseite des Beifahrersitzes ab und sieht sich verwirrt um.

Rudi schlägt mit der Faust aufs Lenkrad und stößt deutsche Flüche aus. Vor ihnen blockiert ein liegengebliebener Lkw die Straße.

„Unde suntem?", fragt Adriana.

„Ungarn", brummt Rudi. „Haste gut geschlafen?"

Adriana reibt sich die Augen. Sie kann gar nicht glauben, dass sie auf einmal in einem anderen Land ist. So weit war sie noch nie weg von zu Hause und bei dem Gedanken bekommt sie fast ein bisschen Angst. Sie holt ihr Handy aus der Jacke und ruft ihre Nachrichten ab, aber Bogdan hat sich nicht mehr gemeldet. Erst ist sie ein wenig enttäuscht, aber dann sagt sie sich, dass er wahrscheinlich arbeiten muss, und außerdem ist ja auch alles geklärt.

Vom Rücksitz aus sieht sie den Haarkranz um Rudis Hinterkopf, seine kleinen kräftigen Hände umfassen das Lenkrad, er hat den Lkw überholt, kurbelt das Seitenfenster herunter und ruft dem Fahrer irgendetwas zu, der stutzt und zeigt ihm den Mittelfinger.

„Elendes Pack", knurrt Rudi und beschleunigt den Wagen.

Adriana schaut eine Weile aus dem Fenster, sieht Wiesen, Felder, Wildwuchs und ein paar Bauernhäuser jenseits der Straße und findet, dass Ungarn ganz genauso aussieht wie Rumänien. Einmal halten sie an einem Rastplatz, benutzen die Toiletten und ziehen in Klarsichtfolie verpackte belegte Brötchen und bitteren Kaffee aus einem Automaten, bevor sie ihre Fahrt fortsetzen.

Nach fast zwölf Stunden erreichen sie schließlich die österreichische Grenze. Rudi greift ohne zu fragen in Adrianas Rucksack und holt ihren Pass heraus.

„Die Ungarn haben uns anstandslos durchgewinkt, aber hier wird kontrolliert", sagt er, als sie sich im Schritttempo dem Kontrollposten nähern.

Adriana sitzt kerzengerade auf dem Rücksitz und macht sich darauf gefasst, kontrolliert zu werden, aber der müde dreinblickende Beamte wirft nur einen flüchtigen Blick auf die Dokumente und reicht sie Rudi zurück durchs Seitenfenster.

Willkommen in der Republik Österreich. Die blauweißen Autobahnschilder künden von Orten, von denen Adriana noch vor ein paar Tagen nur träumen konnte: Wien, Salzburg, München ...

Nach einer knappen Stunde steuern sie den nächsten Rasthof an. Hier gibt es eine Tankstelle und ein richtiges Restaurant. Rudi steigt aus und streckt sich, gähnt und macht Adriana Zeichen, auch auszusteigen. Zwischen den Zapfsäulen riecht es nach Diesel, Öl und Abgasen. Nachdem Rudi den Wagen betankt hat, gehen sie in das Restaurant, nehmen sich aber wieder nur abgepackte Brötchen und Kaffee aus der Mitnahmetheke. Adriana ist froh, dass Rudi sich nicht in das Restaurant setzen will, ihr Geld reicht gerade so für eine kleine Flasche Wasser und ein Vollkornbrot mit einer Käsescheibe und einem labberigen Salatblatt.

Als sie kauend im Auto sitzen, das sie in einer der Parkbuchten neben der Tankstelle abgestellt haben, dreht Rudi sich zu ihr um und sieht sie eine Zeitlang mit einem Blick an, den Adriana nicht zu deuten weiß.

„Ich muss mal ein bisschen ausruhen, verstehste?" Rudi legt die Handflächen aneinander und drückt sie an seine Wange.

Adriana nickt. „Ah, dormi ..."

„Ganz genau ... dormi ...", sagt Rudi, atmet einmal tief durch und sieht sie dann wieder mit diesem komischen Blick an. Dann zieht er demonstrativ ihren Pass aus seiner Hemdtasche und verstaut ihn wieder in ihrem Rucksack. „Alles, was du brauchst, ist da drin, Mädchen. Ich mach jetzt mal die Augen zu ..."

Rudi stellt den Fahrersitz ganz nach hinten, streckt die Beine aus und legt seinen rechten Unterarm übers Gesicht. Adriana schaut vom Rücksitz aus durch die Windschutzscheibe. Die grünen Hügel und die Bäume in der Ferne verschwinden langsam in der Abenddämmerung, die Lampen an den Lichtmasten auf dem Parkplatz gehen an.

Als Rudi wieder aufwacht und sieht, dass Adriana unverändert auf der Rückbank sitzt, scheint er enttäuscht zu sein. Adriana lächelt, aber Rudi lächelt nicht zurück, sondern schüttelt den Kopf. Er murmelt etwas vor sich hin, was sie nicht versteht, dann startet er den Wagen und stößt rückwärts aus der Parkbucht.

Adriana findet den Mann irgendwie merkwürdig, nicht unfreundlich, aber eben irgendwie … seltsam. Vielleicht ist es ja nur, weil sie nicht viel von dem versteht, was er sagt. Ob alle Deutschen so sind? Oder nur die deutschen Männer? Sie muss Bogdan das unbedingt fragen, wenn sie endlich in Frankfurt ist.

Als sie knapp drei Stunden später die Grenze nach Deutschland passieren, meldet Adrianas Handy eine Nachricht. Bogdan hat einen Smiley mit Herzen in den Augen geschickt. Er schreibt, dass er sich freue, sie bald zu sehen.

Adriana bemerkt Rudis Blicke im Rückspiegel, hält das Handy in die Höhe und sagt: „Bogdan!"

Rudi sagt nichts, sondern brummt nur seine Zustimmung und konzentriert sich wieder auf die Straße.

Bei Regensburg schläft sie ein und träumt von Cosmin und Bogdan und einer heißen Dusche und als sie wieder aufwacht, ist Rudi bereits von der Autobahn abgefahren und lenkt den Wagen durch die Straßen Frankfurts. Sie überqueren einen Fluss und Adriana sieht die beleuchteten Hochhausfassaden auf der anderen Seite. Der Verkehr auf den mehrspurigen Straßen ist nur gering, kein Wunder, es ist mitten in der Nacht. Sie kann kaum glauben, dass sie noch vor zwanzig Stunden in Bukarest am Busbahnhof stand.

Ein großes altes Gebäude mit einer Glasfront taucht zu ihrer Linken auf und sie erkennt den Hauptbahnhof. Hier wird der Verkehr dichter, aber dann biegt Rudi zweimal ab und sie befinden sich in einer Nebenstraße mit Rotlichtbars und Pornokinos. Zu ihrem Entsetzen fährt Rudi nicht weiter, sondern verlangsamt die Fahrt und biegt schließlich in einen düsteren Hinterhof ab. Er stellt den Motor aus und das Licht der Scheinwerfer erlischt.

„Hier Bogdan?", fragt Adriana unsicher, aber Rudi gibt ihr keine Antwort. Sie hört ihn im Halbdunkel des Wagens schwer atmen. Sie will gerade erneut nach Bogdan fragen, als die Wagentüren aufgerissen werden und sich zwei Männer zu ihr auf den Rücksitz drängen, die sie grob in die Mitte nehmen.

Im schwachen Licht der Innenraumbeleuchtung sieht sie Rudis müdes Gesicht. „Tut mir wirklich leid, Mädchen", sagt er, dann steigt er aus dem Wagen und geht über den dunklen Hof davon.

Juni 2021: Sinkende Inzidenzen

Frankfurt am Main, Maritim Hotel

Willy Bolz hat die U-Bahnstation an der Messe kaum verlassen, als er sich schon die FFP2-Maske vom Gesicht reißt. Er trägt die elenden Dinger in der U-Bahn und überall dort, wo es vorgeschrieben ist, weil er keinen Ärger haben will, aber niemals auch nur eine Sekunde länger als unbedingt nötig.

Über dem Vorplatz weht ein schwülwarmer Wind. Die Luft scheint zu vibrieren, als wäre sie elektrisch aufgeladen. Es ist noch früh am Abend, aber der Himmel über Frankfurt hat sich verdüstert, weil ein Sommergewitter vom Taunus herüberzieht. Seit einiger Zeit steigen die Temperaturen rasant an und die heißen Tage entladen sich immer mal wieder in heftigen Unwettern.

Bolz setzt sich in Bewegung und steht kurz darauf vor der vollverglasten Fassade des Maritim Hotels. Für ihn sieht es ein bisschen so aus, als sei ein Ufo neben der altehrwürdigen Fassade der Festhalle gelandet, die allerdings hinter Bauzäunen kaum zu sehen ist. Hinter ihm erhebt sich der Messeturm, vor dem Hotel rauscht der Verkehr über die Ebert-Anlage. In den umliegenden Hochhäusern gehen vereinzelt Lichter an. Auch das Ufo ist hell erleuchtet, der ganze Kasten strahlt in der Dämmerung wie ein Weihnachtsbaum. Er kann die Rolltreppen und Aufgänge im Foyer durch die Glasfront sehen, die Tische im Restaurant.

Er will gerade die schmale Zufahrtsstraße überqueren, als ein Kleinbus ihm den Weg abschneidet, direkt vor dem Eingang des Hotels hält und eine Gruppe junger Frauen in taubenblauen Uniformen entlässt, die munter plappernd und Rollkoffer hinter sich herziehend eilig das Foyer betreten.

Stewardessen wahrscheinlich, denkt Bolz, und dass die ganze Crew jetzt vor ihm an der Rezeption steht. Wobei man in Hotels wie diesem wohl eher von einem Check-in spricht als von einer Rezeption. Check-in, wie am Flughafen, als wolle man mit dem verdammten Hotelzimmer wegfliegen.

Willy Bolz greift in die Innentasche seines ausgebeulten Cord-Sakkos, holt ein Päckchen Marlboro hervor und steckt sich eine Zigarette an. Ein Hotel, in dem man rauchen darf, das wäre mal was. Aber das gibt es in Deutschland ja schon lange nicht mehr. Auch so ein Ding.

Er ist in seinem ganzen Leben nur dreimal in Hotels abgestiegen, und das waren eher Pensionen. Im Schwarzwald. In Niederbayern. Und in Tirol. Und das auch nur, weil Maria ihn dazu überredet hat, sie müsse unbedingt mal raus. „Sonst drehe ich noch durch", hat sie gesagt, als säßen sie in Zeilsheim im Gefängnis. Versteh einer die Weiber …

Willy schüttelt den Kopf und drückt die halbgerauchte Zigarette in dem aufgestellten Aschenbecher vor der Glasschiebetür aus. Alles, was er will, ist in seinem Lokal hinter dem Tresen stehen und ehrlich seinen Lebensunterhalt verdienen. Und genau das wird ihm schwer gemacht. Also muss er sein Geld auf andere Art und Weise verdienen, auch wenn ihm das eigentlich nicht passt. Reine Notwehr, nicht mehr und nicht weniger.

Er hat das Foyer gerade betreten, als draußen die ersten dicken Regentropfen fallen und vereinzelt die Glasfront des Hotels besprenkeln. Ein Mann im hellgrauen Anzug kommt mit den Händen in den Hosentaschen von der Sitzecke herübergeschlendert, wirft ihm einen irritierten Blick zu, schaut nach draußen und sagt: „Das gibt heute noch was …"

Als habe er damit das Startsignal gegeben, entlädt sich im nächsten Moment ein wahrer Regenschutt über den Vorplatz, der Wind frischt auf und reißt an den Fahnen vor dem Eingang zum benachbarten Congress Center. Der Mann dreht sich zu Bolz um und nickt ihm bedeutungsschwanger zu, als teilten sie nun ein dunkles Geheimnis.

Bolz ignoriert den Schlipsträger und wendet sich dem Empfangstresen zu. Tatsächlich belagern die Stewardessen gleich zwei Schalter, ein Mitarbeiter des Hotels ist nach vorne gekommen, steht zwischen den abgestellten Rollkoffern und erklärt den Flugbegleiterinnen etwas auf Englisch, offenbar gibt es irgendein Problem. Seine Kollegin hackt derweil hinter dem Tresen mit stoischer Miene Informationen in ihren Computer.

„Sie können gern zu mir kommen!"

Bolz dreht den Kopf und sieht, wie ihn vom anderen Ende des Empfangs eine hochgewachsene Frau mittleren Alters zu sich winkt. Sie trägt eine weiße Bluse und hat sich die langen dunklen Haare zu einem straffsitzenden Zopf zusammengebunden.

„Ich habe ... also für mich ist reserviert worden ..."

„Natürlich, sehr gern", antwortet die Frau mit professioneller Höflichkeit. „Aber Sie müssen hier dennoch eine Maske tragen."

Bolz murmelt eine Entschuldigung und zieht die zerknitterte FFP2-Maske aus seinem Sakko. Jetzt weiß er auch, warum der Anzugsträger so komisch geglotzt hat.

Die Rezeptionistin nickt ihm zu und bedankt sich. Bolz kommt sich vor wie ein Idiot. Als nächstes schiebt die Frau ihm ein Meldeformular über den Tresen. Vielleicht hätte er sich eine Tarnidentität zulegen und zu Hause vor dem Spiegel entsprechende Gesprächssituationen einüben sollen, wie Robert de Niro in *Taxi Driver* ...

Bolz füllt das Formular wahrheitsgetreu aus. Ganz wohl ist ihm dabei nicht, aber da er ja auch noch seinen Impfnachweis zeigen muss, flöge sein Schmierentheater eh auf.

Die Frau am Empfang tippt etwas in ihren PC, dessen Bildschirm für Bolz nicht einsehbar ist. Irgendwas stimmt nicht, denkt er und merkt, wie ihm der Schweiß ausbricht. Die Frau runzelt die Stirn, aber dann lächelt sie und schiebt ihm die Schlüsselkarte über den Tresen. Sie entschuldigt sich dafür, dass sie derzeit wegen der in Hessen geltenden Coronabedingungen den Gästen kein Frühstücksbuffet anbieten dürfen.

Auf dem Weg zum Aufzug macht er einen Bogen um die Wagenburg aus Rollkoffern, die die Stewardessen im Foyer errichtet haben. Eine redet immer noch auf den Hotelmitarbeiter ein, der immerzu entschuldigend die Arme hebt. Zwei der Flugbegleiterinnen sind zum Rauchen nach draußen unter das schützende Vordach gegangen, eine telefoniert und eine weitere steht an der Glasfront und sieht hinaus in den Regen und die aufziehende Dunkelheit. Wohin die anderen verschwunden sind, weiß Bolz nicht. Er beeilt sich in den Lift zu kommen. Es dauert einen Moment, bis er kapiert, dass er die Schlüsselkarte einsetzen muss, um den Aufzug in Gang zu setzen.

Im vierten Stock stehen ein niedriger Tisch und zwei ausladende Sofas vor einer Glasfront hinter der die Lichter der Frankfurter Skyline im Regen verschwimmen. Wenig später hat er sein Zimmer gefunden. Es liegt auf der Innenseite des Hotels, vom Fenster aus sind nur die dunklen Umrisse der Messehallen und triste Zufahrtstraßen zu sehen. Der Raum wird von einem breiten Doppelbett beherrscht. Ein Schreibtisch, ein Sessel, ein an der Wand verschraubter Fernsehbildschirm. Bolz knipst die Stehlampe in der Ecke an, die das Zimmer in indirektes warmes Licht taucht.

Er nimmt die Maske ab, fährt sich mit der Hand durchs schüttere Haar und setzt sich auf die Bettkante. Er betrachtet die kleine Reisetasche, die er mitgebracht hat, schließt für einen Moment die Augen, atmet ein paarmal tief durch und inspiziert dann die Minibar unter dem Schreibtisch. Er entnimmt ihr ein Bier, hebelt den Kronkorken von der Flasche

und trinkt einen großen Schluck. Draußen hat es sich einge-
regnet, die Klimaanlage rauscht, die Flasche liegt kühl und
feucht zwischen seinen schweißnassen Fingern.

Gerade als er aufstehen und sich im Bad die Hände wa-
schen will, klopft es an der Tür.

Der Mann, der ihn vor einigen Wochen in seinem Lokal an-
gesprochen und ihm ein Angebot unterbreitet hat, ist braun-
gebrannt, als wäre er gerade aus dem Urlaub zurückgekom-
men. Er trägt seine übliche Kombination aus Jeans, Sneakers
und Poloshirt, in seiner Hand hält er eine Sporttasche.

Willy Bolz geht beiseite und lässt ihn herein. Sobald die Tür
hinter ihnen ins Schloss gefallen ist, stellt der Mann die Tasche aufs Bett und sagt: „Ihre Bar-Einnahmen der letzten 8
Wochen."

Bolz sieht die Tasche an, als befände sich ein Nest Gift-
schlangen darin. Er will etwas sagen, bringt aber keinen Ton
heraus. Stattdessen greift er nach dem Bier, das er auf dem
Schreibtisch abgestellt hat, trinkt die Flasche zur Hälfte aus
und schüttelt den Kopf.

„Gibt es ein Problem?"

Bolz hebt die Schultern und lässt sie wieder fallen, schüttelt
energisch den Kopf.

„Ein bisschen Aufregung ist ganz normal", sagt der graumelierte Herr und lächelt. „Glauben Sie mir, daran gewöhnen
Sie sich, es läuft doch alles zu Ihrer Zufriedenheit?"

Bolz kaut auf seiner Unterlippe. Er fühlt sich im Recht und
im Unrecht zugleich, weiß aber nicht, wie er es sagen soll.
Stattdessen nimmt er noch einen Schluck Bier.

Seit fast einem halben Jahr manipuliert er nun schon seine
Rechnungsführung und verbucht fremdes Geld als Einnahmen aus seinem Lokal. Seitdem hat er einen Großteil seiner
Schulden begleichen können und seine Konten sind seit Kurzem aus den roten Zahlen raus.

Der Mann lässt sich auf dem Schreibtischstuhl nieder, beugt sich mit den Unterarmen auf den Oberschenkeln nach vorn und faltet die Hände. Bolz lässt sich ihm gegenüber auf die Bettkante fallen, setzt die Flasche erneut an und ist überrascht, dass sie schon leer ist.

„Möchten Sie noch eins?" Der Mann wartet seine Antwort gar nicht ab, sondern greift neben sich in die Minibar, holt eine zweite Flasche hervor, öffnet sie und reicht sie Bolz, der sie wortlos entgegennimmt.

„Sie können sich beim Zimmerservice natürlich auch gern noch etwas anderes bestellen. Whisky? Wodka? Cognac? Was immer Sie mögen. Die Rechnung übernehmen selbstverständlich wir."

Bolz nickt und dreht die Bierflasche zwischen seinen Fingern. „Dieses Geld da, ist das …?"

Der Mann runzelt die Stirn. „Die Einnahmen aus Ihrem Lokal in Zeilsheim, meinen Sie?"

Bolz sagt nichts und weicht dem Blick des Mannes aus. Notwehr, es ist nichts als Notwehr. Egal, wie es andere Leute nennen.

Der Mann steht auf und geht zum Fenster. Bolz hebt den Kopf und sieht, wie er ihm den Rücken zudreht. Draußen ist es jetzt so dunkel, dass er das Spiegelbild des Mannes in der Fensterscheibe sehen kann.

„Entspannen Sie sich. Sie müssen nicht wissen, woher das Geld kommt. Alles ist in bester Ordnung. Trinken Sie noch ein bisschen was. Lassen Sie es sich mal so richtig gut gehen. Möchten Sie heute Abend vielleicht noch etwas Gesellschaft?"

„Gesellschaft?"

„Weibliche Gesellschaft. Ich kann Ihnen eine Telefonnummer geben."

„Ach so. Sie meinen …"

„Ja, meine ich. Natürlich auch auf unsere Kosten."

Der Mann wendet sich vom Fenster ab, greift in sein Sakko und legt eine Visitenkarte auf den Schreibtisch. „Sagen Sie einfach ihre Zimmernummer und was Sie so mögen …"

Willy Bolz fährt sich mit der Hand durch Gesicht. Als der Mann sich neben ihn auf die Bettkante setzt, weht ihn ein Hauch seines Aftershaves an.

„Es läuft alles, wie besprochen. Haben Sie Ihren Wagen in der Tiefgarage?"

„Ich bin mit der U-Bahn gekommen."

Der Mann räuspert sich. „Nehmen Sie sich bitte morgen ein Taxi, ja?"

„Klar, mach ich …"

Eine Weile sagt keiner der beiden Männer etwas, dann greift Willy Bolz entschlossen zum Telefon und bestellt beim Zimmerservice eine Flasche Hennessy.

„Na sehen Sie", sagt der Mann, „so gefallen Sie mir schon besser."

„Trinken Sie einen mit?"

„Ich trinke nicht", entgegnet der Mann kühl und geht zur Tür.

„Dachte ich mir schon", murmelt Bolz.

Er bleibt auf dem Bett sitzen, bis der Zimmerservice den Cognac gebracht hat, schenkt sich einen Doppelten ein, lässt die bernsteinfarbene Flüssigkeit einen Moment im Glas kreisen und nimmt einen großen Schluck. Mit der Wärme des Alkohols in seinem Bauch verflüchtigen sich seine Bedenken. Er nimmt die Karte vom Schreibtisch, dreht sie zwischen den Fingern und lächelt.

Frankfurt am Main, Osthafen

Siggi sitzt in seinem Camaro, den er am Straßenrand geparkt hat, schwitzt und wartet. Es ist kurz nach Mitternacht, der Regen hat nachgelassen und ist in ein leichtes Nieseln übergegangen. In der Hoffnung auf etwas Erfrischung lässt er das Seitenfenster ein Stück herunter und sofort dringt schwere feuchtwarme Luft ins Wageninnere. Da die Temperaturen nicht gefallen sind, hat der Regen alles nur noch schlimmer gemacht.

Siggi flucht und greift nach seinem Handy, wirft es aber gleich wieder zurück auf den Beifahrersitz. Immer noch keine Nachricht.

Er solle an der Peter-Behrens-Straße warten, hat es geheißen, aber die Straße ist nicht nur durch einen Bauzaun versperrt, sondern die Zufahrt sogar mit quaderförmigen Pollern blockiert. Ein Stück weiter vorne befindet sich eine Nachtbar, aber der Rest des Gewerbegebiets, die kleinen Hallen, Freiflächen und geduckten Gebäude, versinkt abseits der Straßenlaternen in Dunkelheit. Über die Funktion der großen fensterlosen Gebäudekomplexe, die er schon auf der Herfahrt entlang der Hanauer Landstraße gesehen hat, kann er nur Vermutungen anstellen.

Aus Langeweile beginnt er danach im Internet zu suchen und findet heraus, dass es sich bei den vielen gesichtslosen Kästen um ein dezentral angelegtes Rechenzentrum handelt, das Frankfurt zum weltweit bedeutendsten Umschlagsplatz für Datenströme macht. Einer der größten Internetknotenpunkte der Welt, sagt Google. Und das hier am Osthafen, wo früher ausschließlich Schiffe vertäut und industrielle Massengüter verladen wurden

Er hat den Internetbrowser seines Handys noch nicht wieder geschlossen, als eine Nachricht auf dem Display angezeigt wird. „Wird auch Zeit", presst Siggi zwischen zusammengebissenen Zähnen hervor und öffnet den Messenger.

„Wo sind Sie?"

Sigi schnaubt und denkt: Genau da, wo ihr mich hinbestellt habt, ihr Armleuchter. „Schielestraße", tippt er als Antwort ein. „Zufahrt zur Behrens-Straße blockiert."

Eine Zeitlang tut sich nichts, dann ploppt eine Antwort auf: „Warten Sie dort. Sie werden abgeholt."

Siggi lehnt sich im Fahrersitz zurück und behält den Bauzaun auf der anderen Straßenseite im Auge. Nach ein paar Minuten meint er, den Schein einer Taschenlampe im Gebüsch hinter dem Zaun zu sehen, zweifelt aber an seiner Wahrnehmung, denn der Lichtstrahl ist sofort wieder verschwunden. Er muss sich einen Moment lang abwenden und die tränenden Augen reiben, und als sein Blick wieder klar ist, steht ein gedrungener Mann mit breiten Schultern im fahlen Schein der Straßenlaterne auf der anderen Fahrbahnseite vor dem Zaun. Als der Mann bemerkt, dass Siggi ihn gesehen hat, überquert er langsam die Straße. Er trägt ein halboffenes weißes Hemd und schwarze Cargo-Hosen, in der rechten Hand hält er eine Taschenlampe. Der Typ hat den leicht schaukeligen Gang eines Schwergewichtboxers und auch dessen Statur. Er sieht sich kurz in beiden Richtungen um, bevor er an die Fahrerscheibe des Camaro klopft und Siggi bedeutet auszusteigen.

Draußen legt sich die Luft sofort wie eine schwere warme Decke um ihn, aber wenigstens der pisswarme Regen hat sich gelegt. Die beiden Männer sind allein auf der Straße. Vom nahegelegenen Kaiserlei-Kreisel dringt Verkehrsrauschen herüber. Der Boxer mustert ihn argwöhnisch, Schweißperlen stehen auf seiner Stirn, dunkle Brusthaare quillen aus dem geöffneten Hemd.

„Hast du was einstecken?"

Siggi schüttelt den Kopf.

„Du kommst auf Empfehlung von der Bulldogge?"

Siggi nickt.

„Okay. Ich muss dich trotzdem filzen. Wir hatten hier erst kürzlich ziemlichen Ärger."

„Klar doch ..."

Siggi lehnt sich vor, streckt die Arme aus, stützt sich mit den Händen aufs Wagendach und spreizt die Beine. Es ist schon das zweite Mal innerhalb weniger Wochen, dass er nach Waffen durchsucht wird.

Ein paar Tage nach der Sache im Sonnenring, bekam er eine Nachricht der Bulldogge. Warum der alte Kiezkönig auf einmal väterliche Gefühle für ihn zu entwickeln schien, wusste Siggi nicht, aber die Nachricht enthielt die Kontaktdaten eines Arztes, mit dem er mal diskret und kostenfrei über sein Problem reden könne. Das Video seines Krampfanfalls war der Nachricht beigefügt. Dass dieser Arzt seine Sprechstunden nur nachts auf dem brachliegenden Gelände des alten Frankfurter Gaswerks abhielt, passte zu den vielen undurchsichtigen Geschäften des alten Mannes.

Siggi folgt dem Boxer durch ein Loch im Bauzaun. Die Behrens-Straße führt im Halbkreis um das Gelände des ehemaligen Gaswerks herum und wird hier zu beiden Seiten von wildwachsenden Büschen begrenzt. Nach einigen Metern flammt eine Taschenlampe vor ihm auf und leuchtet einen Trampelpfad im Unterholz aus. Siggi erkennt die Überreste eines Lagerfeuers. Fahrradreifen und aufgesägte U-Schlösser liegen zwischen Konservendosen und Verpackungsmüll herum.

„Elende Junkies", brummt der Boxer, ohne sich zu ihm umzudrehen. „Die kommen von der Drogenhilfe an der Schielestraße und spritzen sich hier ihren Dreck ..."

Siggi folgt dem spärlichen Lichtstrahl durch die Büsche, Äste streifen seine Arme, ein elastischer Zweig federt zurück und schlägt ihm im Halbdunkel beinahe ins Gesicht.

Er will den Boxer gerade fragen, wie lange sie sich hier noch durch den Dschungel kämpfen müssen, da gelangen sie zu einem weiteren Bauzaun, hinter dem sich eine offene Fläche erstreckt. Zuerst bemerkt Siggi nur, dass es deutlich heller wird, was wohl auf die Notbeleuchtung der Hallen und Werften am nahegelegenen Osthafenbecken zurückzuführen ist. Erst als sie durch einen Spalt im Zaun die Freifläche betreten, sieht er den verklinkerten Turm des alten Gaswerks zu seiner rechten. Über dem Eingang glimmt eine Lampe.

Der Boxer klopft an die verschrammte Mettaltür und erklärt: „Lässt sich nur von innen öffnen ...“

Die alte Frau, die kurz darauf im Türspalt auftaucht, ist klein und zierlich, sie trägt einen weißen Kittel und eine FFP2-Maske. Sie nimmt Siggi argwöhnisch in den Blick, und als er ausdruckslos zurückstarrt, hebt sie die Schultern und lässt ihn und den Boxer eintreten.

Das Innere des Turms ist mit provisorischen Wänden abgeteilt, ein paar Infusionsständer und Sauerstoffflaschen stehen herum, ein Standlicht, wie man es an einem Filmset erwarten würde, sorgt für die Beleuchtung. Das helle Mauerwerk des Turms ist im Eingangsbereich gut sichtbar, der Boxer hat sich mit vor der Brust verschränkten Armen gegen die Tür gelehnt. Daneben erkennt Siggi einen kleinen Monitor, über den man offenbar kontrollieren kann, wer draußen steht.

Beherrscht wird der Vorraum von einem ramponierten Metall-Schreibtisch, auf dem lediglich ein aufgeschlagenes MacBook liegt. Die Frau hat sich eine Brille mit dünnem Rand aufgesetzt, studiert den Bildschirm und tippt etwas auf der Tastatur ein, dann verschwindet sie wortlos durch eine dünne Holztür in einen Nebenraum. Siggi kann hören, wie sie dort mit jemandem spricht.

Die wesentlichen Sachen hier drin, denkt Siggi, könnte man in wenigen Minuten zusammenklappen, abmontieren und mitnehmen. Er dreht sich zu dem Boxer um, der ihm gönnerhaft zunickt, und als er sich wieder umdreht, kommt die Frau gerade aus dem Nebenraum zurück, lässt die Tür für ihn offenstehen und sagt: „Bitteschön!"

Der Arzt trägt auch eine Maske, aber unter dem Kinn. Er sitzt hinter einem Schreibtisch, der ebenso verschrammt ist wie sein Pendant im Eingangsbereich, und sieht Siggi aus müden Augen an. In den hohen Metallregalen rechts und links stapeln sich Verbandspackungen, Tablettenschachteln und jede Menge medizinischer Krempel, den Siggi nicht zuordnen kann. Es sieht aus wie in einem Secondhand-Laden für Krankenhausbedarf.

„Setzen Sie sich doch", sagt der Arzt, und Siggi lässt sich auf dem schlecht gepolsterten Stuhl vor dem Schreibtisch nieder.

Eine halbe Stunde später hat er von seinen Problemen berichtet und dem Arzt auch das Video seines Anfalls gezeigt. Während der körperlichen Untersuchung und der Überprüfung seiner Reflexe hat der Mediziner ihn wie nebenbei weiter befragt. Wie alt er sei? Ober er chronische Erkrankungen habe? Ob er so etwas schon mal hatte? Ob er rauche, trinke, Drogen nehme?

Während Siggi noch dabei ist, sich wieder anzuziehen, lässt sich der Arzt in seinen Sessel fallen, gähnt ausgiebig und entschuldigt sich sofort dafür. Siggi winkt ab, schlüpft in seine Schuhe und setzt sich ihm wieder gegenüber.

„Sie müssen unbedingt ein MRT machen lassen", sagt der Arzt, als Siggi sich die Schnürsenkel gebunden und wieder erhoben hat.

„Ein was?"

„Eine Kernspintomographie, ein bildgebendes Verfahren, mit dem man sozusagen in ihren Kopf schauen kann ..."

„Und das macht ihr hier?"

„Nein, das übersteigt unsere Möglichkeiten. Wir sind hier auch mehr auf … sagen wir mal … kurzfristige Schadensbekämpfung spezialisiert …"

Siggi lacht grimmig. „Ja, das habe ich mir schon fast gedacht."

„Hören Sie", beginnt der Arzt vorsichtig, „ich bin Chirurg, kein Neurologe …"

„Aber Sie glauben, dass ich was im Kopf habe, oder?"

„Wie gesagt, ohne …"

„Das ist doch dummes Gesülze!" Siggi springt auf und schlägt mit der Faust auf die Schreibtischplatte, aber der Arzt verzieht keine Miene. Er weicht auch nicht zurück. Im selben Moment fliegt hinter ihm die Tür auf und der Boxer stürmt in den Raum.

„Alles in Ordnung! Alles gut!", sagt der Arzt laut und deutlich und der Boxer bleibt zurück.

Siggi hebt die Arme. „Tut mir leid, okay?"

Der Arzt nickt.

„Die Sprechstunde ist beendet", sagt der Boxer und deutet auf den Durchgang. „Hast doch bestimmt noch was zu tun heute Nacht, oder?"

Stimmt sogar, denkt Siggi und geht in den Vorraum, wohl wissend, dass er bei einer falschen Bewegung einen Schlag von hinten in die Nieren riskiert.

Die kleine Frau im weißen Kittel öffnet die schwere Außentür, die kurz darauf hinter ihm erstaunlich leise ins Schloss fällt. Einen Moment lang steht er im gelblichen Licht der Außenbeleuchtung, dann erlischt auch die.

Es dauert eine Weile, bis er sich durch das Dickicht zurück an den zweiten Bauzaun gekämpft hat. Siggi liest die Zeitanzeige von seinem Handy ab, es ist noch nicht mal halb zwei, er hat noch Zeit. Eine Weile fährt er ziellos umher, dann kehrt er ins Bahnhofsviertel zurück.

In dem kahlen Zimmer im ersten Stock in der Taunusstraße macht er kein Licht, sondern legt sich vollständig bekleidet auf das alte Gitterbett und starrt auf das Schattenspiel an der Decke, das von den unten vorbeihuschenden Lichtern erzeugt wird. Siggi denkt an den Tumor in seinem Kopf, aber ans Sterben denkt er nicht. Er denkt an die komische Untersuchung, die ihm der Quacksalber im Gaswerk empfohlen hat, dann denkt er an die Bulldogge und warum der alte Bastard sich auf einmal für seine Gesundheit interessiert, und dann denkt er auf einmal doch ans Sterben, und das ist das Letzte, an das er denkt, bevor er einschläft.

Im Morgengrauen weckt ihn das Klingeln seines Handys. „Wir sind jetzt unterwegs", sagt der Mann und legt gleich wieder auf.

Siggi reibt sich die Augen, bleibt noch einen Moment vornübergebeugt am Bettrand sitzen, dann steht er auf, geht zum Fenster und zündet sich eine Frühstückszigarette an.

**

Als Alexander Bühler im Morgengrauen den Turm verlässt, grinst Boris immer noch selbstzufrieden. Ob sein Eingreifen bei der Sache mit dem Zuhälter nötig gewesen ist, steht zwar in den Sternen. Aber Boris hat reagiert und bewiesen, dass man sich auf ihn verlassen kann. Karin Schneider nimmt ihre FFP-Maske ab und hält das Gesicht mit geschlossenen Augen in die leichte Morgenbrise, im ersten Dämmerlicht wirkt ihre Haut wie rissiges Pergament.

„Kühler als jetzt wird's heute nicht mehr ...", sagt Boris und knöpft sich das Hemd bis zum Bauch auf, bevor er grußlos über den brachliegenden Streifen zu dem Parkplatz mit den Lkw aufbricht.

Jeden Morgen verschwindet der Leibwächter irgendwo zwischen den Werkshallen am Osthafen und taucht abends wieder auf. Über Privates reden sie nicht, Alexander Bühler hat keine Ahnung, wohin Boris sich tagsüber zurückzieht. Von seiner Assistentin weiß er ein bisschen mehr, sie gehen jeden Morgen zusammen zur Straßenbahnhaltestelle an der Hanauer Landstraße. Die Lichter in den umliegenden Autohäusern sind noch gedimmt, nur der Fastfood-Schuppen ein Stück weiter vorne hat schon geöffnet. Der Verkehr auf der mehrspurigen Straße nimmt jetzt fast minütlich zu, an der Haltestelle warten müde Pendler mit Kaffeebechern in den Händen, andere starren auf die Displays ihrer Handys.

Während der Fahrt sitzen sie sich schweigend gegenüber, manchmal schläft die Schneider ein und Alexander muss sie wecken, wenn die Haltestelle Allerheiligentor aufgerufen wird. Dann bedankt sie sich bei ihm, wünscht eine gute Nacht, steigt aus und geht mit kleinen schnellen Schritten davon.

Heute wirkt die ehemalige Krankenschwester seltsam redselig. Vielleicht, weil ihnen zwei freie Nächte bevorstehen. Am Schweizer Platz fragt sie Bühler, ob er nicht Lust habe, einen Kaffee mit ihr zu trinken.

„Nur Kaffee", fügt die Schneider hinzu und weicht seinem Blick aus. „Nicht dass Sie noch denken, die alte Frau hier will Sie anmachen …"

Bühler lächelt, die Situation ist ihm ein wenig unangenehm.

„Seien Sie mir nicht böse, Frau Schnei…, ich meine Karin, seien Sie mir nicht böse, aber …"

„Nein, nein, schon gut, dann vielleicht ein anderes Mal …"

„Sicher gern, ein anderes Mal, ich will heute einfach nur nach Hause und schlafen."

„Natürlich", sagt die Schneider und sieht schnell aus dem Fenster.

Bühler will noch etwas Verbindliches sagen, aber es fällt ihm nichts ein. Er hat das Gefühl, seine Assistentin verletzt zu haben, aber er kann sich einfach nicht vorstellen, mit ihr in einem Café zu sitzen und sich ihre Lebensgeschichte anzuhören.

Als sie am Allerheiligentor aussteigt, winkt sie ihm kurz zu und wünscht ihm schöne Tage. Bühler fühlt sich erleichtert, als die Bahn wieder anfährt, und weiß nicht recht warum. Er steigt am Hauptbahnhof aus, durchquert die B-Ebene und nimmt die S7 nach Groß-Gerau. Anfangs war er mit dem BMW gefahren, aber nach besonders harten Nächten fing er gern schon auf dem Heimweg an zu trinken. Als er einmal schon ziemlich angetrunken an einer Polizeikontrolle vorbeikam, die glücklicherweise seinen Vordermann und nicht ihn herauswinkte, stieg er noch am selben Abend auf die Bahn um. Über den Feldern im Umland geht die Sonne auf und als er am Dornberger Bahnhof aussteigt, spürt man bereits, dass erneut ein heißer Sommertag bevorsteht. Die Müdigkeit, die ihn noch auf der langen Straßenbahnfahrt durch Frankfurt fest im Griff hatte, ist auf einmal verflogen. Er kennt das schon, manchmal fällt er nach solchen Nächten morgens todmüde ins Bett, und dann liegt er wach und kann nicht einschlafen. Dann beginnt das Gedankenkarussell seine Runden zu drehen, und das endet meistens damit, dass er überhaupt nicht zur Ruhe kommt. Das Einzige, was dann hilft, ist noch mehr Alkohol …

Bühler steigt in seinen Wagen, den er auf dem kleinen Bahnhofs-Parkplatz abgestellt hat, und lässt ihn den Hügel hinunter in Richtung Kreuzung rollen. Heute sind keine Schüler unterwegs, die gegenüberliegende Berufsfachschule scheint geschlossen zu sein. Er weiß nicht, ob bereits Ferien sind oder wieder mal Homeschooling angeordnet wurde, jedenfalls muss er keine Angst haben, dass ihm ein aufs Handy glotzender Schüler vors Auto läuft. Er biegt links auf den Südring ab, steuert den Wagen an den Sportplätzen vorbei und macht sich auf den Weg nach Hause in die Nordsiedlung.

Im Flur riecht es muffig, in den Zimmern steht die Luft. Bühler geht von Raum zu Raum und öffnet die Fenster, lässt auch die Haustür offenstehen, um Durchzug zu erzeugen, so lange es draußen noch nicht zu heiß ist. Der alte Schubert kommt gerade mit seinem Hund aus dem Feld zurück und winkt ihm zu. Bühler fällt wieder ein, dass er sich nie für die Trauerkarte bedankt hat, die der Nachbar ihm damals in den Postkasten geworfen hat.

In Sylvias Arbeitszimmer liegt ein breiter Fleck Morgensonne auf dem Teppich. Auf dem Schreibtisch stapeln sich ungelesene Bücher, der Klavierdeckel ist aufgeklappt, ein Notenblatt liegt auf dem dafür vorgesehenen Halter. Es ist Beethovens Mondscheinsonate. Das letzte Stück, das sie gespielt hat. Zumindest das letzte Stück, das er sie spielen gehört hat. Die meisten Paare schweißt eine lebensbedrohliche Krankheit enger zusammen, es wäre also eine billige Ausrede allein dem Krebs die Schuld an ihrer Entfremdung zu geben.

Alexander Bühler legt die flache Hand auf das sonnenwarme Holz des Klaviers und schließt die Augen. Er fragt sich, wann die Dinge anfingen in die falsche Richtung zu laufen. Vielleicht an dem Tag, als Sylvia sich hier zum ersten Mal in ihrem Musikzimmer eingeschlossen hat ...

Januar 2020, anderthalb Jahre zuvor

„Sie werden mir die Brüste abschneiden ...", sagte sie am Morgen dieses Tages, ohne ihn dabei anzusehen. Sie lehnte an der Küchenzeile und nippte an einem Becher Kamillentee.

Bühler ließ die Zeitung sinken und sah seine Frau überrascht an. „Das kann man zum jetzigen Zeitpunkt noch gar nicht ..."

Sylvia schüttelte energisch den Kopf. „Ich habe mich mit einer Frau in einem Online-Forum unterhalten, die auch an Brustkrebs erkrankt ist."

„Und weil man ihr die Brüste abgenommen hat, denkst du jetzt, das passiert dir auch?"

Sylvia antwortete nicht, sondern kaute auf ihrer Unterlippe herum. Bühler sah, wie sich ihre langen schlanken Finger um die heiße Tasse legten, als wolle sie ausprobieren, wie lange sie den Schmerz aushalten konnte.

„Wir müssen jetzt erst mal abwarten, was die Untersuchungen ergeben ...", sagte Bühler vorsichtig.

„So. Müssen wir das?"

Bühler schloss die Augen. In einer knappen Stunde begann sein Dienst im Krankenhaus. Der OP-Plan in den ersten Wochen des neuen Jahres war dermaßen voll, dass ihm kaum Zeit zum Pinkeln bleiben würde. Er konnte das jetzt unmöglich hier und jetzt mit ihr ausdiskutieren.

„Es ist meine Brust, mein Leben, weißt du?" Sylvia stellte den dampfenden Teebecher auf der Küchenanrichte ab, ging zum Fenster und sah nach draußen. Die Wintersonne schien in die Küche, auf den umliegenden Feldern lag etwas Raureif.

„Was für ein wunderschöner Morgen", sagte Sylvia leise. „Was für ein wunderschöner Morgen."

Bühler faltete die Zeitung zusammen und führte die Tasse zum Mund. Der letzte Schluck Kaffee war nur noch lauwarm und schmeckte bitter.

„Lass uns heute Abend darüber reden, ja?", sagte er sanft, stand auf, legte seiner Frau die Hände auf die Schultern und küsste ihr Haar. Sylvia antwortete nicht. Als er wenig später das Haus verließ, stand sie immer noch am Fenster und beobachtete, wie er in den Wagen stieg.

Er spürte ihre Blicke, als er den Motor anließ und die Lüftung einstellte, damit die Scheiben nicht von innen beschlugen. Die dünne Eisschicht auf der Windschutzscheibe schmolz fast sofort, draußen herrschten schon leichte Plusgrade, der Winter war viel zu mild.

Mit dem Motor war auch das Radio angesprungen, die Nachrichten meldeten einen Flugzeugabschuss nahe Teheran, die EU-Außenminister trafen sich in Brüssel und in China breitete sich eine mysteriöse Lungenkrankheit aus. Er legte den ersten Gang ein und winkte seiner Frau, die immer noch am Fenster stand und ihn beobachtete, aber nicht zurückwinkte.

Das Bild Sylvias, wie sie reglos am Küchenfenster stand, verfolgte ihn den Tag über. Er drängte es am OP-Tisch erfolgreich zurück, aber bereits während eines simplen Verbandwechsels tauchte es wieder auf und setze sich fest. Bei der nachmittäglichen Stationsübergabe gingen seine Gedanken auf Wanderschaft. Er lehnte an der Wand im Stationszimmer, das mit den Pflegern und Schwestern der beiden Schichten angefüllt war, sah aus dem Fenster in Richtung Taunus und fragte sich, wie er seine Frau wohl am frühen Abend vorfinden würde. Natürlich wusste er, dass eine Brustamputation durchaus im Bereich des Möglichen lag, und wenn die Fachärzte sie vorschlugen, dann würde er dem zustimmen, aber natürlich war es Sylvias Entscheidung ...

„Wir langweilen unseren Herrn Doktor, glaube ich!"

Schwester Silke hatte das gesagt, aber Bühler brauchte einen Moment, um zu kapieren, dass er gemeint war. Verwirrt sah er sich im Stationszimmer um. Er hatte keine Ahnung, wovon gesprochen wurde. Jemand nannte einen Patientennamen und er begann, hektisch in seinen Notizen zu blättern. Die anderen grinsten, aber er schämte sich. So etwas konnte er sich nicht leisten.

Als er am späten Nachmittag nach Hause kam, hörte er Sylvia Klavier spielen. Er wollte sich zu ihr setzen, fand aber die Tür zum Musikzimmer verschlossen vor. Er wartete im Flur, bis sie ein Stück beendet hatte, und klopfte.

„Ich bin wieder da", sagte er zu der geschlossenen Tür. „Wollen wir zusammen essen?"

Statt einer Antwort hämmerte Sylvia eine Stakkato-Version von Mozarts Türkenmarsch in die Tasten.

Alexander Bühler ging ins Wohnzimmer, schenkte sich einen Whisky ein und wartete. Er hatte noch nicht viel gegessen und spürte den hochprozentigen Alkohol sofort. Es war kalt im Zimmer, offenbar hatte Sylvia den ganzen Tag über kaum geheizt. Bühler drehte den Heizkörper auf, setzte sich wieder und hörte dem Klavierspiel seiner Frau zu.

Eine Stunde lang spielte Sylvia Mozart-Sonaten, dann ging sie zu wüstem Boogie-Woogie-Geklimper über. Ein paar Tage nach der Krebsdiagnose hatte sie sich von ihrer Lehrtätigkeit an der Musikschule freistellen lassen. Bühler fragte sich, ob es nicht besser wäre, wenn sie wieder unterrichten würde. Er hätte gern mit ihr darüber gesprochen.

Gegen halb acht verstummte das Klavier. Bühler hatte zu diesem Zeitpunkt bereits das dritte Glas Whisky getrunken und fühlte sich leicht taumelig. Er legte sein Ohr an das Türblatt, strich mit der flachen Hand über das helle Holz und lauschte. Er glaubte, ein Rascheln im Zimmer zu hören.

„Sylvia?"

Das Rascheln erstarb sofort.

„Sylvia, können wir nicht … Ich meine, mach doch bitte mal die Tür auf …"

Bühler hielt die Luft an und wartete. Als er sie schon erneut bitten wollte, zu öffnen, sagte Sylvia: „Bitte geh weg."

Sie sagte es weder laut noch leise. Sie sagte es, wie jemand sagen würde: „Morgen soll es regnen."

Er trat einen Schritt zurück und ballte die Fäuste. Er wollte gegen die Tür hämmern und sie anschreien, endlich aufzumachen und mit ihm zu reden, wohl wissend, dass er damit alles nur noch schlimmer machen würde.

Bühler war klar, dass er mit drei doppelten Whiskys intus nicht mehr fahren durfte, saß aber dennoch ein paar Minuten später hinter dem Steuer seines BMW, verließ die Siedlung und fuhr in Richtung Groß-Gerauer Innenstadt. Er passierte den Netto-Markt und fuhr auf die Brücke mit den Autobahnzubringern. Er wurde unsicher, nahm den Fuß vom Gas, obwohl die Ampel vor ihm auf Grün stand, und wurde prompt von seinem Hintermann überholt. Bühler fuhr an den rechten Fahrbahnrand.

Mit laufendem Motor stand er auf dem schmalen Seitenstreifen, die Scheinwerfer der entgegenkommenden Fahrzeuge blendeten ihn, und er richtete den Blick zur Seite, wo sich irgendwo in der Dunkelheit hinter den entlaubten Büschen die mehrstöckige Bauruine eines nie fertiggestellten Bürogebäudes erhob. Nach einer Weile sah er in den Rückspiegel, nutzte eine Lücke im Verkehr und fuhr auf den Zubringer. Er nahm die Autobahn in Richtung Darmstadt, reihte sich sofort auf der Überholspur ein, ließ beide Seitenfenster herunter und genoss, wie der eiskalte Fahrtwind an ihm zerrte und durch den Wagen stob. Als die Abfahrt Büttelborn in Sicht kam, ging er vom Gas.

Im Helvetia Parc steuerte er den mäßig frequentierten Drive-In-Schalter am Burger King an, orderte einen Whopper mit Fritten und eine große Cola und parkte etwas abseits auf dem Gelände des Einkaufszentrums unter einem der großen Beleuchtungsmasten. Gierig stopfte er den Burger und die fettigen Fritten in sich hinein, spülte mit Cola nach und fragte sich, wann er zum letzten Mal so etwas gegessen hatte, normalerweise mieden er und Sylvia Fast Food.

Ja, dachte er bitter, und normalerweise fuhr er auch nicht alkoholisiert Auto. Normalerweise saßen er und seine Frau an einem solchen Abend zusammen im Wohnzimmer auf der Couch. Normalerweise redeten sie miteinander.

Das fettige Essen füllte seinen Magen und vertrieb den Schwindel, gab ihm das Gefühl, wieder nüchtern zu sein. Er wischte sich die Finger an einer der Servietten ab, warf die braune Papiertüte mit den Überresten seiner Mahlzeit in den Fußraum auf der Beifahrerseite, startete den Wagen und fuhr im Schritttempo über den Parkplatz. Die Reihen vor dem Baumarkt lichteten sich bereits, aber aus den beiden Supermärkten kamen immer noch Menschen mit vollem Einkaufswagen, die Bärenapotheke an der Ecke hatte bereits geschlossen.

Bühler hielt vor dem leerstehenden Gebäudeteil, in dem einmal Groß-Geraus letzte große Videothek untergebracht war. Direkt daneben befand sich das Löwen Center, eine Spielothek, deren Fenster mit Bildern einer Hochhaus-Skyline bei Nacht abgeklebt waren. Er schloss die Augen und massierte sich die Nasenwurzel mit Daumen und Zeigefinger. Was wollte er hier? Er wusste es nicht, aber dennoch stieg er aus dem Wagen und betrat den Spielsalon.

Im Inneren war es angenehm warm. Der Boden war mit dickem rotem Teppich ausgelegt, Spiegel vergrößerten den Raum optisch. Ein schlaksiger junger Mann mit stark hervortretendem Adamsapfel stand hinter dem Wechseltresen. Er trug ein weißes Hemd und eine ärmellose schwarze Weste und begrüßte Alexander Bühler mit einem freundlichen Nicken.

Die Automaten hingen nicht an den Wänden, wie er es eigentlich erwartet hatte, sondern standen als mannshohe klobige Kästen in den Nischen des verwinkelten Raums. Es gab nur einen einzigen anderen Gast, einen dürren Mann in seinem Alter, der hektisch vor einem der Spielautomaten herumtrippelte, als könne er damit den Spielverlauf beeinflussen.

Bühler steuerte den nächstliegenden Spielautomaten an und ließ sich auf dem gepolsterten Hocker davor nieder. Eine Weile beobachtete er die bunten Lichter, die intervallartig an- und ausgingen. Er kannte die Geldspielautomaten mit den drei Knöpfen (Start, Stopp, Risiko), die in seiner Kindheit in jeder Kneipe hingen, aber das hier war etwas vollkommen anderes. Die grellen Displays, kryptischen Schriftzeichen und vor allem das konsolenartige Bedienfeld mit seinen bunten Knöpfen und Tasten wirkten auf ihn wie das Cockpit eines Raumschiffs.

Während Bühler noch reichlich verwirrt vor dem martialischen Kasten saß, betrat eine Frau im marineblauen Hosenanzug und hohen Schuhen das Casino. Sie wechselte ein paar Worte mit dem jungen Mann hinter dem Tresen, sah sich kurz um, durchquerte den Raum, lächelte sowohl ihm als auch dem anderen Gast zu und verließ die Spielothek wieder.

Bühler rutschte von seinem Hocker und steuerte den Ausgang an. Er wollte noch nicht nach Hause, weil er nicht wusste, was ihn dort erwartete, aber hier konnte er auch nicht bleiben.

Im fahlen Licht der Parkplatzbeleuchtung wirkte das Einkaufszentrum auf einmal abweisend auf Alexander Bühler. Der Eingang des Elektrofachmarkts auf der anderen Seite des Platzes war bereits durch ein Rollgitter versperrt, auch der Laden für Tierbedarf hatte geschlossen. In den Geschäften, die bis vor Kurzem noch geöffnet hatten, gingen nacheinander die Lichter aus.

Bühler stand vor dem Spielecenter und dachte an seine Jugend, als hier nur unbebautes freies Feld gewesen war. Oder waren es bewirtschaftete Äcker? Er hatte keine Ahnung. Wie schnell man so etwas vergaß.

„Na? Nichts für Sie dabei gewesen?"

Bühler drehte sich nach der Stimme um und sah die Frau aus der Spielothek an der Ecke des Gebäudes lehnen, wo sich der Eingang zu einem Fitnesscenter befand. Sie trug jetzt einen halblangen beigefarbenen Mantel über dem Hosenanzug und rauchte eine Zigarette.

„Nein, ist nichts für mich ..."

Die Frau nickte, schnippte die Kippe weg, stieß Rauch aus und kam zu ihm herüber. „Ist ja auch Kinderkram, oder?"

Bühler hob die Schultern. Die Frau hatte kurze blonde Haare und den ungesunden Teint regelmäßiger Besuche im Solarium. Er schätzte sie auf Mitte, Ende 30.

„Was ist Ihr Spiel?", fragte sie.

„Poker, also früher ..."

Die Frau zog erfreut die Augenbrauen in die Höhe. „Und? Lust, es mal wieder zu probieren?"

Bühler wusste nicht, was er sagen sollte. Er fragte sich, warum er sich überhaupt auf dieses Gespräch eingelassen hatte. Während seiner Studentenzeit war er Teil einer Pokerrunde gewesen, die einmal in der Woche um ein paar Euro gespielt hatte, weil es so ganz ohne Einsatz halt keinen Spaß machte. Meistens wurde dabei ziemlich viel gesoffen und am Ende waren alle sternhagelvoll ...

„Ich weiß nicht", sagte er. „Eher nicht ..."

Zu seiner Überraschung akzeptierte die Frau seine abschlägige Antwort sofort.

„Schade", hauchte sie, wünschte ihm noch einen schönen Abend, drehte sich um und ging auf den Eingang des Spielcasinos zu. Sie hatte die Hand schon auf der Klinke, als Bühler das Gefühl überschwemmte, etwas tun zu müssen.

„Warten Sie mal …", rief er ihr hinterher und die Frau hielt in der Bewegung inne und kam zu ihm zurück.

„Es gibt da eine exklusive Spielerrunde. Allerdings sind die Einsätze etwas höher …"

Bühler hatte keine Ahnung, was das genau bedeutete, sagte aber dennoch: „Kein Problem."

Er hielt noch einmal kurz am Bankautomaten und hob 700 Euro ab, dann verließ er mit der fremden Frau auf dem Beifahrersitz das Einkaufszentrum.

Die Fahrt ging über den Südring stadtauswärts. Er glaubte schon, dass sie ihn nach Nauheim lotsen würde, aber an der letzten Ampel nach der blaubeleuchten Aral-Tankstelle, ließ ihn die Frau rechts und gleich wieder links ins Gewerbegebiet abbiegen.

Mietgaragen, Silos und Speditionshallen lagen dort in künstlichem Dämmerlicht. Auf der Straße und dem schmalen Bordstein war niemand unterwegs. Kurz vor dem neuen Kreisel, der in den ersten Wochen seines Bestehens für Aufregung im Ort gesorgt hatte, weil immer mal wieder jemand seinen Wagen auf die Mittelinsel gesetzt hatte, gab es eine weitere Spielothek, die etwas abgelegen lag, aber durch die auffällige rotblaue Beleuchtung gerade in der Dunkelheit von der Bundestraße aus gut zu sehen war.

Als die Leuchtreklame des geduckten Baus auftauchte, war sich Bühler sicher, dass ihre Fahrt dort enden würde. Die Frau machte allerdings keine Anstalten, ihn auf den fast leeren Parkplatz zu seiner Linken zu dirigieren, sondern ließ ihn der Rechtsbiegung folgen. Am Ende der von Metallbau- und Recyclingfirmen gesäumten Straße befand sich die offene Bahnstrecke, an der sich lediglich ein schmaler Radweg befand.

Kurz bevor sie das Ende der ausgebauten Straße erreichten, räusperte sich Bühler, und die Frau sagte: „Jetzt ganz langsam, dann im Wendekreis rechts ab ..."

Tatsächlich tauchte im Licht der Scheinwerfer ein geschotterter Weg zwischen der letzten Halle und dem Radweg auf. Der Wagen passte gerade so durch den zu beiden Seiten dicht mit kahlen Büschen bewachsenen Pfad, Zweige schlugen an die Seite des BMW, herabhängende Äste schleiften über das Dach. Bühler fuhr Schritttempo und warf einen raschen Seitenblick auf die Frau im Beifahrersitz, die im schwachen Licht der Armaturenbeleuchtung ausdruckslos in den dunklen Tunnel vor ihnen starrte.

„Wir sind gleich da", sagte sie, wie um ihn zu beruhigen, und erst in diesem Moment wurde Alexander Bühler vollständig bewusst, dass er mit knapp 1000 Euro Bargeld in der Tasche einer seltsamen Frau an den äußersten Rand Groß-Geraus gefolgt war, an einen Ort, an dem er von niemandem Hilfe zu erwarten hätte, wenn gleich ein Komplize der Dame die Wagentür aufreißen und ihn nach draußen zwischen die dunklen Büsche zerren würde ...

Statt eines Komplizen tauchte allerdings plötzlich eine Lichtung vor ihnen auf, die von einer alten vollkommen deplatziert wirkenden Straßenlampe matt beleuchtet wurde. Neben dem Lampenmast parkten zwei Mittelklassewagen und dahinter stand ein Bürocontainer, wie man ihn oft auf Baustellen zu sehen bekam. Aus dem einzigen Fenster des Containers fiel Licht nach draußen.

Die Frau löste ihren Sicherheitsgurt, öffnete die Beifahrertür und stieg aus. Bühler stellte den Motor aus, blieb aber sitzen.

„Kommen Sie", sagte die Frau. „Sie müssen keine Angst haben."

„Habe ich nicht", erwiderte er eine Spur zu schnell.

„Na dann ..."

Die Frau ging auf den Baucontainer zu und klopfte an der Tür, die sich kurz darauf öffnete. Ein glatzköpfiger Mann mit einem mächtigen Bauch schob sich aus dem Containereingang und die Frau redete auf ihn ein. Der Mann nickte ein paar Mal, sah zu Bühler rüber, der vor dem BMW stehengeblieben war, und winkte ihn heran.

Frankfurt am Main, Bahnhofsviertel

Als die beiden Männer Adriana vor einer gefühlten Ewigkeit aus dem Auto gezerrt und die Treppe hinuntergestoßen hatten, dachte sie tatsächlich immer noch an einen Irrtum, an eine grausame Verwechslung.

Sie fragte immerzu nach Bogdan und einer der Männer lachte und äffte sie nach, als er ihr den Rucksack abnahm und sie in dem fensterlosen Kellerraum einschloss. Adriana war dermaßen durcheinander, dass sie sich nicht eine Minute lang zur Wehr setzte, was, wie sie später noch erfahren sollte, unter den gegebenen Umständen eine sehr kluge Entscheidung gewesen war.

In dem engen Raum gab es nur eine stockfleckige Matratze, die auf dem abgetretenen PVC-Fußboden lag. Die Wände waren mit löchrigen Rigips-Platten verkleidet. Das dämmrige Licht der schwachen Glühbirne reichte nicht aus, um den ganzen Raum zu beleuchten, in den Ecken nisteten tiefschwarze Schatten. Adriana zuckte zusammen, als kurze Zeit später die Tür hinter ihr aufgerissen wurde und einer der Männer wieder erschien. Es war der jüngere der beiden, er war schlank und hatte militärisch kurzgeschorene Haare und einen Dreitagebart, aus dem Kragen seines schwarzen T-Shirts mäanderte eine tätowierte Schlange über seinen Hals. Er warf ihr den durchwühlten Rucksack vor die Füße, in der anderen Hand hielt er einen Plastikeimer mit Henkel, den er neben der Tür platzierte.

„Toilette", sagte der Mann, als er Adrianas irritierten Blick bemerkte, dann lachte er und fügte hinzu: „Und viele Küsschen von Bogdan …"

Noch lange nachdem der Mann wieder verschwunden war, stand Adriana reglos in der Mitte ihres trostlosen Gefängnisses. Die Erkenntnis traf sie schlagartig. Bogdan würde sie nicht retten. Es gab auch kein Missverständnis. Alles war nach Plan verlaufen. Sie war ja so naiv gewesen. Plötzlich musste sie an Rudi denken, der sie hergebracht hatte, mehr als einmal hatte er ihr die Möglichkeit gegeben, abzuhauen, und sie hatte es nicht kapiert, hatte sich nur gewundert, warum sich der Deutsche so merkwürdig verhielt …

Wie lange das alles her ist, kann Adriana schon gar nicht mehr sagen. Das Zeitgefühl war das Erste, was ihr hier unten abhandengekommen ist. Immer wieder flackert das unstete Licht der Glühbirne, ein sicheres Zeichen dafür, dass es bald wieder ganz erlischt. Adriana weiß mittlerweile, dass es dann keinen Sinn hat, auf den Schalter neben der Tür zu drücken, das Licht geht ohne ihr Zutun und ohne eine erkennbare Gesetzmäßigkeit von selbst an und wieder aus. Zuletzt sind die Phasen ohne Licht aber deutlich länger geworden. Dann liegt sie mit geschlossenen Augen in der Dunkelheit. Nicht dass es einen Unterschied machen würde, die Schwärze, die sie umgibt, ist vollkommen, aber so ist es besser auszuhalten. Wenn sie mit offenen Augen zu lange in die Finsternis starrt, kommt die Panik, dann schlägt ihr Herz so heftig, dass es sich anfühlt, als würde es jeden Moment aus ihrer Brust springen wollen.

In ihrem Gefängnis riecht es nach Urin, die Männer haben den Eimer schon lange nicht mehr geleert. Außerdem ging beim letzten Mal ein bisschen was daneben. Adriana schluchzt, ihre Lippen zittern und in ihrer Brust zieht sich etwas krampfartig zusammen, aber es kommen keine Tränen mehr. Nicht mehr. Am Anfang hat sie fast ununterbrochen geweint. Dann hat sie geschrien. Dann gefleht. Dann ist sie ganz still geworden. Etwa zu dieser Zeit haben sie ihr zum ersten Mal etwas zu essen und zu trinken gebracht. Es war der andere der beiden Männer, er war größer als sein Komplize und breiter, aber auch deutlich älter, seine Haare waren hier und da schon ergraut. Er sprach nicht mit ihr, sah sie nur mit seinen kalten blauen Augen an und stellte eine Papiertüte mit dem goldgelben McDonalds-Logo vor die Matratze, auf der sie sich zusammengekauert hatte. Er sah in den Eimer, verzog das Gesicht und nahm ihn mit nach draußen. Adriana riss die Tüte auf. Sie enthielt zwei fetttriefende Hamburger, lauwarme Pommes und einen Tetra Pak stilles Wasser. Sie trank die Hälfte davon sofort aus, dann kam der Mann zurück, stellte den Eimer an die gewohnte Stelle und verließ den Raum wieder. Im Flackerlicht der Glühbirne wickelte sie einen der Hamburger aus und verschlang ihn mit großen, gierigen Bissen, sodass sie sich verschluckte und Bröckchen hustete. Sie ermahnte sich, langsam zu essen, gründlich zu kauen und mit dem restlichen Wasser sparsam zu sein. Sie wusste ja nicht, wann man ihr das nächste Mal etwas bringen würde.

Obwohl sie mittlerweile genau weiß, dass die Glühbirne gleich wieder ihren Geist aufgeben wird, erschrickt sie doch, als sie von einem Moment auf den anderen in der Dunkelheit sitzt. Sie kauert auf der Matratze, den Rücken gegen die Wand gelehnt, die Beine angewinkelt unters Kinn gezogen und lauscht auf ein Geräusch, aber hier unten ist es so still wie in einem Sarg und da fragt sie sich, was wohl aus der anderen Frau geworden ist …

Als die beiden Männer damals die andere Frau hereinbrachten, schreckte Adriana auf. Sie hatte geträumt, wieder zu Hause in der kleinen, vollgestopften lauten Wohnung in der Hochhaussiedlung zu sein, es war warm und es war stickig und Cosmin saß auf ihrem Bauch und malte seine komischen Zeichen in die Luft. Dann wurde sie gepackt, von der Matratze gerissen und auf die Füße gezogen, sie taumelte, schnappte nach Luft, riss die Augen auf und sah den älteren der beiden Männer eine Frau wie einen Sack Müll hereintragen. Er legte sie auf der Matratze, auf der sie gerade noch selbst gelegen hatte, ab und schüttelte den Kopf. Der jüngere der beiden Männer hielt Adriana fest, ihre Beine fühlten sich an wie aus Gummi. Als er sie losließ, musste sie sich an der Wand abstützen.

Die beiden Männer verschwanden wortlos und Adriana erholte sich langsam. Sie sah den schlaffen Körper auf der Matratze liegen und glaubte einen Augenblick lang, die Frau sei tot, aber dann bewegte sie sich und stöhnte leise. Sie trug nur einen schwarzen Slip und ein zerrissenes rotes Unterkleid. Ihre Haare waren ein Wust aus schmutzig blonden Locken, ihr Gesicht aufgedunsen und mit Make-up verschmiert. Sie sah Adriana aus blutunterlaufenen Augen an und stammelte etwas.

„Hört ...", krächzte die Frau, „so hört ..."

Adriana schüttelte den Kopf. Was sollte das heißen? Sie kniete sich vor die Matratze und versuchte zu lächeln. Sie wagte nicht, die Frau anzufassen.

„Hört, hört ...", jammerte die Frau und zog ihr Unterkleid ein Stück höher, sodass ihr Bauch bis über dem Nabel frei lag, ihre Hände krallten sich um den dünnen Stoff des Kleids.

Adriana schlug die Hand vor den Mund. Jetzt war sie es, die stöhnte. Der Bauch der Frau war übersät mit blauen und violetten Flecken und Schwellungen, dazwischen erkannte sie kleine verschorfte Krater, die aussahen wie alte Brandwunden.

Jetzt verstand sie. Hurt, das englische Wort für Schmerz, Verletzung. Das war es, was die Frau gesagt hatte ...

Adriana nahm den Tetra Pak, hob den Kopf der Frau an und gab ihr zu trinken. Sie verschluckte sich sofort und hustete, was die Schmerzen in ihrem Unterleib wahrscheinlich nur noch verstärkte. Sie hob den Oberkörper ein Stück an, krümmte sich zusammen, sank wieder auf die Matratze zurück. Adriana strich ihr die verschwitzen Haare aus dem Gesicht, das keinerlei Verletzungen aufwies. Ins Gesicht schlagen sie nicht, dachte sie auf einmal und spürte Übelkeit in sich aufsteigen.

Sie wusste nicht, wie lange sie neben der Frau auf dem Boden gesessen hatte. Das Licht fiel für eine Weile aus und ging irgendwann wieder an. Sie musste wohl im Sitzen eingenickt sein, denn als sie wach wurde, sah sie, wie die beiden Männer die Frau von der Matratze hoben und nach draußen brachten. Der jüngere der beiden hatte sie von hinten unter den Achseln gepackt und der ältere nahm ihre Beine. Der Kopf der Frau war auf die Brust gesunken, sie gab jetzt keinen Laut mehr von sich.

Wann ist das gewesen? Vor einer Stunde oder vor einem Tag? Vielleicht vor einer Woche. Adriana hat keine Ahnung. Es spielt auch keine Rolle. Die Männer haben ihr wieder einen Tetra Pak mit Wasser gebracht, aber nichts zu essen.

Als die Tür geöffnet wird, geht auch das Licht wieder an. Adriana hebt den Kopf und sieht den älteren Mann mit den grauen Haaren und den kalten blauen Augen im Türrahmen stehen, dann hört sie ihn zum ersten Mal sprechen, er sagt nur ein Wort: „Komm!"

Adriana steht auf und geht auf ihn zu, aber er hebt die Hand, wie um sie zurückzuhalten. Mit der anderen deutet er in die Ecke, in der ihr Rucksack liegt, der nur noch ein paar frische Wäschestücke und ein Päckchen Tampons enthält. Sie nimmt den Rucksack auf und stolpert vor dem Mann her durch einen dunklen Gang, vage erinnert sie sich an die Nacht, als sie ankam und alles für ein Missverständnis hielt.

Sie erinnert sich auch an die steile Treppe, die sie jetzt mit schweren Schritten hinaufsteigt. Bevor sie die Tür öffnet, wendet sie den Blick ab und petzt die Augen zusammen, denn wenn es draußen Tag ist, wird die Helligkeit sie blenden. Aber draußen ist es dunkel, zumindest fast, es könnte später Abend oder früher Morgen sein, die grauen Schatten auf dem Hinterhof entpuppen sich als Müllcontainer, als ein aufgebocktes Auto ohne Räder, als ein Geländer, das auf der gegenüberliegenden Seite eine Treppe abschirmt, die in einen anderen Keller führt. Über der Mauer, die den Hof nach hinten begrenzt, färbt sich der Himmel karmesinrot, irgendwo geht also die Sonne auf, denkt Adriana. Ein frischer Lufthauch weht heran und als sie die Brise in ihrem Gesicht spürt, bleibt sie stehen, um noch mehr davon abzubekommen, aber der Mann legt eine Hand in ihren Rücken und schiebt sie weiter.

Sie verlassen den Hof durch eine schmale Zufahrt. Auf der Straße ist noch niemand unterwegs, die Gitter vor den meisten Geschäften sind noch heruntergelassen. Ihr Blick geht nach oben, tiefe Altbaufenster, rote Leuchtreklamen, der Mann drängt sie schneller voran. Adrianas Angst vor dem Ungewissen mischt sich mit der Erleichterung, endlich dem muffigen Keller entkommen zu sein.

Sie biegen um eine Ecke, ein Müllwagen schiebt sich im Schritttempo die Straße hinunter, Männer in Signalwesten springen von den Tritten und eilen zu den Tonnen am Straßenrand. Sie müsste jetzt loslaufen, denkt Adriana, loslaufen und schreien, aber ihre Beine sind schon wieder aus Gummi und der Mann lässt ihr keine Chance, packt sie fester am Arm und zerrt sie in einen Hauseingang. Die Tür fällt hinter ihnen ins Schloss, Adriana wird eine Treppe hinaufgejagt, die Stufen sind ausgetreten und knarren bei jedem Schritt fürchterlich, und sie ist froh darüber, dass es diesmal wenigstens kein Keller ist, zu dem sie unterwegs sind. Im ersten Stock liegt dünner staubiger Teppichboden, von den Wänden löst sich die Tapete, es riecht ungelüftet und ein bisschen nach altem Schweiß. Der Mann reißt eine Tür zur ihrer rechten auf und stößt sie in das Zimmer.

Adriana taumelt in den Raum, sie hört die Tür hinter sich krachend ins Schloss fallen, fängt sich, kommt mit Mühe wieder ins Gleichgewicht und bleibt in der Mitte des Raumes stehen. Atemlos presst sie sich ihren Rucksack vor die Brust und sieht einen Mann mit breiten Schultern vor dem Fenster stehen, der ihr den Rücken zugekehrt hat. Er raucht eine Zigarette und scheint sich gar nicht für sie zu interessieren. Er nimmt langsam Zug um Zug und massiert sich mit der freien Hand die Schläfe, als habe er Kopfschmerzen.

Adrianas Atem beruhigt sich, die Beine bieten ihr jetzt etwas mehr Halt. Der Mann dreht sich immer noch nicht zu ihr um. Es ist als spräche er gar nicht mit ihr, sondern mit dem Fenster, als er beiläufig fragt: „Wie heißt du?"

Vier Wochen später ...

Frankfurt am Main, Zeilsheim, 13:00 Uhr

Der Türke, denkt Willy Bolz, der Türke ist ne sichere Bank.

Der macht bestimmt mit. Der Türke beliefert ihn jetzt schon seit fast fünf Jahren mit Getränken und hat sich schon auf den einen oder anderen Deal eingelassen, auch mal Fünfe gerade sein zu lassen, zu beiderseitigem Vorteil versteht sich. Tut schließlich keinem weh, außer Vater Staat, und auf den ist Bolz momentan nicht gut zu sprechen, der kann ihn mal.

Mehmet Yilmaz – Getränkevertrieb, steht an der Längsseite des Lkw, der gerade langsam rückwärts in den Hof setzt. Der Türke lenkt und schaut dabei immer wieder prüfend aus dem heruntergelassenen Seitenfenster, um nirgendwo anzuecken.

Bolz kommt über den Hof, winkt ihm zu und ruft: „Fahr nur, hast noch Platz!"

Der Türke nickt, rangiert aber genauso langsam und vorsichtig weiter wie bisher. Kaum hat er den Lkw zum Halten gebracht, springt sein Sohn auf der Beifahrerseite aus dem Fahrerhaus, zieht Arbeitshandschuhe über und öffnet die Heckklappe.

Mehmet Yilmaz bleibt noch einen Moment sitzen, dann wuchtet er seinen massigen Körper hinter dem Lenkrad hervor, steigt aus und kommt mit schweren Schritten über den Hof. Er trägt Schlabberjeans und einen grauen Kittel über seinem karierten Holzfällerhemd. Nach ein paar Schritten pausiert er und massiert sich mit schmerzverzogenem Gesicht die untere Rückenpartie.

„Na, sind die Bandscheiben jetzt endgültig im Arsch, Mehmet?"

„Die wolle mich schon wieder operieren, aber mache ich ned, hab dem Doktor gesagt, dass einmal reicht!"

„Haste Angst, dass du nicht mehr aufwachst, oder was?"

„Kann man ja nie wisse, oder?"

„Naja, du hast ja wenigstens einen Nachfolger ...", sagt Bolz und nickt zu Mehmets Sohn rüber, der gerade ein Fass von der Ladefläche rollt.

Mehmet winkt ab. „Von wegen Nachfolger! Emre studiert! Meinste isch hab mir Gesundheit kaputtgemacht, damit Sohn genauso macht?"

Bolz nickt und geht vor in den Gastraum, er schließt die Fenster, tritt hinter den Tresen und schenkt zwei Schnaps ein. Mehmet Yilmaz kommt mit einem Klemmbrett den schmalen Gang herunter, sieht die beiden Gläser auf dem Tresen und runzelt die Stirn.

„Gibt's was zu feiern?"

„Ich hab da so ne Idee, über die ich mit dir reden will ..."

Mehmet nimmt die Rechnung für die Lieferung vom Brett und legt sie neben die Schnapsgläser auf den Tresen, dann fragt er vorsichtig: „Worum geht's?"

Bolz lächelt und sagt: „Lass uns erst mal trinken!"

„Ich trink nix, weißte doch ..."

„Ach, ist schon wieder Ramadan, oder was?"

Mehmet verzieht das Gesicht, als hätte er gerade wieder Rückenschmerzen bekommen. „Hat mit Ramadan nix zu tun, Willy, was willste von mir?"

Bolz setzt sein Glas, das er schon halb erhoben hatte, wieder ab und hebt entschuldigend die Hände. Das mit dem Schnaps war ein Fehler, hätte er sich eigentlich denken können. Er deutet auf die Rechnung, die vor ihm auf dem Tresen liegt, und fragt: „Kannst du mir davon noch ein paar ausstellen?"

„Du kriegst von mir immer korrekte Rechnung für was du hast bestellt", antwortet der Türke, aber Bolz hat das Gefühl, dass er ihn schon verstanden hat.

Einen Moment lang stehen sich die beiden Männer schweigend gegenüber und hören, wie Mehmets Sohn draußen Fässer und Getränkekisten ablädt.

„Pass auf", sagt Mehmet Yilmaz schließlich, „ich hab das jetzt nicht gehört, okay?"

Bolz schüttelt enttäuscht den Kopf. Er war sich so sicher gewesen, dass der Türke mitmacht. Ein paar Scheinrechnungen, das ist doch für den ein Klacks.

„Komm schon, soll dein Schaden nicht sein ...", versucht er es noch einmal. „Denk wenigstens drüber nach, ihr helft euch doch untereinander auch."

Yilmaz zieht überrascht die Augenbrauen hoch.

„Komm, weißt schon, was ich meine ..."

„Mhm, weiß ich", brummt der Türke und sieht Bolz herausfordernd an. „Du meinst, wir Kanaken machen doch untereinander auch ständig krumme Geschäfte ..."

„Jetzt hör aber auf mit dem Scheiß! So einer bin ich nicht, das weißte ganz genau!"

„Weiß ich das, ja?" Mehmet Yilmaz kaut auf der Innenseite seiner Wange herum und sieht Bolz nachdenklich an. „Wie gesagt, ich hab das jetzt nicht gehört, Willy ..."

Bolz holt gerade Luft, um etwas zu erwidern, da kommt Emre mit einer Sackkarre, auf der ein silbernes Bierfass liegt, in den Schankraum.

„Soll ich's gleich anschließen?"

„Nee, lass mal", entgegnet Mehmet, bevor Bolz etwas sagen kann. „Das macht der Willy heute mal selbst, wir haben noch ne lange Tour vor uns."

Der junge Mann sieht einem Moment lang irritiert zwischen den beiden älteren Männern hin und her, dann hebt er die

Schultern, lädt das Fass ab und verschwindet mit der leeren Karre wieder nach draußen.

„Mach's gut, Willy", sagt Mehmet Yilmaz und folgt seinem Sohn durch den schmalen Gang auf den Hof.

Willy steht reglos hinter seinem Tresen. Er hat sich das alles einfacher vorgestellt. Er hört, wie der Laster des Türken vom Hof fährt und kippt einen der beiden Schnäpse, geht raus, schließt das Hoftor, kehrt in den Schankraum zurück und genehmigt sich auch den zweiten.

Als er am Abend im Maritim eincheckt, muss er sich am Empfangstresen festhalten, weil es am Nachmittag nicht bei den zwei Kurzen geblieben ist. Die junge Frau auf der anderen Seite der Rezeption tut so, als bemerke sie seinen Zustand nicht, wünscht ihm einen angenehmen Aufenthalt und quittiert sein Gelalle mit einem unverbindlichen Lächeln.

Im Zimmer öffnet er als Erstes die Minibar und nimmt ein Bier heraus. Als es kurz danach an der Tür klopft, hat er die Hälfte davon ausgetrunken. Der graumelierte Herr betritt das Zimmer und schiebt die mitgebrachte Sporttasche in den Tresor unter der Garderobe.

„Haben Sie schon einen Code eingeben?"

Bolz hebt die Schultern.

„Gut", sagt der Mann, „dann wie immer."

„Isch mach nisch mehr mit!"

Der Mann gibt die Zahlenkombination ein und wartet, bis die Tür sich selbst verriegelt, dann erhebt er sich langsam und sieht Willy Bolz an wie einen aufsässigen Schuljungen.

„Schon etwas vorgeglüht heute, was?"

Bolz winkt ab. „Isch … mach nisch mehr mit."

„Sie dürfen es sich gern gut gehen lassen, sollten es aber mit dem Alkohol nicht übertreiben, mein Lieber."

„Isch …", setzt Willy an und schließt einen Moment die Augen. Er steht zwischen dem Hauptraum und dem kleinen Flur und hält sich am Türrahmen fest. Als er die Augen wieder öffnet, packt ihn der Mann und wirft ihn wie eine Puppe aufs Bett. Bolz liegt auf dem Rücken und rührt sich nicht. Er stöhnt, kann gerade so den Kopf anheben, der Raum dreht sich, das Gesicht des Mannes erscheint riesengroß über ihm, der Geruch seines Aftershaves steigt ihm in die Nase und lässt ihn würgen.

„Jetzt hören Sie mir mal gut zu, mein Lieber! Das hier ist kein Spielchen, bei dem Sie ein- und aussteigen können. Sie sind so lange drin, wie wir es wollen, kapiert?"

Willy stöhnt erneut, sein Magen hebt sich, Säure steigt ihm in die Kehle. Er versucht sich aufzurichten, aber der Mann drückt ihn zurück auf die Matratze.

„Haben Sie das kapiert?"

Er nickt, grunzt und versucht erneut, sich aufzurichten, diesmal lässt es der Mann zu. Vornübergebeugt schafft er es bis ins Bad, wo er sich schwallartig ins Waschbecken erbricht. Danach stützt er sich mit beiden Händen auf dem Beckenrand ab und sieht sein Gesicht im Spiegel, die teigige Haut, die fettigen Haare, die rotunterlaufenen Augen. Du bist am Ende, Willy Bolz, schießt es ihm durch den Kopf, du bist völlig am Ende.

Er spritzt sich Wasser ins Gesicht, spült sich den Mund aus, dann torkelt er zurück ins Zimmer und lässt sich in den Sessel unter der Stehlampe fallen.

Der Mann lehnt mit verschränkten Armen an der Wand und sagt: „Ich werde Ihnen für den Rest des Abends etwas Gesellschaft besorgen." Er liest die Zeitanzeige auf seinem Handydisplay ab, greift in sein Sakko und holt eine Visitenkarte hervor. „Die junge Dame kommt in einer Stunde, falls Sie sich noch ein wenig frisch machen wollen."

Bolz starrt unter sich auf den dezent gemusterten Teppichboden zwischen seinen Füßen und entgegnet nichts. Wenn er die Augen schließt, wird ihm sofort wieder schwindelig. Er hat keinen Bock auf Nutten. Alles, was er will, ist sein altes Leben zurück.

„Isch ... Isch ..."

„Das hatten wir doch schon, oder?"

Bolz verstummt sofort.

Nachdem der Graumelierte gegangen ist, geht Willy Bolz zu dem Tresor, öffnet ihn und zieht die Tasche heraus. Sie ist prallvoll gefüllt mit Hundert-Euro-Bündeln, wie immer. Geld, das er als Einnahmen aus seinem Lokal veranschlagen wird, und das dann sauber verbucht in andere Kanäle fließt.

Er wünschte, er hätte sich nie darauf eingelassen, aber nun war es zu spät. Das Schwindelgefühl lässt nach, der Magen gibt wieder Ruhe, und weil es nichts Besseres zu tun gibt, öffnet Willy Bolz das nächste Bier und bestellt eine Flasche Whisky beim Zimmerservice.

Frankfurt am Main, Stadtwald, 17:00 Uhr

Siggi steht auf der Aussichtsplattform des Goetheturms und denkt an seinen Vater, der sich hier vor fast fünfzig Jahren das Leben genommen, sich in die lange Reihe derer eingereiht hat, die über die Balustrade vierzig Meter in die Tiefe gesprungen sind. Der Turm blieb jahrelang ein regelrechter Hotspot für Lebensmüde, bis die Stadt reagierte und die offenen Etagen des Holzturms mit Sicherheitsnetzen ausstattete. 2017 fackelte ein Verrückter das ganze Ding ab, aber weil sich die Frankfurter Bürger nicht mit dem Verlust eines ihrer liebsten Wahrzeichen abfinden wollten, wurde der Turm wieder aufgebaut.

Ob sein Vater damals, als er hier runtersprang, bei klarem Verstand war, hat Siggi nie erfahren. Seine Mutter sprach so gut wie nie über ihn, und dann dauerte es ja auch nicht lange, bis sie selbst von einem Tag auf den anderen verschwand.

Warum ihm seine verkorksten Erzeuger zu einer Zeit, als man Jungs vorzugsweise Michael, Stefan oder Andreas nannte, ausgerechnet den Namen Siegbert verpasst hatten, blieb ihr Geheimnis. Siggis bewusste Erinnerungen beginnen eigentlich erst mit dem Verlust seiner Eltern, mit der Inobhutnahme, den Kinderheimen und den frühen Demütigungen, auf die er schon bald lernte, so zu reagieren, wie er es dann sein ganzes Leben lang tun würde: mit einem Schlag in die Fresse oder einem Tritt in die Eier.

Wer weiß, denkt Siggi, vielleicht hatte sein Alter auch so ein Ding im Kopf und ist deshalb gesprungen. Und vielleicht hat er ihm die Scheiße vererbt. Danach hat der Arzt bei diesem MRT zumindest gefragt, ob es Krebserkrankungen in Siggis Familie gebe. Woher zum Teufel sollte er das wissen? Das Ding in seinem Kopf müsse jedenfalls so schnell wie möglich raus, hat der Arzt gesagt, dann noch Bestrahlungen und Reha, Nachsorge, Blablabla …

Das alles kostet natürlich ein kleines Vermögen, wenn man nicht versichert ist. Für die MRT-Untersuchung ist seine letzte Kohle draufgegangen. Eine kleine eiserne Reserve hat er noch unter den Dielenbrettern seiner Wohnung in der Münchener Straße, aber das war es dann. Natürlich könnte er die Bulldogge fragen, aber dann stünde er in der Schuld des alten Mannes, und das schien ihm keine gute Idee zu sein. Vielleicht würde sich die Bulldogge auch gar nicht darauf einlassen.

Siggi greift in die Innentasche seiner abgewetzten Lederjacke, holt ein Päckchen Zigaretten hervor und zündet sich eine an. Er starrt in die Ferne über den Baumkronen, sieht die Frankfurter Skyline und den Taunus im Sommerabendlicht und sieht sie gleichzeitig nicht. Er hört Schritte auf der Treppe und aufgeregte Kinderstimmen, er dreht sich um und sieht einen kleinen Jungen auf die Plattform stürmen.

„Erster!", schreit der Junge. „Ich bin der Erste!"

Eine Etage unter ihnen ruft eine Frau: „Matteo, mach bitte langsam!"

Wegen des hölzernen Umbaus, der die Aussichtsplattform vom Treppenhaus abschirmt, hat der Junge Siggi noch nicht gesehen. Er fährt erschrocken zusammen, als er ihn schließlich rauchend an der Balustrade lehnen sieht.

„Na, Matteo, alles klar?"

Der Junge sieht ihn mit offenem Mund an.

Siggi lächelt. „Komm schon, ich tu dir nix."

Der Junge mustert ihn argwöhnisch, legt die Stirn in Falten und sagt: „Hier darf man aber nicht rauchen!"

„Sagt wer?"

Bevor der Junge antworten kann, erscheint eine junge Frau in Jeans und Fließjacke, sie hat sich die blonden Haare zu einem Zopf gebunden und trägt ein kleines Kind auf dem Arm, das sich mit geschlossenen Augen an ihren Hals schmiegt. Hinter ihr betritt ein schweratmender Mann die Plattform, der sich mit der flachen Hand den Schweiß von der Stirn wischt.

„Also, wenn ich gewusst hätte …", setzt der Mann zu sprechen an, verstummt aber sofort, als er Siggi sieht, der sich jetzt langsam von der Balustrade fortbewegt, damit die Familie die Aussicht auf die Skyline genießen kann.

„Der Mann raucht", sagt Matteo und deutet vorwurfsvoll mit dem Finger auf Siggi.

„Lass das mal", zischt seine Mutter und zieht den Jungen zu sich. Der Jungvater schluckt und legt einen Arm um die Schultern der Frau. Siggi dreht der Familie den Rücken zu und macht sich an den Abstieg. Auf Höhe der Baumkronen klingelt sein Handy.

Der Anrufer hat schon öfter Mädchen bei ihm gebucht. Diesmal bestellt er eine belastbare junge Dame ins Maritim an der Festhalle. „Ich warte vor dem Hotel, wann können Sie da sein?"

„Halbe Stunde", sagt Siggi. „Kostet aber mehr wegen der Belastbarkeit. Und wenn die Dame Schrammen davonträgt und nicht gleich wieder arbeiten kann …"

„Nein, nein …", unterbricht ihn der Anrufer. „Da haben Sie mich falsch verstanden, nicht diese Art von Belastbarkeit. Der Herr, um den es geht, ist nur etwas durcheinander und braucht, sagen wir, etwas moralischen Beistand …"

Siggi schließt die Augen und reibt sich die Nasenwurzel mit Daumen und Zeigefinger. Er hat ja schon viel komisches Zeug gehört, aber der Kunde, der nur reden will, ist seiner Erfahrung nach leider ein Märchen.

„Also gut", sagt er schließlich, „ich schicke ihm Lola."

Frankfurt am Main, Bahnhofsviertel, 17:30 Uhr

Adriana sieht die Nachricht auf ihrem Handy, schlüpft in die hohen Schuhe, die sie unter dem Tisch ausgezogen hat, und stöckelt unbeholfen nach draußen.

Die Frau hinterm Tresen legt eine Hand an den Zapfhahn, nimmt die Zigarette aus dem Mund und ruft ihr nach: „Mädchen, lern endlich mal richtig laufen in den Dingern!"

„Ich habe heute leider kein Foto für dich …", lallt einer der Freier, die sich an der Bar breitgemacht haben, und sein Nebenmann lacht und schlägt ihm anerkennend auf die Schulter.

Adriana lehnt sich an die Hausmauer neben der Bar und wartet. Zwischen den am Straßenrand geparkten Autos kauert eine Gestalt auf einem Stück Pappkarton und reibt sich die Arme auf der Suche nach einer intakten Vene. Auf der gegenüberliegenden Straßenseite hält ein Auto mit quietschenden Reifen, ein kleiner bulliger Mann springt auf der Beifahrerseite heraus und stürzt sich auf einen hageren Typ

90

in weißen Jeans, der sich aber im letzten Moment losreißen kann und wegrennt.

„Ich bring dich um nächstes Mal!", schreit ihm der bullige Mann hinterher und steigt wieder in den Wagen.

Adriana wundert sich, wie schnell sie das alles akzeptiert hat, die Drogen, die Gewalt und vor allem die ungewaschenen Freier. Vielleicht liegt es nur daran, dass sie schneller als manch andere Frau in ihrer Situation erkannt hat, dass jeder Widerstand alles nur noch schlimmer machen würde. In der gegebenen Lage ist stillhalten das Beste, wenn man nicht so enden will wie die Frau im Keller ...

Adriana holt das kleine Foto aus ihrer Handtasche. Sie weiß, dass sie das nicht hier auf offener Straße tun sollte, noch dazu wo Siggi jeden Moment um die Ecke kommen kann. Doch sie muss jetzt einfach einen schnellen Blick auf Cosmin werfen, sich versichern, dass es ihn noch gibt, ihren Sohn, den sie in Bukarest zurückgelassen hat und der in den letzten Wochen so etwas wie ihr heiler Kern geworden ist, den sie tief in sich bewahrt – der ihr hilft, die Hoffnung nicht aufzugeben, dass es irgendwann eine Chance geben wird, hier herauszukommen. Sie hat wieder angefangen zu beten. Sie betet für Cosmin und sie betet um einen Ausweg, und dass sie diesen Ausweg erkennt, wenn er sich auftut, und dass sie dann mutig genug sein wird, diesen Weg auch zu beschreiten – und sie betet dafür, dass sie bis dahin noch nicht zu kaputt dafür ist ...

Adriana sieht Siggis Camaro im Schritttempo die Straße herunterkommen und lässt das Bild wieder in ihrer Handtasche verschwinden. Der Sportwagen hält direkt vor ihr und Adriana steigt auf der Beifahrerseite ein. Sie spürt das kalte Leder des Sitzes unter ihren nackten Schenkeln. Der V8-Motor blubbert im Leerlauf, es riecht nach kaltem Rauch und synthetischem Lufterfrischer. Siggi sieht übermüdet aus, er mustert sie kurz, nickt und fährt los.

Adriana kennt sich nicht aus in der großen deutschen Stadt, aber sie weiß, wo der Bahnhof ist und die große Halle und das Messegelände. Auch in dem verglasten Hotel ist sie schon einmal gewesen. Siggi lenkt den Camaro direkt vor den Eingang.

„Lass das Handy an. Wenn es Ärger gibt, dann Kurzwahl, klar?"

Adriana nickt. Das Handy dient in erster Linie dazu, sie jederzeit orten zu können. Sollte es einmal längere Zeit ausgeschaltet sein, wüsste Siggi sofort, dass sie etwas im Schilde führt.

„Wie lange?"

„Solange der Kunde will."

Als Adriana aussteigt, kommt ein gepflegter Mann in Jeans und Polohemd um die Ecke und steckt ihr im Vorübergehen eine Plastikkarte zu. Siggi sieht es, startet den Wagen und fährt davon. Der Mann geht in Richtung Festhalle weiter, ohne sich noch einmal nach ihr umzudrehen. Adriana betritt das Hotel und geht zielstrebig durch die Lobby direkt zu den Aufzügen, die sie mit der Schlüsselkarte benutzen kann. Sie steigt in einer der oberen Etagen aus und folgt dem Hinweisschild in den Flur mit der entsprechenden Zimmernummer. Obwohl sie mit der Karte auch die Zimmertür öffnen könnte, klopft sie vorher an. Aus dem Inneren ist nichts zu hören, also klopft sie noch einmal etwas fester, öffnet dann die Tür einen Spalt und schickt ein fragendes „Hallo?" in den Raum, bevor sie über die Schwelle tritt.

Die Tür schließt sich hinter ihr und wie jedes Mal, wenn sie das schwere, schnappende Geräusch des Schlosses hört, hat sie auch jetzt wieder das Gefühl, in eine Falle zu tappen. Sie sieht den Mann im Schein der Stehlampe im Sessel sitzen. Er hat die Augen geschlossen, den Mund leicht geöffnet und den Kopf in den Nacken gelegt. Adriana rührt sich nicht von der Stelle, die Tür zum Badezimmer steht offen, aus dem kleinen Raum riecht es nach Erbrochenem.

Sie tastet sich vorsichtig in den Hauptraum, auf dem Boden stehen leere Bierflaschen, neben dem Sessel eine halbvolle Flasche Whisky. Der Mann bewegt sich immer noch nicht, er atmet mit leichtem Schnarchen durch den offenen Mund, seine schütteren Haare glänzen fettig, sein feistes Doppelkinn ist trotz der gespannten Haut am Hals gut zu sehen.

Adriana setzt sich ihm gegenüber auf den Bettrand. Sie wartet, weiß nicht, ob sie den ekligen Mann wecken soll. Sie schließt einen Moment die Augen und beißt sich auf die Unterlippe. Als sie die Augen wieder öffnet, beginnt der Mann zu röcheln und zu husten, sein Kopf schnellt nach vorne, das Husten wird schlimmer, er stöhnt, ringt nach Luft, schlägt sich die Hände vors Gesicht.

Solange der Kunde will, das heißt im Zweifelsfall die ganze Nacht. Wenn sie Glück hat, macht er schnell schlapp, dann kann sie bis zum Morgen neben ihm in dem sauberen, weichen Hotelbett einfach nur schlafen …

„Wer bist denn du?", fragt der Mann, der sich halbwegs gefangen hat.

„Lola", sagt Adriana, zieht sich das enge Oberteil über den Kopf und macht sich an ihrem BH zu schaffen.

Der Mann beobachtet sie kurz beim Ausziehen, schüttelt dann energisch den Kopf und lallt: „Nein, nein, nein …"

Adriana hält inne, bleibt in Rock und BH auf der Bettkante sitzen und senkt den Kopf.

„Wie heißten du richtig?"

„Ich … Lola"

Der Mann lacht. „Niemand heißt Lola!"

Nach ihrem richtigen Namen hat noch kein Freier gefragt. Sie weiß nicht, was das soll, was der Mann von ihr will.

„Na komm schon …"

Adriana hebt den Kopf. „Was wollen machen jetzt?"

„Wir trinken erst mal was, oder?"

„Ich bitte nicht ..."

„Was bisten du für eine?"

Der Mann greift nach der Whiskyflasche, schraubt umständlich den Deckel ab und nimmt einen großen Schluck. Er wischt sich mit dem Handrücken über den Mund und steht schwerfällig auf, muss die Arme ausbreiten, um das Gleichgewicht zu halten, in einer Hand hält er die Whiskyflasche, mit der anderen vollführt er rudernde Bewegungen, als winke er jemandem zu. Der Mann, denkt Adriana mit einem Anflug von Erleichterung, ist zu besoffen, um gerade zu stehen, dann reicht es bestimmt auch nicht zu mehr ...

„Willste Sekt? Ihr Nutten sauft doch alle den ganzen Tag lang Schampus ... guck mal ... in die ... die Minibar da ..."

Adriana tut ihm den Gefallen und findet tatsächlich eine kleine Flasche Sekt in der Bar unter dem Schreibtisch. Als sie sich zu ihm umdreht, macht der Mann einen Schritt nach vorn, kommt aber ins Straucheln und fällt bäuchlings auf das Bett. Er streckt im Fallen die Arme seitlich aus, die Whiskyflasche rutscht ihm aus der Hand und fällt auf den Boden. Der Mann ächzt und stöhnt, dann liegt er ganz still.

Adriana wartet einen Moment, dann hebt sie die Flasche auf, die den Rest ihres Inhalts fast komplett auf den Boden entleert hat. Das ganze Zimmer riecht nach Alkohol und Schweiß, der Mann liegt ausgebreitet über dem Bett und schnarcht wieder.

Adriana wartet, hört das Rauschen der Klimaanlage und ab und zu Schritte auf dem Flur. Sie schiebt den Vorhang beiseite, sieht den gegenüberliegenden Teil des Hotels, Messehallen, Zufahrtsstraßen und in der Ferne ein Flugzeug am Himmel. Sie holt ihr Handy aus der Handtasche und liest die Zeitanzeige ab: Es ist gerade mal halb acht und draußen noch taghell.

Unschlüssig wandert sie im Zimmer auf und ab. Der Mann schläft mit offenem Mund, dünstet unangenehme Gerüche aus und rührt sich nicht. Er liegt mit ausgebreiteten Armen quer über dem Bett, sodass kein Platz für sie ist. Adriana zieht sich ihr Oberteil wieder an und stellt sich vor den Garderobenspiegel, die Tresortür darunter ist geöffnet, eine prallgefüllte Sporttasche schaut heraus. Ohne nochmal darüber nachzudenken, bückt sie sich und zieht den Reisverschluss der Tasche auf.

Sie kann erst gar nicht glauben, was sie da sieht, nimmt schließlich eines der Geldpäckchen in die Hand und schaut es ungläubig an. Sie geht zurück in den Hauptraum, wo der Mann immer noch schläft, und da wird ihr klar, dass der Ausweg, für den sie so sehr gebetet hat, auf einmal zum Greifen nah ist.

Groß-Gerau, Real-Supermarkt, 18:30 Uhr

Die vollverglasten Schiebetüren des Supermarktes öffnen sich automatisch. Dr. Alexander Bühler schiebt seinen Einkaufswagen vorbei an der Apotheke, der Bäckerei und den anderen kleinen Lädchen und betritt den eigentlichen Markt hinter den Pfandautomaten, wo ein älterer Mann unter seiner FFP2-Maske Flüche ausstößt, weil der Automat seinen Bierkasten immer wieder ausspuckt.

Eigentlich will er nur ein paar Grundnahrungsmittel einkaufen, etwas Brot und Wurst und Käse, Milch und Kaffee braucht er auch, aber dann biegt er doch zuerst in den Gang mit den hochprozentigen Getränken ab. Alexander Bühler trinkt zu viel und schläft zu wenig, aber darüber macht er sich keine Gedanken, es gibt nicht mehr viel, über das er sich überhaupt noch Gedanken macht.

An der Fleischtheke starrt er auf die hinter Glas liegenden Steaks und Würstchen, ein sportiver Mann in Jeans und Poloshirt hat die Verkäuferin in ein Gespräch über die angebliche Bioqualität ihrer Waren verwickelt. Bühler und er wechseln einen kurzen Blick, der Mann hebt kurz die Hand und sagt freundlich: „Kein Sorge, bin gleich fertig."

Bühler nickt ihm zu, dann fährt ihm der Schreck in die Glieder. Er will sich abwenden, aber jetzt hat ihn auch der Mann erkannt.

„Alex? Bist du das?"

„Hallo, Toni, lange nicht gesehen ..."

Der Mann nickt eifrig. „Ja, kann man wohl sagen, und mit den Masken erkennt man die Leute nicht gleich, obwohl wir das ja eigentlich aus dem OP gewohnt sein sollten ..."

Bühler spürt, wie ihm der Schweiß ausbricht. Mit Dr. Antonio Schreiber hat er unzählige Operationen durchgeführt. Der leitende Anästhesie-Arzt war außerdem lange Zeit tatsächlich so etwas wie sein bester Freund. Sylvia hat ihn und seine Familie immer sehr gemocht.

Toni nimmt sein Fleischpaket entgegen, legt es in den Wagen, in dem bereits Brot, etwas Gemüse und Käse liegen. „Wir grillen heute Abend ein bisschen ..."

Ja, denkt Bühler, natürlich. Es ist ein Freitagabend im Sommer, da ist es die normalste Sache der Welt, mit der Familie und Freunden auf der Terrasse zu sitzen und den Grill anzuwerfen. So normal, dass Bühler sich gar nicht erinnern kann, wann er das letzte Mal Teil einer solchen Grillrunde gewesen ist.

„Mensch, Alex ...", sagt Toni mit veränderter Stimme. „Wie geht's dir denn? Wir haben ein paarmal bei dir angerufen nach Sylvias Tod ..."

„Danke, ja, das habt ihr, ich konnte nur nicht ..." Bühler hebt entschuldigend die Schultern.

„Schon gut."

„Nein, ist es nicht ..."

„Vergiss es einfach, okay? Was machst du so?"

Ich arbeite als Arzt ohne Approbation, denkt Bühler. Ich behandele Berufsverbrecher, Geldeintreiber und Zuhälter ohne Krankenversicherung. Manchmal auch Nutten, bei denen die Freier zu weit gegangen sind. Und das alles mit einem Instrumentarium, das anderswo ausrangiert oder gestohlen wurde. Ich muss das machen, um meine Spielschulden abzubezahlen. Ist natürlich alles illegal, also behalte es bitte für dich ...

„Das ist jetzt ein bisschen schwierig zu erklären ...", antwortet er stattdessen ausweichend und muss daran denken, dass er ein ganz ähnliches Gespräch schon einmal mit Toni geführt hat.

„Hör mal, wenn du mal reden willst ..."

„Danke, ich weiß das ... zu schätzen."

Dann stehen sich die beiden Männer in lastendem Schweigen gegenüber. Bühler schämt sich für die Whiskyflaschen in seinem Einkaufswagen, die Toni natürlich längst bemerkt hat. Abrupt wendet er sich ab. „Also, ich muss dann mal wieder!"

„Natürlich!", sagt Toni und für einen Moment wirkt es, als wolle er ihn zum Abschied umarmen, aber dann dreht auch er sich um und geht davon, hinein in seinen Freitagabend. Ob er wohl seiner Frau von der Begegnung erzählen wird? Bestimmt wird er das. Sie werden ihn ein bisschen bemitleiden, den kaputten Ex-Kollegen, den Witwer mit dem Alkoholproblem, und wenn sie später bei offenem Fenster schlafen gehen, wird Bühler im alten Gas-Turm am Osthafen sitzen und auf Kundschaft warten.

Er beschließt den Rest des Einkaufs ein anderes Mal zu erledigen, schiebt seinen fast leeren Wagen zu den Kassen und verlässt den Supermarkt. Im Auto sitzt er noch eine Weile reglos hinter dem Lenkrad und sieht den anderen Kunden dabei zu, wie sie ihre Fahrzeuge beladen. Ein dicker Mann wuchtet säckeweise Grillkohle in den Kofferraum seines Wagens, eine Gruppe Jugendlicher kommt johlend mit einem Bierkasten über den Parkplatz – sein alter Freund und Kollege ist offenbar nicht der Einzige, der heute Abend grillen möchte.

Toni hat damals noch ein gutes Wort für ihn bei der Krankenhausleitung eingelegt, aber seine Anstellung retten konnte die Fürsprache natürlich nicht mehr, dafür hatte er sich selbst schon viel zu weit ins Abseits geschossen …

Ein Jahr zuvor

Eine Runde gewonnen, eine verloren. Dann nochmal verloren, und nochmal. Du musst unbedingt aufhören, sagte sich Alexander Bühler, aber dann gewann er zwei Runden nacheinander, und nur ein Idiot hätte während einer solchen Glückssträhne aufgehört, also erhöhte er den Einsatz, spielte weiter und verlor.

Der Dicke ihm gegenüber lehnte sich so weit in seinem Stuhl zurück, dass die Rückenlehne bedrohlich knirschte. Er schob die Unterlippe vor, gähnte und sah auf seine Armbanduhr.

„Schon drei Uhr vorbei, ist langsam Zeit heimzugehen."

„Biste müde? Oder haste uns nur genug abgezockt?", zischte der Dünne und knallte seine Karten auf den Tisch. Die anderen beiden Spieler sagten nichts.

Namen wurden im Container nicht genannt. Es gab einen Dicken und einen Dünnen. Einen Stillen und einen, den sie wegen seiner ausgeprägten Hängebacken Basset nannten. Allesamt Männer zwischen fünfzig und sechzig, außer Alexander Bühler, der mit seinen knapp vierzig Jahren der jüngste Spieler in der Runde war und deshalb „Junge" genannt wurde.

„Eine Runde geht noch", sagte Bühler, „doppelter Einsatz."

Der Stille warf ihm einen schnellen Blick zu, Basset schüttelte müde den Kopf.

„Na, kommt schon!"

„Junge, hast du überhaupt noch Geld?", fragte der Dicke, die Hände auf seinem Bauch gefaltet wie ein feister Mafiapatriarch.

„Ich leih mir was …"

Alexander Bühler sah zu Pjotr, dem sechsten Mann im Container, dem Einzigen, der nicht mit am Tisch saß, sondern in einem Sessel in der Ecke neben dem ständig brummenden

Kühlschrank. Während die anderen spielten, wischte er die ganze Nacht auf seinem Handy herum und trank dabei literweise Kaffee. Pjotr war noch jünger als Alexander, aber niemand am Spieltisch hätte sich gewagt, ihm einen Spitznamen zu geben. Er war fast zwei Meter groß, trug Jeans und ein enganliegendes weißes T-Shirt, das seine Muskeln betonte. Pjotr sorgte dafür, dass im Container die Regeln eingehalten wurden, dass sich die Spieler benahmen und Spielschulden beglichen wurden. Außerdem war er die Bank und verlieh Geld, wenn ein Spieler blank war. Natürlich hatte Pjotr keinen Koffer mit Scheinen unter dem Sessel, er gewährte lediglich virtuellen Kredit und fast jeder der Anwesenden hatte diesen Service schon mindestens einmal in Anspruch nehmen müssen.

In dem engen Container lief ein Heizlüfter, der den Raum binnen Minuten überhitzte, aber wenn man das Gerät abstellte, kroch sofort die Februarkälte von draußen in den Container.

Der Stille erhob sich langsam, öffnete das einzige Fenster und starrte nach draußen in die Dunkelheit. Die eisige Nachtluft machte alle wieder wach.

„Mach wieder zu, ich frier mir hier den Arsch ab!", stänkerte der Dünne, aber der Stille ignorierte seinen Einwand.

„Hey, haste was an den Ohren? Ich hab gesagt, du sollst wieder zumachen!"

„Hier drin stinkt's …"

Der Dünne schnaubte.

Alexander Bühler stand ebenfalls auf und ging einen Schritt auf Pjotr zu, der breitbeinig in seinem Sessel lümmelte und den Blick nicht vom Handydisplay nahm.

„Ich brauch nochmal Kredit …"

Pjotr sah ihn immer noch nicht an, schüttelte nur den Kopf.

„Komm schon, jetzt stell dich nicht so an!"

„Ich stelle nicht an", brummte Pjotr. „Aber wann zahlst du zurück?"

„So schnell wie möglich natürlich!"

Jetzt hob der Mann im Sessel den Kopf und grinste Bühler an. „So schnell wie möglich? Und Zinsen? Und Kreditrate? Und Zuschläge? Hast du zu Hause … Geldscheißer?"

Der Dicke am Tisch lachte. Der Dünne fauchte: „Jetzt mach endlich das Scheißfenster zu!"

„Leck mich doch", erwiderte der Stille träge, sein Atem bildete kleine weiße Wölkchen in der Luft. Er hatte den Abend über auch einiges verloren, jedoch bei weitem nicht so viel wie Alexander Bühler.

„Junge, sei doch vernünftig, du bringst dich ja noch in Teufels Küche …", sagte der Dicke, stützte sich mit den Armen auf der Tischplatte ab und erhob sich schwerfällig.

Bühler wollte gerade erwidern, dass er da sowieso hinkäme, als sich der Dünne auf den Stillen am Fenster stürzte, der allerdings geistesgegenwärtig herumfuhr und seinen Angreifer mit einer gezielten Geraden auf Abstand hielt.

Der Dünne taumelte rückwärts durch den Container und einen Moment lang sah es so aus, als würde er zu Boden gehen, doch dann fing er sich und wollte sich erneut auf den Mann am Fenster stürzen, aber Pjotr versperrte ihm den Weg.

„So, reicht jetzt!" Der Hüne sah von einem zum anderen wie ein Ringrichter. Der Stille hob entschuldigend die Hände, der Dünne betastete seine Unterlippe und spuckte Blut auf den Containerboden.

„Ich denke, das sollte es dann gewesen sein für heute Nacht …", schnaufte der Dicke und niemand widersprach ihm.

Die Männer verließen schweigend den Container, stiegen in ihre Wagen und fuhren nacheinander im Schritttempo durch die schmale Schneise davon. Bühler kehrte als Letzter zu dem abgelegenen Kreisel und auf die befestigte Straße im Industriegebiet zurück. Es war halb vier. Zu spät, um noch zu schlafen, zu früh um wachzubleiben. In viereinhalb Stunden hatte er eine OP.

Bühler steuerte den BMW in den neuen Kreisel und bog in Richtung der blaubeleuchteten Tankstelle an der Kreuzung nach Wallerstädten ab. Er parkte etwas abseits der Zapfsäulen und saß bei laufendem Motor hinter dem Lenkrad. Er hob die Hände, streckte die Arme aus und sah das leichte Zittern seiner Fingerspitzen. Er dachte an Sylvia, die vollgepumpt mit Schmerztabletten zu Hause in ihrem gemeinsamen Ehebett lag, mehr bewusstlos als schlafend. Bei dem Gedanken an seine Frau verstärkte sich das Zittern. Bühler beschloss, etwas dagegen zu unternehmen.

Im Verkaufsraum der Tanke war es hell und warm. Der schlaksige junge Mann hinter der Theke trug einen Ziegenbart und sah stirnrunzelnd von seinem Handy auf, als Bühler hereinkam.

„Haben Sie getankt?"

„Nein, ich will nur einen Kaffee ..."

Der Junge nickte, drehte sich um und machte sich an dem Getränkeautomaten im Hintergrund zu schaffen, der gleich darauf ein mahlendes Geräusch von sich gab.

Bühlers Blick huschte über die Warenauslage auf der Theke. Er nahm zwei kleine Fläschchen Cognac aus einem Ständer und legte sie auf die Verkaufsfläche. Der Junge kehrte mit einem dampfenden Pappbecher an die Theke zurück, Bühler bezahlte alles und trank seinen Kaffee an dem Stehtisch in der Ecke des Verkaufsraums. Draußen fuhr ein Wagen vor, hielt aber nicht an.

Der Junge verzog das Gesicht und sagte: „Die kürzen nur ab, wollen nicht an der Ampel stehen, deshalb fahren sie hier durch ..."

Bühler nickte und schüttete die Hälfte des Cognacs in den Kaffee, nahm einen großen Schluck und spürte, wie sich die wärmende Mischung aus Koffein und Alkohol in seinem Inneren ausbreitete. Um das Gefühl noch zu intensivieren, trank er den Rest des Cognacs direkt aus dem kleinen Flachmann. Der Junge hinter dem Tresen sah kurz zu ihm herüber und widmete sich dann wieder seinem Handy.

Bühler lehnte sich mit dem Rücken gegen die Glastür des Getränkekühlschranks und schloss einen Moment die Augen. Als er sie wieder öffnete, stand der Junge vor ihm und sagte: „Entschuldigung, aber Sie können hier nicht schlafen ...“

Draußen empfing ihn ein schneidend kalter Wind, und er beeilte sich in seinen Wagen zu kommen, wo er die Zündung einschaltete, um die Heizung einen Moment laufen zu lassen. Er öffnete den zweiten Cognac und schaltete das Autoradio ein. Ein Journalist berichtete gerade mit ernster Stimme, dass in der Lombardei die ersten Menschen an dem neuartigen Coronavirus gestorben seien und in Norditalien einige Städte abgeriegelt würden. Bühler wollte das jetzt nicht hören, drückte die Taste des Sendersuchlaufs und kurz darauf dröhnte Helene Fischers Hit „Atemlos durch die Nacht“ aus den Boxen in der Hutablage. Das war nur unwesentlich besser als die schlechten Nachrichten aus Italien, dachte Bühler, lachte und trank den Cognac in einem Zug aus. Er stellte das Radio wieder ab und legte den Kopf aufs Lenkrad, um sich einen Moment auszuruhen.

Als er den Kopf wieder hob, war es kalt im Auto und draußen veränderte sich das Licht bereits. Er hatte gar nicht bemerkt, dass er eingeschlafen war. Sein Nacken schmerzte, Schultern und Arme fühlten sich schwer und gleichzeitig taub an. Ungelenk öffnete er die Fahrertür, stolperte aus dem Wagen, streckte sich und sah, dass der Verkehr auf dem Südring deutlich zugenommen hatte. Es war Zeit, ins Krankenhaus zu fahren.

Bereits bei der OP-Besprechung zog er Blicke auf sich. Schwester Hedwig, die ihm heute früh assistieren sollte, wich einen Schritt vor ihm zurück, als er mit ihr sprach. Er hatte vergessen, sich im Umkleideraum die Zähne zu putzen und hoffte, dass die leitende OP-Schwester nur seinen faulen Atem und nicht den Alkohol darin riechen konnte. Von ärztlicher Seite assistierte ihm ein junger Chirurg, ein smarter Junge mit modischem Haarschnitt und schicker Designerbrille. Toni und ein Pfleger waren für die Anästhesie eingeteilt. In hinteren Bereich des OPs übernahm eine weitere Schwester den Springerdienst, falls zusätzliches Instrumentarium angereicht oder etwas abseits des Tisches vorbereitet werden musste.

Im Waschraum, wo er die chirurgische Händedesinfektion vornahm, scherzte er mit seinem jungen Kollegen, aber als der Assistent den Raum verlassen hatte, musste er sich zusammenreißen, um nicht in Tränen auszubrechen. Er wusste, dass er nicht in der Verfassung war zu operieren, stand aber trotzdem kurz darauf am OP-Tisch und sah den mit Desinfektionsmittel bestrichenen Bauch des Patienten zwischen den grünen Tüchern hervorschauen, die Haut glänzte gelbrötlich im Schein der OP-Lampe.

„Ihr könnt anfangen", sagte Toni, der am Kopfteil des OP-Tisches saß und den Kreislauf des intubierten Patienten überwachte.

Bühler nickte und Schwester Hedwig reichte an. Er spürte den Griff des Skalpells zwischen seinen behandschuhten Fingern. Er setzte an, um den ersten Schnitt zu machen, da spürte er das Zittern in seinen Fingern. Schlimmer noch: Er war sich sicher, dass alle es gesehen hatten. Bühler hielt in der Bewegung inne, schloss einen Moment die Augen und atmete durch.

Toni warf ihm über den gespannten Sichtschutz, der den Operationsbereich von der Anästhesie trennte, einen vielsagenden Blick zu. Der Assistent machte unter seiner Designerbrille große Augen, sagte aber nichts. Schwester Hedwig wirkte unbeteiligt, aber er hätte schwören können, dass sie unter ihrer OP-Maske verächtlich den Mund verzog.

Bühler nickte, näherte sich erneut mit dem Skalpell der Bauchdecke des Patienten und hielt wieder inne. Ein leichtes Schwindelgefühl erfasste ihn. Jemand gab ein unwilliges Stöhnen von sich.

„Waren Sie das?"

Der Assistent hob überrascht die Augenbrauen. „War ich was?"

„Alles in Ordnung, Herr Doktor?", fragte Schwester Hedwig.

Bühler starrte auf das Skalpell in seiner Hand, als sähe er es zum ersten Mal.

„Alex ..." Tonis Stimme, leise, beschwörend.

Bühler stand noch einen Moment einfach so da, ohne an etwas zu denken, dann wandte er sich an den Assistenten. „Können Sie bitte übernehmen, mir ... mir geht es nicht gut ..."

Der Assistent nickte, und als Bühler vom OP-Tisch zurücktrat, nahm er seinen Platz ein.

Mit großen Schritten verließ Alexander Bühler den OP-Trakt. Im Vorraum öffnete sich gerade einer der Aufzüge und entließ zwei Krankenschwestern, die ihn grüßten. Als die beiden Frauen sich schon ein paar Schritte entfernt hatten, drehte sich eine von ihnen noch einmal stirnrunzelnd nach ihm um und stieß die andere an. Bühler flüchtete ins Treppenhaus und fand sich schließlich in dem kleinen Andachtsraum für Patienten und Besucher im Erdgeschoss wieder.

Der „Raum der Stille" war weitgehend ohne religiöse Symbole ausgestattet. Auf einem Tisch im hinteren Bereich lagen zwar eine Bibel und ein Gebetbuch, aber es gab keine Kreuze an der Wand, die in freundlichen orangen und gelben Farbtönen angelegt war. Ein paar gepolsterte Hocker luden zum

Verweilen ein, durch ein schmales tiefes Fenster fiel ge-
dämpftes Licht in den Raum.

Alexander Bühler sank auf einen der Hocker, lehnte sich
gegen die Wand und schlief fast sofort ein.

„Hier bist du also …", sagte Toni erleichtert und setzte sich
neben ihn. „Geht's wieder?"

Bühler nickte, sah den Anästhesisten aber nicht an. Er
brauchte noch einen Moment, um wieder richtig wach zu
werden. Er wusste nicht, ob er zwei Minuten oder zwei
Stunden geschlafen hatte. Aber da Toni hier war, hatte er
zumindest die gesamte OP verschlafen. Die OP, die eigentlich er hätte durchführen sollen …

Eine Weile saßen die beiden Männer schweigend in dem
dämmrigen kleinen Raum, dann fragte Toni: „Ist es wegen
Sylvia?"

„Sie will keine Hilfe mehr, lehnt jede weitere Behandlung
ab …"

„Verstehe …"

„Das glaube ich nicht", entgegnete Alexander Bühler, immer noch benommen, und fügte hinzu: „Sie kann nicht mehr
klar denken, das ist alles."

„Und du?"

„Ach, hör doch auf mit dem Psycho-Scheiß!"

„Würde sich ein klardenkender Mensch, ein Arzt, ein erfah-
rener Chirurg, in deinem Zustand an den OP-Tisch stellen?"

„Das war ein Fehler."

„Alex, du brauchst Hilfe."

„Ich habe doch gesagt, dass es ein Fehler war …"

„Das meine ich nicht."

Bühler stützte die Ellbogen auf die Oberschenkel und legte
sein Gesicht in die Hände. Er hatte Unsummen für eine Behandlung in der Schweiz bezahlt, die Sylvia von Anfang an
ablehnte. Er hatte Spielschulden und ein überzogenes Konto,
dessen Dispo bis auf den letzten Euro ausgereizt war und ihn

jeden Monat mehr ins Minus trieb. Er hatte eine sterbende Frau, die sich nicht helfen lassen wollte, und er spürte schon jetzt wieder den brennenden Wunsch heute Abend im Container sein Geld zurückzugewinnen. Wie entlastend es wäre, Toni das alles zu erzählen. Die ganze Misere, in die er sich selbst gebracht hatte. Bühler rieb sich mit den Händen das Gesicht und wendete sich seinem Freund zu.

„Hör mal, du … Was da im OP passiert ist, das bleibt doch unter uns, oder?"

Toni schnaubte. „Wie stellst du dir das vor, Alex? Außerdem war ich nicht der Einzige, der dabei war."

„Dann bin ich geliefert, ist dir das klar?"

Toni schüttelte den Kopf. „Am besten wäre, wenn du dich beurlauben lässt, deine Frau liegt im Sterben, du bist in einer Ausnahmesituation, das ist …"

„Ach ja?", unterbrach ihn Bühler, auf einmal war er hellwach. „Meine Frau liegt nicht nur im Sterben, Toni! Sie will auch sterben, sie hat sich aufgegeben! Sie hört nicht auf mich, sondern chattet lieber im Internet mit irgendwelchen lebensmüden Idioten, die ihr Schauermärchen über die Schulmedizin erzählen!"

„Ihre Prognose ist nicht gut, das weißt du selbst."

„Na und? Ich bin Arzt, verdammt nochmal!"

„Das bin ich auch, Alex … aber vielleicht will Sylvia einfach nur begleitet werden, verstehst du?"

„Danke für den heißen Tipp. Ich geh dann mal nach Hause und schau meiner Frau beim Sterben zu …"

Bühler sprang auf und ging in Richtung Tür davon. Er wusste, dass er sich ungerecht verhielt, konnte aber nicht anders. Toni hatte ja recht. Sylvia wollte begleitet werden, und zwar von ihm. Und er? Er konnte es nicht. Die Wut, die er gegen seinen Freund gerichtet hatte, war die Wut, die er auf sich selbst verspürte.

107

Er betrat den Gang und überlegte, was er jetzt tun sollte. Im Foyer bei den Getränkeautomaten kam ihm Schwester Hedwig entgegen, sie wich seinem Blick aus und beschleunigte ihre Schritte.

***

Alexander Bühler sitzt immer noch in seinem Wagen auf dem Supermarktparkplatz, umklammert das Lenkrad und sieht durch die Windschutzscheibe nach draußen, wo Einkaufswagen über den Platz geschoben und Fahrzeuge beladen werden.

Das alles hier, denkt er auf einmal, das alles geht mich nichts mehr an. Das alles hat nichts mehr mit mir zu tun. Er spürt, wie ihn dieser Gedanke traurig macht, und um dem Gefühl zu entgehen, startet er den Motor, legt den ersten Gang ein und fährt los. In ein paar Stunden würde er mit Karin Schneider und Boxer-Boris am Osthafen im Turm sitzen und die ganze Nacht auf seine kriminellen Patienten warten, würde im Morgengrauen wieder heimkehren, sich schlafen legen und dem Schlaf vorher mit ein paar Gläsern Whisky nachhelfen, um seinen Kopf zuverlässig auszuschalten. Das waren die schönsten Stunden, in denen er sich irgendwo zwischen Schlaf, Bewusstlosigkeit und Ableben aufzulösen schien.

Frankfurt am Main, Maritim Hotel, 19:30 Uhr

Willy Bolz erwacht am Grund eines dunklen Brunnens, mit einer Handvoll Steine im Magen und einer toten Ratte im Mund – zumindest fühlt es sich für ihn so an. Der Brunnenboden ist allerdings angenehm weich, und er ärgert sich, überhaupt aufgewacht zu sein. Ein penetrantes Ziehen im

Unterbauch hat ihn geweckt, seine Blase ist voll und will entleert werden.

Um ihn herum ist es finstere Nacht, er hat keine Ahnung, wie spät es ist. Bolz erhebt sich langsam, spürt aber trotzdem sofort einen leichten Schwindel in sich aufsteigen. Er schließt die Augen, öffnet sie wieder und sieht, wie vor ihm ein vertikaler Lichtstreifen die Dunkelheit durchzieht. Er rutscht von der Matratze herunter und tappst auf Socken darauf zu, begreift nur allmählich, was er da sieht: einen Lichtspalt zwischen zugezogenen Vorhängen. Er bekommt den glatten Stoff zu fassen und zieht ihn zur Seite, mildes Sommerabendlicht flutet den Raum. Willy Bolz muss sich mit dem Unterarm über den Augen geblendet abwenden.

Er stolpert durch den Raum ins Bad, das gedämpfte künstliche Licht über dem Spiegel hält er besser aus. Er erleichtert sich auf der Toilette, die Ellenbogen auf den Knien abgestützt, den Kopf in den Händen. Als er sich danach am Waschbecken Wasser ins Gesicht spritzen will, sieht er sein Erbrochenes im Becken und wendet sich angeekelt ab.

Willy stellt die Dusche an und hält den Kopf darunter, der lauwarme Wasserstrahl in Gesicht und Nacken tut ihm gut, er gurgelt und spült sich den Geschmack nach totem Tier aus dem Mund. Mit einem Handtuch rubbelt er sich durch die Haare, sein Hemd ist völlig durchnässt, aber dafür wird er langsam wieder klar im Kopf. Erst jetzt fällt ihm das Mädchen wieder ein. Die Kleine hat sich wohl verdrückt, als er eingeschlafen ist, und hat vor ihrem Abgang noch die Vorhänge zugezogen. Eine äußerst fürsorgliche kleine Nutte, denkt Bolz, und muss lachen.

Einen Moment lang hält er sich am Türrahmen fest und starrt in den Flur mit der Garderobe und dem offenstehenden Tresor. Er stutzt, geht zurück in den Hauptraum und lässt sich wieder aufs Bett fallen, liegt in dem schmalen Streifen aus orangefarbenem Sonnenlicht und schließt die Augen, reißt sie aber sofort wieder auf, weil ihm einfällt, was ihn eben im Flur irritiert hat.

Die Tasche ist weg. Bolz kann es nicht fassen. Er sucht den Garderobenbereich ab, zieht im Hauptraum die Vorhänge komplett auf, macht alle verfügbaren Lichter an, und während er mit hämmerndem Herzen und pochenden Kopfschmerzen das Zimmer durchsucht, dämmert ihm allmählich, was passiert ist. Die kleine Nutte hat ihn bestohlen, so einfach ist das. Wie konnte er so blöd sein und den Tresor unverschlossen lassen? Die Angst fährt Willy Bolz in die Glieder und macht ihn fast schlagartig wieder nüchtern. Auf dem Nachttisch liegt die Visitenkarte der Agentur, über die der Graumelierte das Mädchen bestellt hat. „Supreme Escort" steht in verschnörkelten puffroten Lettern auf dem schwarzen Pappkärtchen, darunter lediglich eine Handynummer.

***

„Jetzt mal ganz langsam und nochmal von vorn, Meister", weist Siggi den Anrufer zurecht, dessen Stimme sich am Ende jedes Satzes zu überschlagen droht.

Siggi wechselt die Fahrspur, biegt auf die Basler Straße in Richtung Bahnhof ab und hängt das Handy in die Freisprechanlage.

„Deine Nutte hat mich beklaut!", schreit der Typ aus dem Lautsprecher hysterisch.

„So was macht Lola nicht."

„Von wegen! Die Schlampe ist auf und davon und die Tasche mit dem Geld hat sie mitgehen lassen!"

„Seit wann ist sie weg?"

„Seit ... seit ... keine Ahnung seit wann! Zwei Stunden mindestens! Das Geld ist nicht von mir, das gibt Ärger, sag ich dir, und du kriegst auch Ärger, ganz großen Ärger!"

„Du willst mir drohen, ja?", brummt Siggi und bremst ab, weil sich auf Höhe des Hauptbahnhofs der Verkehr staut.

„Nein, nein, natürlich nicht, nein, aber …", das aggressive Gekeife des Freiers schlägt abrupt in Gejammere um, was nicht minder schwer zu ertragen ist.

Die Bremslichter des Opels vor ihm leuchten auf, Siggi schlägt mit der flachen Hand aufs Lenkrad, will die Fahrspur wechseln, aber auch dort steht jetzt alles. Das Hupen der Autos und das Gejammere des Mannes aus der Freisprechanlage zerren an seinen Nerven.

„Wo bist du jetzt?"

„Wo soll ich sein … im Hotel natürlich, auf meinem Zimmer!"

Siggi massiert sich die Nasenwurzel mit Daumen und Zeigefinger, schließt einen Moment die Augen, um den Druck hinter der Stirn zu vertreiben.

„Hallo? Hallo? Bist du noch dran?"

„Ja, doch", presst Siggi zwischen zusammengebissenen Zähnen hervor. „Jetzt pass mal auf, du kommst runter und wartest unten auf mich, bin gleich da, okay?"

„Vors Hotel? Ja, gut, aber …"

„Bis gleich!" Siggi schneidet dem Freier das Wort ab und legt auf. Er hat jetzt schon große Lust dem Kerl zur Begrüßung erst mal eins auf die Fresse zu hauen.

Der Opel vor ihm fährt an, bremst aber wieder ab. Ein mit Koffern und Taschen beladenes Touristen-Pärchen nutzt die Gelegenheit und überquert zwischen den stehenden Fahrzeugen die Straße in Richtung Hauptbahnhof.

Siggi weiß, dass er in der Scheiße sitzt, wenn es stimmt, was der Typ von sich gegeben hat. Es spricht sich schnell herum, wenn einer seine Mädchen nicht im Griff hat, und seine rumänischen Geschäftsfreunde haben eine ganz kurze Lunte, wenn etwas nicht so funktioniert, wie sie sich das vorstellen.

Wieder geht es ein paar Meter weiter, bevor die Autos vor ihm erneut abbremsen. Siggi ruft die Ortungs-App an seinem Handy auf, empfängt aber kein Signal von Lola. Das kleine Miststück hat ihr Handy tatsächlich ausgestellt. Siggi lässt die Ortung laufen, damit er sehen kann, wenn sich ihr Handy irgendwo ins Netz einloggt – wenn sie nicht schon schlau genug war, das Ding im Main zu versenken. Zwei Stunden Vorsprung sind jede Menge Zeit, um mit der S-Bahn bis in den Taunus oder den Spessart zu fahren, aber was soll sie dort. Ohne Pass und Kontakte. Aber offenbar mit einer Menge Bargeld …

Als sich der Wagen vor ihm erneut in Bewegung setzt, wirft Siggi einen Blick in den Rückspiegel, die Abstände auf der linken Fahrbahnseite werden zunehmend größer. Er lenkt den Camaro in eine Lücke, und als der Stau sich auflöst, gibt er Gas.

Der untersetzte Mann, der vor den verglasten Schiebetüren des Maritim Hotels nervös auf und ab geht, hat nasse Haare. Sein weißes Sporthemd mit dem Surf-Club-Aufnäher hängt ihm aus der Hose, und als er den Camaro langsam vorfahren sieht, stürzt er sofort auf die Beifahrertür zu und rüttelt daran.

Was für ein hirnverbrannter Idiot, denkt Siggi und signalisiert ihm durch die Beifahrerscheibe, sich zu beruhigen und ein Stück zurückzutreten, erst dann öffnet er die Tür.

Der Mann lässt sich in den Beifahrersitz fallen und fängt sofort an zu reden, er gestikuliert mit den Händen, dünstet Alkohol und Schweiß aus. Siggis Kopfschmerzen schwellen an, der Impuls, dem Typ eine reinzuhauen, wird beinahe übermächtig, da meldet sich die Ortungs-App auf seinem Handy.

Siggi sieht auf das Display und bedeutet dem Freier mit erhobenem Zeigefinger die Klappe zu halten. Der Mann verstummt sofort und glotzt ihn erwartungsvoll an.

„Sie ist im Gallus", sagt Siggi schließlich und fährt so abrupt an, dass der übergewichtige Mann neben ihm in die Rückenlehne des Beifahrersitzes gepresst wird.

***

Gegen kurz vor sechs hat Siggi sie vor dem Hotel abgesetzt und jetzt, keine halbe Stunde später, steht sie schon wieder draußen und sieht sich ängstlich nach dem roten Camaro um.

Ein Auto kommt um die Ecke und hält direkt vor ihr, Adrianas Knie werden weich, das Herz hämmert ihr in der Brust, aber es ist gar kein Camaro, sondern ein silbergrauer Mercedes, aus dem ein älterer Herr im beigen Sommeranzug steigt und sie irritiert mustert. Ein Angestellter des Hotels tritt aus der Glastür und der Mann händigt ihm die Wagenschlüssel aus. Adriana zieht sich den Ledermini ein Stück tiefer über die Schenkel und wackelt unsicher auf ihren High-Heel-Sandaletten davon, in der rechten Hand die Tasche mit dem Geld. Sie spürt die Blicke der beiden Männer in ihrem Rücken und weiß auf einmal genau, was sie jetzt als Erstes tun muss.

Adriana hat nur eine vage Idee, wo sich das große Einkaufszentrum befindet. Sie überquert den Platz vor der Festhalle und versucht, sich zu orientieren. Eine Gruppe junger Frauen kommt lachend auf sie zu, sie würdigen Adriana keines Blickes und verschwinden mit ihren prallgefüllten Shoppingtüten von H&M und Hunkemöller auf der Rolltreppe zur U-Bahn-Station. Adriana geht ein Stück in die Richtung, aus der die Gruppe gekommen ist, umrundet die Messehalle und sieht schon kurz darauf den ausladenden gewundenen Bau der Skyline Plaza auf der anderen Straßenseite. Eine Hinweistafel mit Piktogrammen informiert über die Hygieneregeln in dem Gebäude. Adriana hat einen gefälschten

Impfausweis und eine ausgeleierte FFP-Maske, das muss reichen.

Im Inneren des Einkaufszentrums ist die Luft angenehm klimatisiert, Pärchen schlendern händchenhaltend an ihr vorbei, Kinder essen Eis, Jugendliche mit umgedrehten Baseballkappen sitzen breitbeinig auf den Ruhebänken, wischen auf ihren Handys herum und tragen ihre Masken demonstrativ unter dem Kinn.

Hier ist alles hell und sauber und freundlich, Licht fällt durch große Glasfronten auf alle Verkaufsebenen, die Geschäfte locken mit weit offenstehenden Türen und Angebotsständern.

Adriana spürt ein wehmütiges Ziehen in der Brust. Hat sie nicht vor ein paar Monaten noch davon geträumt, einmal in einem solchen Einkaufszentrum shoppen zu gehen? Und nun steht sie mit einer Tasche voller Geld hier und kommt sich in den abgetretenen Sandaletten-Pumps, dem Minirock und mit dem billigen Lippenstift vor wie ein Fremdkörper. Obwohl sie weiß, dass alles nur gelogen war, muss sie an Bogdan denken, an seine weichen Hände, seine blauen Augen, an all das, was er ihr versprochen hat. Einen Moment lang vergisst sie darüber sogar, warum sie eigentlich hier ist, aber dann sieht sie einen schmerbäuchigen Mann die Rolltreppe herunterkommen, der sie ungeniert anstarrt und sie ist sicher, dass er sie unter seiner Maske auf genau die Art anlächelt, wie sie in den vergangenen Wochen schon oft von Männern angelächelt wurde.

Bei H&M kauft sie eine halblange Jeans, Sneaker-Söckchen, eine weiße Bluse und ein Haarband und bezahlt alles mit einem 100-Euro-Schein, den sie aus einem der Geldbündel herauszieht. Als sie die Tasche wieder schließen will, fällt ihr Blick auf das Handy, das sie ausgeschaltet hat, damit Siggi sie nicht orten kann. Die Verkäuferin packt ihren Einkauf in eine Tragetasche und wünscht ihr noch einen schönen Abend, Adriana nickt und verlässt den Laden.

Im Obergeschoss nimmt sie bei Foot Locker das erstbeste Paar Sneaker in ihrer Größe aus dem Regal, bezahlt auch hier mit einem 100er und folgt dann den Hinweisschildern zu den Toiletten.

Der hell beleuchtete Vorraum mit den Waschbecken ist sauberer als so manches Zimmer, in dem sie in den letzten Wochen Freier bedienen musste. Sie schließt sich mit ihren Einkäufen in einer der Kabinen ein, setzt sich auf den heruntergeklappten Deckel und atmet durch. Als sie sich das viel zu enge Top über den Kopf ziehen will, zittert sie so sehr, dass sie in der Bewegung innehalten und ausruhen muss. Beim zweiten Mal gelingt es ihr, das Oberteil auszuziehen. Sie steigt aus dem Rock und streift die verhassten High Heels von den Füßen. Adriana nimmt die Jeans und die taillierte Bluse aus der Tüte, und als sie wenig später in ihre neuen schneeweißen Sneakers schlüpft, fühlt sie sich schon bedeutend besser.

Jemand betritt den Vorraum und schließt sich in der Kabine neben ihr ein. Adriana hält die Luft an, sie hört, wie die Frau nebenan sich erleichtert, Papier abreißt, sich abtupft, spült und die Kabine wieder verlässt. Sie wartet, bis die Frau sich die Hände gewaschen hat und sich ihre gedämpften Schritte draußen entfernen, erst dann öffnet sie die Kabinentür einen Spaltbreit und späht in den leeren Vorraum. Eine der Leuchtstoffröhren an der Decke flackert, was ihr beim Betreten des Toilettenbereichs vorhin nicht aufgefallen ist, irgendwo läuft leise Musik aus einem unsichtbaren Lautsprecher.

Adriana wäscht sich das Gesicht und wischt sich den grellroten Lippenstift ab, dann bindet sie ihre schwarzen Haare mit dem Haarband zu einem Zopf zusammen. Im Spiegel über dem Waschbecken sieht sie ein Mädchen, das sie wieder etwas mehr an die Adriana erinnert, die sie einmal gewesen ist. Auf jeden Fall ist sie jetzt keine Lola mehr und sie wird auch nie wieder eine sein …

Obwohl sie weiß, dass sie noch längst nicht außer Gefahr ist, ist die Erleichterung darüber, endlich wieder normale Kleidung und Schuhe zu tragen, groß. Sie packt die nuttigen Klamotten samt Schuhen trotzdem in die Shoppingtüte und nimmt alles mit, weil sie so wenig Spuren wie möglich hinterlassen will.

Als sie den Toilettenbereich in ihrem neuen Outfit verlässt, versucht sie, selbstsicher aufzutreten. Sie ist jetzt nicht mehr sofort zu erkennen, und wenn sie Glück hat, schläft der besoffene Freier noch, dann weiß Siggi noch gar nichts von der Sache. Die Sache, denkt Adriana, die Sache ist, dass du auf der Flucht bist, und bei dem Gedanken wird ihr ein bisschen schwindelig.

Als sie das Hotel mit der Tasche verlassen hat, hatte sie noch keinen Plan, außer dem, einfach abzuhauen. Während sie jetzt an den Schaufenstern der großen Ladenketten und den Verkaufstheken mit Smoothies, Pizzas und Tortilla-Wraps vorbeigeht, beginnt sie erst darüber nachzudenken, wie es weitergehen soll. Sie weiß nicht, wie viel Geld eigentlich in der Tasche ist, aber sie ist sicher, dass es genug ist, um irgendwo ein neues Leben anzufangen. Auf keinen Fall wird sie zurück nach Bukarest gehen, niemals.

Das Zittern, das sie vorhin in der Kabine überfallen hat, kehrt zurück, ihre Beine fühlen sich an wie Pudding, ihr Kopf dröhnt. Adriana muss dringend etwas essen und trinken, wenn sie nicht zusammenklappen will.

Sie entscheidet sich für McDonalds, weil es in dem großen hellen Gastraum Sichtschutzwände gibt, hinter denen sie sitzen, essen und gleichzeitig den Eingangsbereich im Auge behalten kann. Sie bezahlt ihr Menü mit einem 20er, den sie vom Klamottenkauf übrighat, und stopft sich das Wechselgeld in die Jeans. Adriana trinkt die Hälfte der Cola sofort in großen Schlucken aus und spürt schnell, wie der darin enthaltene Zucker seine Wirkung tut. Sie beißt gierig in den Burger, verschluckt sich prompt und muss sich zwingen, langsamer zu essen. Immer wieder späht sie durch den lamellenartigen Sichtschutz, aber vor dem Tresen stehen meist nur Jugendliche, die sich für die anstehende Freitagnacht stärken wollen. Am Nebentisch sitzt ein alter graubärtiger Mann und rührt in einem Kaffeebecher, ein Platz weiter beaufsichtigt eine junge Mutter mit müden Augen ihren Sohn, der sich munter plappernd Pommes in den Mund schiebt.

Auf der mit glattem Kunstleder bezogenen Sitzbank liegen ein paar Werbeflyer, einer davon erregt Adrianas Aufmerksamkeit. Die Adresse in der Mainzer Landstraße ist mit einem kleinen Stadtplan versehen, ein roter Pfeil deutet die Richtung an. Adriana schätzt den Fußweg auf höchstens 15 Minuten, mit den neuen Sneakers und wenn sie sich nicht verläuft, kann sie es vielleicht sogar schneller schaffen. Einen Moment lang zögert sie noch, aber dann wickelt sie den Rest ihres Burgers in eine Serviette, packt ihn zu den alten Klamotten in die Einkaufstüte und verlässt das Schnellrestaurant.

In einem Shop im Erdgeschoss kauft sie eine Baseballkappe, eine Sonnenbrille und ein Stofftier, einen freundlich lächelnden Adler, der das Trikot von Eintracht Frankfurt trägt.

Eine knappe Stunde später steht sie zwischen den beiden Trinkhallen an der Galluswarte, die sich das historische Turmgebäude mit den öffentlichen Toiletten teilen. Im Frauenklo riecht es penetrant nach einer Mischung aus Klosteinen und Lufterfrischer, aber das stört Adriana nicht. Sie schaltet das Handy ein und hofft, den einen Anruf, den sie machen muss, so schnell erledigen zu können, dass Siggi sie nicht orten kann. Danach schaltet sie das Handy sofort wieder aus, verlässt die Toilette und überquert die Fahrbahn und die

Schienentrasse, als der Verkehr auf der Mainzer Landstraße für einen kurzen Augenblick ins Stocken gerät. Unterhalb der Brückengleise auf der anderen Straßenseite befindet sich der Eingang zur S-Bahn-Station. Sie geht die Treppe zum Bahnsteig hinauf, wirft das Handy ins Gleisbett und wartet auf den Zug stadtauswärts.

***

Willy Bolz wirft dem Zuhälter einen Seitenblick zu und beschließt, sich lieber nicht mit dem Kerl anzulegen. Das Adrenalin, das in der Folge des Schocks über den Verlust des Gelds seinen Körper geflutet hat, flaut ab und Bolz spürt seine Muskeln erschlaffen.

Der Zuhälter rast die Mainzer Landstraße entlang in Richtung Galluswarte, seine Finger umklammern das Lenkrad, als wolle er es erwürgen. Mit seinem Oberlippenbart und den ergrauten Koteletten wirkt der Typ ein bisschen aus der Zeit gefallen, denkt Bolz.

„Glotz mich nicht an, sondern kuck nach draußen, ob du die Kleine irgendwo siehst!", herrscht ihn der Zuhälter an, ohne den Blick von der Straße zu nehmen. Er verringert das Tempo und Bolz sucht den Bürgersteig ab, eine Schlampe im Ledermini-Outfit sollte doch eigentlich auffallen, denkt er, sieht aber nur Gruppen von Jugendlichen, händchenhaltende Pärchen und die üblichen herumstolzierenden Kanaken. Die S-Bahn-Unterführung kommt in Sichtweite, der Warteturm ragt über den Gleisen auf, der Verkehr vor ihnen kommt ins Stocken, im Schritttempo schaffen sie es noch bis unter die Brücke, dann geht nichts mehr.

Bolz lässt das Seitenfenster herunter und schaut zum Eingang der S-Bahn-Station, aus der sich auf einmal ein Schwall Menschen auf den Bürgersteig ergießt. Ein paar Leute bleiben abrupt stehen, sehen sich desorientiert um und behindern dadurch diejenigen, die nachkommen. Ein hektischer Büromensch im billigen Anzug und flatternder Krawatte schiebt sich durch die Menge und schreit aufgebracht etwas von einer Bahnstörung in sein Handy. Eine Kleinfamilie in bunter Freizeitkleidung hetzt mit ihren Kindern zwischen den stehenden Autos über die Straßenbahntrasse, um zur Bushaltestelle auf der anderen Fahrbahnseite zu gelangen, und gerät fast in den Gegenverkehr.

So eine Scheiße hier im Gallus, denkt Bolz und wünscht sich, wieder daheim im beschaulichen Zeilsheim zu sein. Der Zuhälter hat sich zu ihm rüber gebeugt und sieht ebenfalls aus dem Seitenfenster.

„Sie muss hier irgendwo sein ..."

„Ja, nur wo? Bei all den Leuten hier? Die finden wir doch nie!"

Der Zuhälter knurrt etwas, geht aber nicht auf seine Bedenken ein, sondern lehnt sich noch ein Stück weiter zu ihm rüber, sodass ihm der stechende Schweißgeruch des Mannes in die Nase steigt. Bolz hält die Luft an, weil er Angst hat, sich sonst gleich wieder übergeben zu müssen.

Der Stau vor ihnen löst sich langsam auf, aber der Zuhälter bleibt stehen und sieht weiter konzentriert zum Eingang der S-Bahn-Station hinüber, aus der immer noch Menschen quellen. Hinter ihnen wird gehupt.

„Wir müssen fahren ...", sagt Bolz vorsichtig, aber der Zuhälter reagiert gar nicht, sondern streckt lediglich seinen Arm aus und zeigt dem Fahrer hinter ihnen den Stinkefinger durch die Heckscheibe.

Was für ein gottverdammter Albtraum, denkt Bolz, was für ein elender gottverdammter ...

„Da! Da ist sie!" Der Zuhälter deutet in die Menge, wo eine Frau in kurzen Jeans und Turnschuhen mitten im Gewühl stehengeblieben ist. Sie scheint zu ihnen herüberzuschauen, aber da sie eine Sonnenbrille trägt, lässt sich das nur schwer sagen. Eine Baseballkappe der Frankfurt Skyliners sitzt verkehrtherum auf ihrem Kopf, die dunklen Haare hat sie zu einem Zopf gebunden.

„Aber die sieht doch ganz anders aus ..."

„Los, schnapp sie dir!" Der Zuhälter greift über Bolz hinweg und öffnet die Tür.

„Aber, dass ...", versucht Bolz sich zu wehren, begreift aber im selben Moment, dass der Zuhälter recht hat, denn das Mädchen beginnt auf einmal, sich energisch durch die Menge zu drängen und dann loszurennen. Er stolpert auf die Straße, das Hupen hinter ihnen nimmt wieder zu, da fährt der Camaro los, bleibt an dem Mädchen dran, das sich jetzt schnell in Richtung Warte entfernt.

Willy Bolz versucht zu rennen, kommt aber ins Straucheln und fällt beinahe der Länge nach hin. Ein Passant weicht ihm aus, jemand stößt einen überraschten Schrei aus. Bitterer Magensaft schießt ihm in die Kehle, Bolz würgt und folgt dem Mädchen, das die Unterführung schon durchquert hat und, sich immer wieder nach ihm und dem roten Camaro umdrehend, weiterläuft.

Bolz holt etwas auf. Er sieht, dass die Schlampe eine große Einkaufstüte an sich presst, und der Verdacht, dass sie darin das Geld hat, gibt ihm neue Kraft.

Ein Stück weiter vorne gabelt sich die Mainzer Landstraße, davor geht rechts eine weniger belebte Nebenstraße von der Hauptverkehrsader ab, das Mädchen scheint dort hineinlaufen zu wollen, der Camaro biegt ebenfalls ab, aber dann schlägt das Mädchen einen Haken und rennt doch geradeaus weiter, sodass der Camaro sie frontal erfasst.

Willy Bolz bremst abrupt ab und fällt fast vornüber auf den Bürgersteig. Sein Herz schlägt, als wolle es jeden Moment aus der Brust springen, sein Atem geht stoßweise, er stemmt die Arme in die Hüften und presst die Augen zusammen, sodass er das Mädchen nicht über die Kühlerhaube des Camaro fliegen sieht, aber er hört den Aufprall.

Als er die Augen wieder öffnet, ist der Zuhälter schon ausgestiegen und geht auf das jetzt am Boden liegende Mädchen zu.

***

„Scheiße", denkt Siggi, als er den Wagen zum Stehen gebracht hat. An der Straßenecke ist eine Bierpinte, aus der die Gäste gelaufen kommen und zu ihm rüber sehen. Jemand ruft ihm zu, dass er einen Krankenwagen rufen wird und winkt mit seinem Handy.

„Nein!", schreit Siggi zurück. „Alles in Ordnung hier, kein Grund zur Aufregung, okay?"

Der Mann schüttelt überrascht den Kopf, lässt das Handy aber sinken. Aus dem Dönerladen auf der anderen Straßenseite kommt ein Türke in weißer Schürze und will die Szenerie filmen. Siggi geht ein paar Schritte auf ihn zu und der junge Mann verschwindet wieder in seinem Laden.

Adriana liegt mit grotesk verdrehten Gliedern vor dem Auto und rührt sich nicht. Blut läuft ihr aus dem Mund, aber als er sich über sie beugt, hört er sie leise stöhnen. Siggi greift ihr unter die Achseln und zieht sie ein Stück von der Straße, woraufhin Adriana vor Schmerzen aufschreit.

„Haste dir selbst eingebrockt", knurrt er, hebt den Kopf und sieht den völlig aufgelösten Freier auf sich zu stolpern. Der Mann ist schweißüberströmt und sieht aus, als bekomme er jeden Moment einen Herzinfarkt.

„Los hilf mir!"

Zusammen schaffen sie Adriana auf die enge Rückbank, auf der sie sich mit schmerzverzerrtem Gesicht krümmt und den Bauch hält.

„Los jetzt, in den Wagen", herrscht Siggi den dicken Freier an, der noch einmal auf die Straße wankt und sich die Einkaufstasche schnappt, die Adriana beim Aufprall verloren hat.

Passanten sind stehengeblieben und schauen zu ihnen herüber. Der nachfolgende Verkehr umrundet den Camaro im Schritttempo, Siggi spürt die neugierigen Blicke aus den Beifahrerfenstern. Aus einem kleinen Hotel die Straße herunter tritt eine Frau und hält ihr Handy in seine Richtung. Das ist nicht gut, denkt Siggi, das ist überhaupt nicht gut, dann springt er in den Fahrersitz, wendet den Wagen und biegt auf die Mainzer Landstraße ab, wo er mit röhrendem Motor einen U-Turn in die Gegenrichtung vollzieht.

Ein weißer Passat kommt direkt auf sie zu, Siggi kann das erschrockene bebrillte Gesicht des Fahrers hinter der Windschutzscheibe sehen und nimmt aus den Augenwinkeln wahr, wie sich der Freier auf dem Beifahrersitz in den Fußraum übergibt. Von allen Seiten wird jetzt gehupt, aber Siggi schafft es auf die andere Fahrbahnseite, wo der Wagen noch einmal kurz auszuscheren droht, aber dann hat er den Camaro wieder unter Kontrolle und biegt unter der S-Bahn-Trasse auf die Camberger Straße ab.

Der Freier wischt sich mit dem Hemdsärmel über den Mund und jammert. Auf dem Schoß hält er immer noch die Einkaufstasche mit dem zackig roten H&M-Aufdruck. Adriana wimmert leise auf der Rückbank, die Knie fast bis unters Kinn gezogen. Im Wagen riecht es nach Kotze und kaltem Rauch. Siggi lässt die Seitenscheibe herunter und warme Luft strömt herein.

Als sie sich der Brücke nähern, die über die Bahngleise hinweg zum Westhafen führt, nimmt der Verkehr ab, das Heizkraftwerk mit seinen beiden hohen Schornsteinen erhebt sich auf der anderen Seite. Dort biegt er nach rechts ab und folgt der gut ausgebauten Straße stadtauswärts, bis die mehrstöckigen Gewerbeimmobilien kleinen Siedlungshäuschen weichen und diese von Containerplätzen und brachliegenden Grundstücken abgelöst werden. Irgendwann biegt er in eine Sackgasse ab, an deren Ende sich nur noch Bahngleise befinden, die mit einem ramponierten hüfthohen Zaun von der Straße abgetrennt sind.

Siggi parkt den Camaro und presst die Finger an die Schläfen. Sein Kopf dröhnt, es fühlt sich an, als schlage ihm jemand unsichtbare Nägel in die Stirn. Neben sich hört er den Freier zetern und in der Tasche herumwühlen.

„Da ist das Geld nicht", wiederholt die Nervensäge immer wieder, sagt es auf wie ein weinerliches Mantra: „Da ist es nicht, da ist es nicht, da ist es nicht ..."

Siggi fährt herum und packt den überraschten Mann am Hals, drückt ihn in den Sitz und lässt ihn eine Weile röcheln und herumzappeln.

„Jetzt hör mir mal gut zu, du Arschloch", stößt er schließlich hervor. „Wir sitzen beide in der Scheiße, also reiß dich endlich zusammen!"

Der Freier nickt, massiert sich den Hals und schweigt, starrt mit halb offenem Mund durch die Windschutzscheibe nach draußen. Siggi öffnet das Handschuhfach und holt einen Blister mit Schmerztabletten heraus, drückt zwei aus der Folie und schluckt sie trocken herunter.

„Was ... was machen wir denn jetzt?", flüstert der Freier nach einer Weile eingeschüchtert.

Siggi antwortet nicht, sondern dreht sich im Fahrersitz nach hinten und beobachtet Adriana, die jetzt ganz still in ihrer zusammengekrümmten Haltung verharrt. Er berührt sie leicht am Arm, die Haut fühlt sich kalt und schweißnass an, ihr Zopf hat sich gelöst und die langen schwarzen Haare hängen ihr wie ein Vorhang vor dem Gesicht.

„Sie muss mir unbedingt sagen, wo das Geld ist ...", fleht der Freier.

123

„Wenn wir Pech haben, sagt die bald gar nix mehr …"

„Wie meinen Sie das denn? Sie meinen doch nicht etwa …?"

„Immer langsam, Meister, und keine Panik jetzt, okay?"

Der Freier schluckt und sieht Siggi an wie ein Ertrinkender das rettende Ufer.

„Also pass auf, ich sag dir, was wir machen. Als Erstes muss ich zusehen, dass uns die Bullen nicht auf die Spur kommen, okay? Und du machst inzwischen deine Schweinerei da weg …"

Der Freier steigt aus dem Wagen und zieht dann vorsichtig die Fußmatte mit seinem Erbrochenen aus dem Auto. Er hält die Matte mit beiden Händen, damit die Brühe nicht herausläuft, trägt sie ein Stück vom Wagen weg und kippt sie am Straßenrand aus. Siggi wendet angeekelt den Blick ab, geht um den Wagen herum und öffnet den schmalen Kofferraum.

Die gestohlenen Kennzeichen, die er dort seit geraumer Zeit für Notfälle aufbewahrt, sind wahrscheinlich auch nicht mehr sicher, aber auf jeden Fall sicherer als diejenigen, die sich jetzt am Camaro befinden. Auf irgendeinem Handyfoto vom Unfall sind die Kennzeichen bestimmt zu erkennen, wahrscheinlich fahnden die Bullen schon danach.

Während er schraubt, lehnt der dicke Freier mit geschlossenen Augen am Wagen und knabbert auf seiner Unterlippe herum. Vom Rücksitz des Wagens ist nichts zu hören. Wenn die Schlampe stirbt, hat er ein Problem mehr. Die Mädchen sind ihm anvertraut, er ist dafür verantwortlich, dass sie Geld einbringen, ist aber auch für ihren Schutz zuständig – ein Job, den er in diesem Fall nicht ganz so optimal erledigt hat.

Die langsam untergehende Sonne taucht die Schienenstränge und das Buschwerk in rötliches Abendlicht, in einer Stunde würde es dunkel genug sein. Siggi holt sein Handy aus dem Auto, wählt eine der gespeicherten Nummern und hat Glück.

Frankfurt am Main, Osthafen, 21:30 Uhr

„Da kommt gleich was rein", sagt Boris, nachdem er das Gespräch beendet hat.

„Geht's auch ein bisschen genauer?"

„Da hat einer ne Frau angefahren, die ist bewusstlos."

„Ein Verkehrsunfall?" Karin Schneider hebt die Augenbrauen.

„Sieht ganz so aus, Oma."

Boris stößt sich von der Wand ab, rückt sich das Schulterhalfter mit der Pistole zurecht, öffnet die schwere Eingangstür und verlässt den Turm.

Die Tür fällt ins Schloss und Karin Schneider sieht den gedrungenen, breitschultrigen Mann auf dem Überwachungsmonitor in grobkörnigem Schwarzweiß aus dem Eingangsbereich verschwinden. Sie streckt ihre Hände aus, die leicht zittern. Sie spürt die bleierne Müdigkeit, die sie in ihren Dienstnächten immer wieder heimsucht, weil sie tagsüber nicht durchschlafen kann. Und sie spürt ihren Rücken, der trotz der Schmerzmittel keine Ruhe gibt. Die ehemalige Krankenschwester ignoriert all das und klopft an die behelfsmäßige Tür, hinter der sich der Behandlungsraum befindet.

Dr. Bühler sitzt vornübergebeugt an seinem Schreibtisch, den Kopf auf den Armen. Als er heute Abend im Turm eingetroffen ist, sah er traurig und gestresst aus und roch nach Alkohol. Es wundert sie also nicht, den Arzt so vorzufinden. Manchmal fragt sie sich, warum er sich hier verpflichten muss, aber darüber reden sie nicht. Natürlich nicht. Von Boris weiß sie inzwischen mehr, als dem Muskelprotz recht sein dürfte.

Als sie vor ein paar Wochen nachts zum Rauchen draußen war, ist sie danach noch ein paar Schritte gegangen, und hat sich dabei aus dem Lichtkegel der Eingangslampe entfernt.

Sie erschrak fürchterlich, als sie aus einem stockdunkeln Gebüsch Stimmen hörte und blieb wie eingefroren stehen. Nach einer Weile wurde ihr klar, dass es Boris war, der da im Gebüsch hockte und telefonierte. Aus den einseitigen Gesprächsfetzen konnte sie sich zusammenreimen, dass Boris tatsächlich mal Schwergewichtsboxer gewesen war, allerdings einer, der sich kaufen ließ und für Kampfabbrüche oder überraschende Niederlagen sorgte, dabei war aber wohl etwas schiefgelaufen und jemand hatte durch seine Schuld jede Menge Geld verloren. Karin Schneider hat sich in dieser Nacht langsam und so lautlos wie möglich wieder zurück in den Turm begeben und sich nichts anmerken lassen. Ihr neues Wissen aber hat den Eindruck, den sie ohnehin von Boris hatte, nur bestätigt: Er war unzuverlässig, käuflich und noch dazu dumm.

Aber Alexander Bühler? Ein gut ausgebildeter Chirurg mit reichlich Berufserfahrung im besten Alter für eine Oberarztstelle, wenn nicht sogar einen Chefarztposten. Bei aller Neugier würde sie ihn dennoch niemals nach den Abgründen in seinem Leben fragen, und wenn er sich ihr von selbst offenbarte, würde sie es nicht hören wollen. Sie hingegen, und das treibt sie zunehmend um, würde sich ihm gegenüber gern einmal anvertrauen, ihm erzählen, warum sie hier war. Seine Meinung dazu hören. Du willst einen Sündenerlass, eine Freisprechung, höhnt ihre innere Stimme, der smarte Herr Doktor soll dir bestätigen, dass du alles richtig gemacht hast, dass du eine von den Guten bist, obwohl du dich mit Kriminellen eingelassen hast. Karin ist gerade dabei, einen Einwand gegen ihre eigene innere Stimme zu formulieren, als der Tür-Alarm schrillt.

Dr. Alexander Bühler schreckt aus seinem Schlaf, reißt die Augen auf und sieht die alte Krankenschwester fragend an.

„Was?"

„Wir bekommen eine Patientin, Zustand nach Verkehrsunfall."

„Verkehrsunfall?"

„Mehr konnte mir unser Gorilla leider nicht sagen, er hat den Anruf entgegengenommen."

Bühler nickt, steht auf, streckt sich, wirkt aber immer noch reichlich verwirrt. Er setzt sich eine medizinische Maske auf und Karin schiebt die gepolsterte Trage mit den Rollen zur Tür.

„Analgetikum ...", sagt Bühler immer noch schlaftrunken, und die Krankenschwester macht sich daran, eine entsprechende Spritze aufzuziehen, wobei sie sich von dem Arzt wegdreht, damit er nicht sehen kann, wie sehr ihre Finger dabei zittern. Auch sie zieht sich schließlich eine Maske über, legt die Spritze samt Desinfektionsspray, Staubinde und Tupfer in eine Nierenschale und sagt: „Blutplasma haben wir auch noch, aber nicht mehr viel ..."

„Warten wir erst mal ab ..."

Bühler hat den Satz noch nicht beendet, als die Tür aufspringt und zwei verschwitzte Männer eine leblose Frau wie einen nassen Sack hereintragen. Der größere der beiden hat sie unter den Armen gefasst, der andere hält ihre in einer engen Jeans steckenden Beine umklammert und schnauft, als bräuchte er selbst medizinische Hilfe. Im Hintergrund sichert Boris die Tür, das Schloss schnappt ein, er wirft einen Blick auf den Überwachungsmonitor, um sicherzugehen, dass ihnen niemand gefolgt ist.

Als die Frau auf der Trage liegt, weichen die beiden Männer zurück. Karin sucht nach dem Puls am Handgelenk der Patientin, der nur schwach tastbar ist, und legt ihr eine Blutdruckmanschette um den Arm. Bühler leuchtet ihr unterdessen mit einer kleinen Stablampe in die Augen, um den Pupillenreflex zu testen. Beide bemerken fast gleichzeitig, wie sich das Kissen unter dem Hinterkopf der Patientin rot einfärbt.

„Das ist beim Aufprall passiert, haben wir aber erst nicht bemerkt, wegen der langen Haare …", sagt der größere der beiden Männer, der wohl das Sagen hat. „Wir haben Kompressen aus dem Erste-Hilfe-Kasten draufgeklebt …"

Der andere Typ lehnt vollkommen fertig an der Wand und öffnet immerzu lautlos den Mund, wie ein Fisch auf dem Trockenen. Sein Hemd hängt ihm aus der Hose, und er stinkt nach Schweiß, Alkohol und Erbrochenem. Er hält eine Einkaufstasche von H&M vor seiner Brust umklammert, was derart grotesk wirkt, dass Karin für einen Moment glaubt, das alles nur zu träumen, aber dann hört sie den Doktor scharf ihren Namen zischen. Er wirft ihr einen ungeduldigen Blick zu, da begreift sie endlich und hebt den Kopf der Frau an, damit er die Wunde am Hinterkopf inspizieren kann. Erst als der Arzt kopfschüttelnd die blutdurchtränkten Kompressen mit seinen behandschuhten Händen vom Hinterkopf der Frau entfernt, bemerkt Karin, dass sie vergessen hat, selbst Handschuhe überzuziehen. Sie spürt das dickflüssige, klebrige Blut der Frau an ihren Fingern, ihr Hinterkopf ist partiell angeschwollen und scheint an mehreren Stellen aufgeplatzt zu sein. Karin stellt die Untersuchungslampe ein und streicht die schweren, blutverklebten schwarzen Haare beiseite, damit Bühler besser sehen kann.

„Wann war der Unfall?"

„Vor ein paar Stunden …", antwortet der größere Mann, der im Gegensatz zu dem Mann mit der Einkaufstasche vollkommen ruhig wirkt.

„Vor ein paar Stunden …" Bühler erstarrt in der Bewegung, dann dreht er sich zu den beiden Männern um und zeigt ihnen wortlos seine in Latexhandschuhen steckenden Hände, an denen Blut, Knochenreste und Gehirnmasse kleben.

Der kleinere Mann, der sich die ganze Zeit im Hintergrund gehalten hat, lässt die Tasche fallen und geht unvermittelt auf Bühler los, umklammert dessen Handgelenke und schreit:

„Sie muss reden, verdammt nochmal, mach endlich, dass die redet!"

Boris setzt sich sofort in Bewegung. Als der andere Mann sich ihm in den Weg stellen will, streckt er ihn mit einem gezielten Faustschlag in den Bauch nieder. Bühler und der kleine Dicke rangeln miteinander, sodass es aussieht, als führten sie einen komplizierten Tanz auf und stritten sich um die Führung.

Karin Schneider schiebt die Rolltrage aus dem Gefahrenbereich und bemerkt als Erste, dass die Frau nicht mehr atmet, auch der Puls am Handgelenk ist jetzt nicht mehr tastbar. Sie fährt ihr mit der Hand unter die zerrissene Bluse und versucht, zentral den Herzschlag zu ertasten, während die Männer mit sich selbst beschäftigt sind.

***

„Herzstillstand!"

Alexander Bühler hört seine Assistentin schreien, aber der feiste Mann mit dem hochroten Kopf ist wie von Sinnen und lässt einfach nicht von ihm ab. Erst als Boris ihn zu fassen bekommt, kann Bühler sich befreien.

Die Schneider hat den Defibrillator herbeigerollt, den sie hier noch nie benutzt haben, bekommt ihn aber nicht in Gang. Der große Mann, den Boris niedergestreckt hat, hat sich wieder erhoben, hält sich aber immer noch den Bauch und schnappt nach Luft. Der andere Kerl, der auf ihn losgegangen ist, kauert am Boden, offenbar hat Boris ihm auch eine verpasst.

„Herzstillstand", sagt die Schneider noch einmal nüchtern und scheint auf weitere Anweisungen zu warten.

Bühler versucht mit einem präkardialen Faustschlag, den Herzschlag der Frau wieder zu aktivieren, aber ohne Erfolg. Noch bevor er „Reanimation" sagen kann, hat die Schneider

der Frau bereits eine Beatmungsmaske über Mund und Nase gestülpt und einen Ambu-Beutel angeschlossen.

Bei der anschließenden Herzdruckmassage hört Bühler die Rippen der zierlichen Frau knacken. Er weiß, dass das vollkommen normal ist, ein Zeichen dafür, dass er genug Druck ausübt, aber dennoch verursacht das Geräusch, dass ihm schwindelig wird. Er wird die Frau wahrscheinlich nicht retten können, schon wegen der schweren Hirnverletzung, setzt die Reanimation aber trotzdem fort.

„Schon über fünf Minuten", sagt die Schneider irgendwann und sucht seinen Blick, aber Bühler schüttelt entschieden den Kopf: „Weiter, weiter ..."

Zuerst spürt er den Schmerz in den Schultern, der Rücken brennt, dann verkrampfen sich die Finger. Die Schneider sagt: „Gleich zehn Minuten ..."

Bühlers Blick trübt sich. Die Kraft weicht aus seinen Armen, die Beine werden zu Gummi, er will, dass sie tauschen, dass die Krankenschwester weitermacht, aber er sieht die Schneider gar nicht mehr, hört sie nur ganz weit weg immer wieder seinen Namen sagen wie ein sinnentleertes Mantra.

„Doktor Bühler? Geht's Ihnen gut?"

Er hebt den Kopf ein Stück an und wundert sich, dass er auf dem Boden liegt. Er wundert sich auch, dass die Schneider ihn wieder siezt, sie wollte das doch unbedingt mit dem Duzen. Und dann wundert er sich darüber, dass ihm das ausgerechnet jetzt auffällt, wo es wichtigere Dinge zu bedenken gibt. Zum Beispiel warum er auf dem Boden liegt ...

„Sie sind kollabiert." Karin Schneider hilft ihm, sich langsam wieder aufzusetzen.

Wie still es auf einmal ist. Niemand sagt etwas. Der größere der beiden Männer fährt sich mit der Hand durchs Gesicht, als denke er über die Lösung eines komplizierten Rätsels nach. Erst jetzt erkennt Bühler ihn als den jähzornigen Zuhälter, den er vor geraumer Zeit wegen seiner Kopfschmerzen und Krampfanfälle beraten hat. Der andere Mann sitzt mit der zerknüllten Einkaufstasche zwischen den Beinen auf dem Boden, um ihn herum liegen Schuhe und Kleidungsstücke verteilt, Bühler erkennt außerdem ein Stofftier, Notizzettel und etwas Münzgeld. Boris steht mit verschränkten Armen an der Tür und lässt die beiden Männer nicht aus den Augen.

Die Frau auf der Rolltrage sieht auf den ersten Blick aus, als schlafe sie, die Augen sind geschlossen, das Gesicht erstarrt in einer Grimasse, als hätte sie gerade eben auf etwas gebissen und wäre von dessen bitterem Geschmack überrascht worden. Bühler beginnt mit der Leichenschau, die Schneider steht etwas abseits, bereit, ihm zu assistieren. Niemand sagt etwas, das einzige Geräusch ist der asthmatische Atem des untersetzten Mannes, der mit ausgestreckten Beinen und hängendem Kopf auf dem Boden sitzt.

Normalerweise müsste die Leiche der jungen Frau für die Untersuchung komplett entkleidet werden, aber Bühler beschließt, darauf zu verzichten. Mithilfe seiner Assistentin dreht er sie auf die Seite und schiebt ihr die Bluse nach oben. Am Rücken haben sich bereits Totenflecke gebildet. Etwas, das nicht zur Totenschau gehört, erregt seine Aufmerksamkeit: Die Jeans und die Bluse scheinen erst vor Kurzem gekauft worden zu sein, aber die rote Spitzenunterwäsche ist fadenscheinig und verwaschen.

Tote hatten sie hier noch nie. Bühler hat keine Ahnung, wie es jetzt weitergeht. Er will sich schon an Boris wenden, der wahrscheinlich auch für einen solchen Fall Anweisungen hat, als ihm ein Kärtchen auffällt, das aus einer der vorderen Jeanstaschen der Toten hervorschaut. Er zieht das geknickte Stück Pappe hervor und steckt es ein, ohne dass es jemand bemerkt.

„Die Frau ist tot", sagt Bühler mit belegter Stimme und sieht in die Runde. „Vor ein paar Stunden, in einem richtigen Krankenhaus, hätte man sie vielleicht noch retten können …"

Der auf dem Boden sitzende Mann reagiert überhaupt nicht. Boris hat sich zur Tür hin abgewendet und telefoniert. Der Zuhälter tritt ein Stück vor und sieht die Frau an, dann nickt er, als habe er eine Entscheidung getroffen.

Plötzlich fällt Bühler ein, an wen ihn der Typ schon bei seinem ersten Besuch im Turm erinnert hat: an Lemmy, den verstorbenen Sänger von Motörhead. Er muss die Zähne zusammenbeißen, um nicht loszulachen. Was war nur mit ihm los? Er hat während seiner Arztlaufbahn doch schon mehrere vergebliche Reanimationen durchgeführt, warum also bringt ihn das hier alles so durcheinander? Vielleicht weil die Frau noch leben könnte, wenn es ihn in diesem Turm nicht gäbe, denn dann hätten die beiden Verbrecher sie in ein Krankenhaus bringen müssen.

Bühler wird von einem Handgemenge an der Eingangstür aus seinen Gedanken gerissen. Zuhälter-Lemmy und der dicke Mann scheinen den Turm verlassen zu wollen, aber Boris hält sie mit gezogener Waffe auf.

„Ihr könnt gehen", sagt er, deutet dann aber mit dem Lauf der Pistole auf die tote Frau. „Aber eure Leiche nehmt ihr schön mit, dafür lasst ihr alles Geld hier, das ihr in den Taschen habt!"

Der dicke Mann schnaubt, aber der Zuhälter stößt ihm in die Rippen. Beide ziehen ein paar Geldscheine hervor und werfen sie unwillig vor Boris auf den Boden. Die Schneider hebt sie auf und zieht sich sofort wieder aus der Gefahrenzone zurück.

Bühler sieht, wie die beiden Männer die Leiche der jungen Frau von der Trage heben und mit ihr durch die Tür verschwinden, die Boris ihnen geöffnet hat. Der ehemalige Boxer dreht sich zu Bühler und seiner Assistentin um und zwinkert ihnen zu. „Ich begleite unsere Freunde hier zu ihrem Wagen, nicht dass die auf die Idee kommen, ihre Fracht auf dem Gelände zu entsorgen."

Bühler nickt, die Tür fällt ins Schloss. Die Schneider beginnt sofort mit dem Aufräumen, desinfiziert die Rolltrage, nimmt die Bezüge ab und entsorgt die blutigen Kompressen in einem Abfallbeutel. Die Geschäftigkeit seiner Assistentin ärgert ihn, ohne dass er hätte sagen können warum.

Als er sich die Sachen aus der Einkaufstasche ansieht, die überall herumliegen, reicht ihm die Schneider eine Plastiktüte mit der Aufschrift „Patienteneigentum", wie sie in Krankenhäusern verwendet wird, um die persönlichen Habseligkeiten von Patienten, die verlegt oder entlassen werden, aufzubewahren.

„Das soll wohl ein Witz sein ...", sagt Bühler müde, aber die Schneider zuckt nur mit den Schultern und entgegnet: „Ich gehe jetzt eine rauchen, wenn Sie mich hier im Moment nicht brauchen ..."

„Nein, nein, gehen Sie nur, gehen ... ich meine geh du nur ... rauchen."

Die Schneider wirft ihm einen kurzen Blick zu, den Bühler nicht zu deuten weiß, dann tastet sie nach dem Päckchen Zigaretten in ihrer Kitteltasche, checkt den Außenmonitor und betätigt den elektronischen Türöffner.

Bühler starrt noch eine ganze Weile auf die armseligen Hinterlassenschaften seiner letzten Patientin, dann packt er alles in die Tüte, weil er nicht weiß, was er sonst damit tun soll.

***

Der Boxer ist nicht mehr zu sehen, aber Siggi ist sicher, dass er noch irgendwo da drüben im Gebüsch auf der Lauer liegt, um zu verhindern, dass sie die Leiche doch noch hier abladen. Als ob das eine Lösung wäre! Die Tote muss verschwinden, dann kann er immer noch sagen, dass ihm die Schlampe entwischt ist, was ihn schon genug in Schwierigkeiten bringen wird. Aber wenn rauskommt, was wirklich passiert ist,

ist er erledigt. Dann muss er sich wegen des Tumors in seinem Hirn auch keine Gedanken mehr machen. Er hat die Faust des Boxers im Turm kommen sehen, wusste, dass der Typ ihm einen Leberhaken versetzen würde, aber war unfähig gewesen, den Schlag rechtzeitig abzublocken. In seinem Kopf brummt es wie in einem Bienenstock und wenn er schnell die Blickrichtung ändert, braucht er einen Moment, um wieder ganz scharf zu sehen.

Siggi umklammert das Lenkrad des Camaro und starrt durch die Windschutzscheibe auf die schummerig beleuchtete Schielestraße. Ein Stück weiter vorne ist der dreistöckige Klinkerbau der Eastside Drogenhilfe. Um das Gebäude herum muss man immer damit rechnen jemandem zu begegnen. Im Gestrüpp zwischen den beiden Türmen hat er vorhin wieder die Überreste alter Schlaflager gesehen. Es würde ihn nicht wundern, wenn außer dem Boxer auch noch der ein oder andere Junkie da drüben in der Dunkelheit hockt. Sie mussten von hier verschwinden, und das möglichst schnell.

Der dicke Freier hängt schlaff mit geschlossenen Augen und halboffenem Mund im Beifahrersitz und atmet schwer. Wenigstens hält er so die Klappe. Die tote Lola liegt notdürftig mit einer Plane abgedeckt auf dem schmalen Rücksitz. Siggi überlegt kurz, ob er jemanden um Hilfe bitten soll. Es gibt im Milieu noch den einen oder anderen, der ihm einen Gefallen schuldet. Er hat das Handy schon in der Hand, entscheidet sich dann aber dagegen. Je weniger Leute von dieser Scheiße etwas mitbekommen, desto besser.

Siggi startet den Wagen. Das Röhren des V8-Motors zerreißt die nächtliche Stille. Auf der Hanauer Landstraße nimmt der Verkehr in beiden Richtungen zu, er ordnet sich ein und verlässt den Osten Frankfurts über den Main in Richtung Kaiserlei-Kreisel.

Unterwegs in die Vergangenheit, denkt Siggi bitter. Unterwegs mit einem nervösen Wrack auf dem Beifahrersitz, einer

Leiche im Auto und einem Scheißtumor im Kopf. Am Offenbacher Kreuz öffnet der Freier die Augen und sieht sich überrascht um.

„Wohin fahren wir?"

„Wirste schon sehen, schlaf weiter, ich weck dich, wenn's soweit ist."

„Wenn was soweit ist?"

„Geh mir jetzt bloß nicht auf den Sack, Arschloch!"

Der Freier scheint verstanden zu haben, jedenfalls gibt er Ruhe. Immer wieder schaut er nervös über seine Schulter, als befürchte er, Lola könne von den Toten auferstehen und ihn hinterrücks erdrosseln. Bei dem Gedanken muss Siggi fast grinsen. Er wechselt auf die A3 in Richtung Flughafen, ordnet sich sofort ganz links ein, gibt Gas und überholt einen Mercedes. Die vorausfahrenden Fahrzeuge wechseln zügig die Spur, wenn sie den Camaro im Rückspiegel kommen sehen.

Vor ein paar Jahren musste Siggi nach einer Schießerei im Bahnhofsviertel die Stadt für eine gewisse Zeit verlassen. Er entschied sich damals für ein Hotel am Stadtrand Groß-Geraus, fast direkt am Autobahnzubringer. Von seinem Hotelfenster aus konnte er den neuen Verkehrskreisel und die umgebaute alte Feuerwache sehen, die noch die neue Feuerwache gewesen war, als er sich das letzte Mal in der Kreisstadt herumgetrieben hatte. Damals war er gerade mal fünf Jahre alt.

Nachdem sein Vater gestorben war und seine Mutter sich aus dem Staub gemacht hatte, kam er in ein Heim und später zu Pflegefamilien. Siggi musste schon früh gespürt haben, dass das alles nur vorläufigen Charakter hatte und dass er jederzeit wieder woanders hingesteckt werden konnte, jedenfalls vermied er es schon als Kind, sich allzu sehr auf andere Menschen, zumal Erwachsene, einzulassen. Warum er schließlich zu den Landaus gekommen war, konnte er sich später nicht erklären. Das Ehepaar war eigentlich viel zu alt und sein Ziehvater zu krank, um für eine Adoption überhaupt infrage zu kommen. Sie lebten im Ortsteil Wallerstädten in einem alten Haus am Feldrand, von wo aus man im Herbst die Zuckerfabrik in Groß-Gerau dampfen sehen konnte. Von den beiden alten Leuten ist ihm komischerweise nur wenig im Gedächtnis geblieben. Seine Pflegemutter saß meist am Küchentisch, löste Kreuzworträtsel, nähte oder legte Wäsche zusammen, während ihr Mann in grauen Stoffhosen und Strickweste auf dem Sofa lag, um sich auszuruhen. Immerzu musste man leise sein und sonntags in den verhassten Gottesdienst.

Als der alte Landau starb, wurde Siggi wieder aus der Familie, die keine mehr war, genommen. Er hätte nicht sagen können, dass er bei den Landaus besonders glücklich gewesen war, aber als er später auf seiner Frankfurt-Flucht nach Groß-Gerau zurückkehrte und ihm in dem öden Hotelzimmer am Nordrand der Kleinstadt langweilig wurde, machte er sich auf Spurensuche, die ernüchternder nicht hätte ausfallen können: Die Zuckerfabrik gab es nicht mehr und das alte Haus der Landaus mit dem verwilderten Garten in Wallerstädten war abgerissen und durch einen gesichtslosen Neubau mit Schießscharten-Fenstern und Steingarten ersetzt worden. Die größte Attraktion des kleinen Ortsteils zu seiner Kindheit war das Safariland gewesen, das in den späten achtziger Jahren endgültig dichtgemacht hatte.

Siggi erinnerte sich an die langen Autokolonnen, die sich an den Wochenenden in den 70er Jahren durch das Dorf geschoben hatten, das befahrbare Raubtiergehege mit seinen Löwen und Tigern erfreute sich damals überregionaler Bekanntheit. Heute war davon nichts mehr zu sehen, die alte Einfahrt führte nun zu einer Tennisanlage, und dem dahinterliegenden Wäldchen war seine Vergangenheit als hocheingezäuntes Raubtiergelände nicht mehr anzumerken.

Als er an diesem Abend in sein Hotel zurückkehrte, fand er es irgendwie nur folgerichtig, dass nichts, an das er sich erinnern konnte, noch existierte, und er schämte sich ein bisschen, dass er so sentimental gewesen war, überhaupt danach zu suchen.

Jetzt, auf der nächtlichen Autobahn, lassen die Lichter des Flughafens, der sich jenseits der A3 erstreckt, aber doch noch eine Erinnerung in ihm aufsteigen. Wie er einmal als Kind abends bei einem flächendeckenden Stromausfall im dunklen Treppenhaus am Fenster stand und in der Ferne einen orangefarbenen Lichtstreifen sah und der alte Landau, noch bevor Siggi danach fragen konnte, die Hand auf seine Schulter legte und sagte: „Das da hinten ist der Flughafen, die haben Notstromaggregate." Mehr nicht. Nur dieser eine Satz. Sein Adoptivvater ließ seine Hand noch einen Augenblick auf Siggis Schulter ruhen, dann zog er sie zurück und ging in die Küche, wo Frau Landau bei Kerzenlicht saß.

Siggi schüttelt den Kopf, um die alten Geschichten zu vertreiben. Gleichzeitig stellt er fest, dass seine stechenden Kopfschmerzen in ein gleichmäßiges dumpfes Dröhnen übergegangen sind, das ein wenig einfacher zu ertragen ist. Hinter dem Flughafen wechselt er auf die A67 und als kurze Zeit später die Abfahrt Groß-Gerau in Sichtweite kommt, setzt er den Blinker.

Über den Nordring steuert Siggi den Camaro bis zur Kreuzung an der Aral-Tanke und biegt dort in Richtung Wallerstädten ab. Am Ortsausgang Groß-Geraus befindet sich unweit der Kläranlage eine kleine Schrebergartenkolonie. Siggi fährt rechts ran und steigt aus, geht ein paar Schritte und leuchtet mit einer Taschenlampe die Lauben und Verschläge ab, dann knipst er die Lampe aus, verharrt reglos auf dem gestampften Zwischenweg und lauscht in die Nacht. Das nervende Sirren einer Schnake dringt dicht an sein Ohr, irgendwo in der Ferne bellt ein Hund, aber in der Kolonie ist alles still. Er spürt, wie sich die Stechmücke in seinem schweißnassen Nacken niederlässt, und klatscht sie mit der flachen Hand ab. Siggi setzt sich erneut in Bewegung, knipst die Lampe an und wieder aus, bis er gefunden hat, wonach er sucht.

Als er zum Wagen zurückkehrt, wirft er einen Blick auf den Freier, der mit hängenden Armen und dem Kopf an der Beifahrerscheibe vor Erschöpfung eingeschlafen ist. Als sie sich wenig später dem Ortsteil nähern, in dem Siggi ein knappes Jahr seiner Kindheit verbracht hat, fängt der dicke Mann auf einmal an zu husten, schlägt die Augen auf und schnappt nach Luft.

„Na, großer Meister", knurrt Siggi, ohne den Blick von der Straße zu nehmen, „ausgeschlafen?"

„Wo … wo sind wir hier?"

„Wallerstädten"

„Waller … Waller … was?"

„Schon gut, spielt keine Rolle."

„Aber …"

„Halt jetzt die Fresse und spar dir deinen Atem, du bekommst gleich was zu tun."

Siggi durchquert langsam den Ort und hat schon nach Kurzem einen getunten Golf, aus dessen heruntergelassenen Fenstern bassbetonte Musik wummert, an seiner hinteren Stoßstange kleben. Der Typ würde ihn gern überholen, traut sich aber offenbar nicht, sich mit einem Camaro mit Frankfurter Kennzeichen anzulegen. Siggi verlangsamt seine Fahrt immer mehr, bis der Golf auf Höhe des Sportplatzes am Ortsausgang endlich beschleunigt und links an ihm vorbeizieht. Kurz danach taucht die ehemalige Einfahrt zum Safariland auf. Das Waldstück dahinter erstreckt sich dunkel am rechten Fahrbahnrand, und als es endet und in flaches Ackerland übergeht, lenkt Siggi den Camaro nach rechts in einen

Feldweg, hoppelt über den unebenen Boden und erreicht nach wenigen Metern die Abbiegung in das Waldstück.

Der schmale Weg, der ins Unterholz des ehemaligen Raubtiergeländes führt, ist hier mit einem Schlagbaum gesichert. Die Scheinwerfer des Wagens leuchten in den Wald hinein. Siggi steigt aus und geht um die Schranke herum, der Sicherungsbolzen des Schlagbaums ist eingehakt, aber nicht abgeschlossen.

Zurück im Wagen sieht ihn der Freier mit weitaufgerissenen Augen an. „Was machen wir denn hier, was wird denn das alles?"

Siggi deutet durch die Windschutzscheibe auf den jetzt unbeschrankten Waldweg, der außerhalb der Lichtkegel sofort in der Finsternis versinkt. „Wir fahren jetzt da rein, dann gehen wir ein Stück und dann gräbst du ein Loch."

„Warum soll ich denn ein Loch … graben?"

„Bist du wirklich so blöd?

Der Freier schweigt und Siggi steuert den Camaro im Schritttempo in den Wald hinein, überhängende Äste streifen an den Seiten des Sportwagens und am Unterboden entlang. Obwohl das seine letzte Sorge sein sollte, ärgert er sich über die zu erwartenden Kratzspuren im Lack.

Nach ein paar wenigen Metern bleibt er stehen, er hat keine Lust, auch noch irgendwo im Gestrüpp steckenzubleiben. Er rangiert ein bisschen, sodass die Scheinwerfer schließlich ins Unterholz rechts des Weges leuchten. Er bedeutet dem Freier auszusteigen, dann nimmt er den Spaten und die Schaufel, die er aus dem Schrebergarten mitgenommen hat, aus dem hinteren Fußraum und steigt ebenfalls aus.

Die beiden Männer machen ein paar Schritte ins Unterholz, Siggi prüft den Boden und sagt: „Okay, hier ist es gut."

Er lässt den dicken Freier mit dem Spaten graben, der am Anfang ständig auf Wurzelwerk trifft, aber dann geht es besser voran. Als eine ansehnliche Tiefe erreicht ist, hilft er mit der Schaufel nach. Bei der körperlichen Arbeit stellt sich der Schwindel wieder ein, der größeren Zusammenbrüchen in letzter Zeit immer vorausgegangen ist. Siggi schließt einen Moment die Augen und überlegt, ob er noch ein Paar von den Tabletten im Handschuhfach nehmen soll. Er lässt die Schaufel fallen und steigt aus der Grube.

Als er ein paar Schritte in Richtung des Wagens macht, spürt er, wie sich seine Beine in Gummi verwandeln und der Drehschwindel mit einer Heftigkeit einsetzt, die er bisher noch nicht kannte. Siggi bleibt stehen, er zittert, die Scheinwerfer blenden ihn, er will die Hand heben, um seine Augen abzuschirmen, aber sein Arm gehorcht ihm nicht mehr. Dass er jetzt auf keinen Fall umkippen darf, ist sein letzter Gedanke, bevor er bewusstlos wird.

Donnerstag, 22. Juli 2021

Frankfurt am Main, Allerheiligenviertel, 8:00 Uhr

Gegenüber der Haltestelle „Allerheiligentor" erhebt sich ein Baukran in den sommerlichen Morgenhimmel, hinter Bretterzäunen und rot-weiß gestreiften Absperrgittern geht der Abriss mehrerer Häuserblocks voran. In den nächsten Jahren soll hier ein vollkommen neues Wohnquartier entstehen, und das alte Viertel damit neu belebt werden.

„Wir müssen wieder ein Stück zurück", ruft die Schneider ihm über den Baulärm hinweg zu, als sie aus der Bahn steigen, und Bühler folgt ihr die Straße hinunter in die Friedberger Anlage, wo Jogger in kurzen Hosen ihre morgendlichen Runden drehen. Ein Mann kommt ihnen kauend mit einer prallgefüllten Bäckertüte entgegen, eine junge Frau schiebt mit einer Hand einen Kinderwagen vor sich her, in der anderen hält sie ihr Handy. Sie nimmt den Blick nicht vom Display und Bühler muss einen Schritt zur Seite machen, um nicht mit ihr zusammenzustoßen. Die Schneider dreht sich zu ihm um, lächelt müde und sagt: „Ist nicht mehr weit."

Die Krankenschwester wohnt in einem ockerfarbenen Mehrfamilienhaus direkt gegenüber der Parkanlage. Im Flur hängt die Hausordnung, ein Plan mit der Putzwoche und ein doppelt unterstrichener Hinweis, dass das Abstellen von Fahrrädern und Kinderwagen im Eingangsbereich verboten ist. Im Treppenhaus riecht es nach Essigreiniger. Vor einer Tür im zweiten Stock bleibt sie stehen, schließt auf, schlüpft aus ihren flachen Schuhen und betritt auf weißen Sneaker-Socken die im Halbdunkel liegende Wohnung.

„Wenn du bitte auch …"

Bühler sieht die Frau verständnislos an, dann begreift er, dass er die Schuhe ausziehen soll. „Oh, natürlich …"

Während er noch dabei ist, die Schnürsenkel seiner Turnschuhe zu lösen, geht die Schneider durch die Wohnung, zieht die Rollläden nach oben und lüftet. Von dem schmalen, mit weichem Teppich ausgelegten Flur gehen mehrere Zimmertüren ab. Hinter einer Milchglasscheibe erkennt er die Küche, aber die Schneider dirigiert ihn in das Zimmer am Ende des Gangs, einem großen lichtdurchfluteten Raum, aus dessen Fenstern man die gegenüberliegende Parkanlage sehen kann.

Das Wohnzimmer ist spärlich, aber geschmackvoll möbliert. Eine cremefarbene Sofalandschaft, ein penibel sauberer Glastisch, ein helles Regalsystem, in dem Bücher und ein paar gerahmte Fotografien stehen. Bühler kann nirgends einen Fernseher entdecken, lediglich eine kleine Musikanlage, auf der ein paar CDs liegen. In einer Zimmerecke thront eine Stehlampe, in der anderen eine mannshohe Topfpalme auf einem Rollbrett. Bühler weiß nicht, was er erwartet hat, aber die stilsichere Behaglichkeit der Wohnung überrascht ihn.

„Setz dich doch ...", sagt die Schneider, nimmt eine zerknüllte Tagesdecke vom Fußende der Couch und legt sie ordentlich zusammen. „Ich mache uns Kaffee, ja?"

„Gern", entgegnet Bühler, registriert, dass sie nun wieder beim Du sind, und lässt sich auf dem Sofa nieder. Als er sich in den Polstern zurücklehnt, spürt er sofort, wie die Müdigkeit ihn zu überrollen droht, und setzt sich wieder auf.

„Milch? Zucker?", hört er die Schneider aus der Küche rufen.

„Nur ein bisschen Milch, danke ..."

Alexander Bühler fragt sich, ob es ein Fehler war, Frau Schneiders Einladung anzunehmen, aber nach dem Tod der jungen Frau in der Nacht wollte offenbar keiner von ihnen allein sein.

Während seine Gastgeberin in der Küche hantiert, lässt er den Blick schweifen und bleibt an dem Spalier aus Fotografien im Bücherregal hängen. Ein Familienfoto in verblassten 80er Jahre Farben, ein Einschulungsbild und die Porträtaufnahme eines Teenagers stehen dort zwischen dem Rechtschreib-Duden und einem mehrbändigen Konversationslexikon. Bühler zögert einen Augenblick, aber dann steht er auf und sieht sich die Fotografien genauer an.

Auf dem Familienbild stehen Vater, Mutter und Kind im Sonnenschein vor einem grasgrünen Opel Kadett, der Mann in der Mitte trägt ein geknöpftes Jeanshemd und einen buschigen Oberlippenbart. Er hat eine Hand auf die Schulter der Frau und die andere auf den Kopf des kleinen Jungen gelegt. Die zierliche Frau ist eine jüngere Version Karin Schneiders, sie trägt die langen blonden Haare offen und lacht. Der Junge ist auf dem Bild vielleicht vier Jahre alt, er hat die Augen geschlossen, weil die Sonne ihn blendet. Bühler erkennt ihn auch auf dem Einschulungsfoto daneben, wo er mit einer Schultüte posiert, auf der Tafel im Hintergrund steht: Mein erster Schultag 1987. Auf der Porträtaufnahme ganz rechts ist der Junge vielleicht 16, 17 Jahre alt, er trägt ein weißes T-Shirt und eine ärmellose schwarze Lederweste. Das Bild wurde offenbar in einem Fotostudio aufgenommen, der Teenager blickt den Betrachter über die Schulter hinweg an, sein Mund zeigt die Andeutung eines spöttischen Lächelns.

„Da ist er gerade 18 Jahre alt geworden", sagt die Schneider und Bühler fährt erschrocken herum.

Er hat gar nicht bemerkt, dass sie ins Zimmer gekommen ist, so sehr war er in die Betrachtung der Fotografien versunken. Sie hält ein Tablett in den Händen, auf dem zwei dampfende Tassen und ein Milchkännchen zusammen mit einer Schale Kekse stehen. Sie setzt es auf dem Couchtisch ab, nimmt die Tassen herunter und schüttelt den Kopf. „Ich hab' die Löffel vergessen …"

Bühler setzt sich wieder auf seinen Platz. Als die Schneider mit den Löffeln zurückkommt, sagt sie: „Mein Mann ist 1999 an einem Herzinfarkt gestorben. Er ist mit Freunden im Stadion bei der Eintracht gewesen und im Block einfach tot umgefallen …"

„Das … tut mir leid", sagt Bühler automatisch und findet, dass es sich irgendwie falsch anhört.

Die Schneider hebt kurz die Schultern, als wäre ihr kalt. Sie schüttet Milch in ihren Kaffee und schiebt das Kännchen zu ihrem Gast über den Tisch.

„Ich musste wieder mehr arbeiten, Vollzeit, alle drei Schichten im Krankenhaus und dazu noch regelmäßig Bereitschaft für den OP. Sascha war damals fast zwanzig und in der Ausbildung zum Koch, ich dachte …"

Bühler nimmt einen Schluck aus seiner Tasse. Der Kaffee schmeckt bitter trotz der Milch.

„Ich wusste, dass er ab und zu Haschisch raucht. Aber dann …"

„Du musst mir das nicht erzählen."

„Ich will aber", sagt die Schnieder energisch und sieht ihn direkt an. „Es sei denn, du willst es nicht hören."

Bühler hebt beschwichtigend die Hände. Ihm war schon klar, dass es darauf hinauslaufen würde, seit er die Fotos gesehen hat.

„Jedenfalls blieb es nicht beim Kiffen. Es wurde immer schlimmer. Dann kam er in die Klinik und machte einen Entzug. Als er rauskam, dachte ich, jetzt wird alles gut." Die Schneider schüttelt den Kopf, als wundere sie sich heute noch über ihre Naivität. „Nach ein paar Monaten fing alles wieder von vorn an. Diesmal dealte er auch. Dann saß er zum ersten Mal im Knast …"

Bühler nickt, weil er nicht weiß, wie er sonst darauf reagieren soll. Er sieht, wie die Schneider an ihrem Kaffee nippt und mit Blick in die Tasse weitererzählt.

„Wenn man solche Geschichten von anderen erzählt bekommt, denkt man ja immer, man selbst hätte anders gehandelt. Den Kontakt abgebrochen, sich nicht einspannen lassen. Aber das habe ich nicht gekonnt. Als er wieder raus war aus dem Gefängnis, hat er hier bei mir gewohnt. Mir geschworen, dass jetzt alles anders wird, und mich gleichzeitig hinter meinem Rücken beklaut …"

„Und euch hat niemand geholfen?", fragt Bühler.

„Hilfe muss man wollen, und für Sascha war ja alles in Ordnung", entgegnet die Schneider und fügt bitter hinzu: „Zumindest solange er an seinen Stoff kam …"

„Verstehe …"

„Später hat er im Milieu gearbeitet, im Bahnhofsviertel. Dann war er wieder im Gefängnis. Wegen Hehlerei. Irgendwann war er eine Zeitlang clean, zumindest glaube ich das, damals hat er in Hamburg gelebt."

Bühler nickt. „Und dann?"

„Brach der Kontakt ab. Bis vor zwei Jahren, da stand er auf einmal bei mir vor der Tür. Abgemagert, abgehetzt und voller Angst. Er hatte Schulden bei den falschen Leuten gemacht. Und weil bei ihm nichts zu holen war …"

„Du machst das im Gas-Turm für ihn, um seine Schulden zu tilgen?"

„Ganz schön dumm, was?"

„Das habe ich nicht gesagt …"

„Nein, aber nur, weil du auch eine Geschichte hast, in der du nicht gerade der strahlende Held bist, oder?"

„Stimmt schon", entgegnet Bühler, „aber ich will nicht darüber reden, sorry …"

„Schon gut, kein Problem." Die Schneider nimmt einen Keks aus der Schale und beißt ein kleines Stück davon ab.

Bühler hätte schwören können, dass sie nun unbedingt auch seine Geschichte hören will, aber offenbar hat er die alte Krankenschwester völlig falsch eingeschätzt. Er ist sich nicht ganz sicher, ob ihr Desinteresse vielleicht nur gespielt ist, um ihn aus der Reserve zu locken, glaubt es aber nicht.

„Wo ist dein Sohn jetzt?"

„Das weiß ich nicht." Die Schneider schüttelt den Kopf.

„Aber die wissen es …"

„Bist du sicher …"

„Er schickt mir E-Mails, manchmal mit Bildern. Ja, ich bin mir sicher, dass er noch lebt."

„Okay …"

„Nein, ist es nicht. Nichts daran ist wirklich okay, aber es ist, wie es ist."

Es ist, wie es ist. Als Bühler eine knappe Stunde später in der S7 nach Groß-Gerau sitzt, muss er immer wieder an diesen Satz seiner Assistentin denken. Man findet sich damit ab, heißt das doch, oder? Man findet sich ab und lebt einfach weiter, so gut es eben geht. Die Bahn rattert über den Main, die Sonne steht über dem Fluss und wirft breite Bahnen aus Licht ins Abteil, Staubkörner tanzen in der Luft zwischen den Sitzreihen. Es ist, wie es ist.

Als die S-Bahn mit einem Ruck in Mörfelden hält, schreckt Bühler auf. Er hat gar nicht gemerkt, dass er eingeschlafen ist. Die Türen öffnen sich, ein junges Pärchen mit Fahrrädern steigt zu. Er steht kurz auf, um ihnen Platz zu machen, greift mit einer Hand nach der Haltestange und hakt den Daumen der anderen in die vordere Jeanstasche. Ein dünnes Stück Pappe steckt darin, das sich als Teil eines Fotos entpuppt. Zuerst weiß Bühler nichts damit anzufangen, dann fällt es ihm wieder ein: das Kärtchen, das er in der Nacht bei der toten Frau gefunden hat.

Das Foto ist in der Bildmitte durchgerissen, sodass die untere Hälfte fehlt. Die obere Hälfte zeigt einen kleinen dunkelhaarigen Jungen mit entrücktem Blick. Auf der Rückseite sind ein paar Worte in einer Sprache notiert, die Bühler nicht entschlüsseln kann. Hektisch gekritzelte Zahlen, die Uhrzeiten sein könnten, das Datum von gestern und ein Pfeil, der ins Leere geht, weil dieser Teil des Bildes abgerissen ist. An

146

den oberen Bildrand ist ein kleines Herz gemalt, der Name „Cosmin" steht daneben. Obwohl es aus den Informationen auf der Rückseite des Fotos nicht eindeutig hervorgeht, mutmaßt Bühler, dass es sich bei dem Jungen um den Sohn seiner in der Nacht verstorbenen Patientin handeln muss. Er fragt sich, wo der Bub jetzt wohl gerade ist. Sitzt er vielleicht irgendwo allein in einer Absteige und wartet, bis seine Mutter „von der Arbeit" nach Hause kommt?

Bühler schließt die Augen, schüttelt den Kopf. Als der Zug anfährt, lässt er sich in den Sitz zurückfallen. Das zugestiegene Pärchen hat die Räder gesichert und beugt sich nun lächelnd über das Display eines Handys. Bühler hat die Hand über dem Fotokarton schon fast geschlossen, um ihn zu zerdrücken und in der unter dem Fenster angebrachten Abfalllade zu entsorgen, als er noch einmal innehält und den Jungen auf dem Foto betrachtet. Er schätzt ihn auf fünf, vielleicht sechs Jahre, er trägt ein verwaschenes, für seinen mageren Oberkörper viel zu großes Sweatshirt mit dem protzigen Aufdruck einer US-Elite-Universität, was vollkommen grotesk wirkt, denn im Bildhintergrund sind verbeulte Müllcontainer zu sehen, aus denen haufenweise Unrat hervorquillt.

Der Junge geht mich nichts an, denkt Bühler und später: Es ist, wie es ist ...

Die Lautsprecherstimme kündigt als nächsten Halt Groß-Gerau an, die Sonne steht draußen über den Feldern, das Busdepot am Ortsrand und der Wasserturm kommen in Sicht. Bühler erhebt sich, als die S-Bahn die Fahrt verlangsamt, es war eine lange, anstrengende Nacht, er will jetzt nur noch in sein Bett und an nichts mehr denken, aber das Bild des Jungen steckt er trotzdem wieder ein, er weiß selbst nicht genau warum.

Wallerstädten, altes Safarilandgelände, zehn Stunden zuvor

Willy Bolz schnauft und schwitzt wie ein Schwein. Jeden Moment wird er verkatert in dem Doppelbett im Maritim aufwachen, denkt er, neben ihm die halbnackte Nutte und im Tresor das Geld, das er in den kommenden Wochen als Einnahmen seines Lokals verbuchen und weiterleiten wird. Alles andere ist nur ein grotesker Albtraum, der aber blödsinniger Weise nicht enden will.

Er rammt den Spaten in den Boden und schließt die Augen, aber als er sie wieder öffnet, steht er immer noch in einer hüfttiefen Grube in einem finsteren Wäldchen, das nur von den Scheinwerfern des Sportwagens durchschnitten wird. Außerhalb der Lichtkegel versinkt die Umgebung in totaler Finsternis, und an den Stellen, wo das Licht endet und die Dunkelheit beginnt, scheint sich etwas zu bewegen. Bolz spürt sein Herz gegen die Brust hämmern und wartet förmlich darauf, dass jeden Moment etwas aus dem unsichtbaren Gebüsch hervorgestürmt kommt: Ein Polizeikommando, eine Rotte Wildschweine, eine Horde Wikinger – mitten in der Nacht im Wald in einer Grube irgendwo in der südhessischen Provinz stehend hält er auf einmal alles für möglich.

Bolz versucht es erneut mit Augenschließen. Hilft aber nicht. Dafür fragt er sich jetzt, wohin der komische Zuhälter eigentlich verschwunden ist.

„Hey, wo bist du denn hin?", ruft er und bereut es sofort, denn der Klang seiner eigenen Stimme hört sich hier draußen unheimlich an, als gehöre sie nicht zu ihm. Das Hemd klebt ihm am Körper, der Schweiß läuft ihm in Sturzbächen die Wirbelsäule herunter, er ist übermüdet und hat furchtbaren Durst.

Bolz schirmt die Augen mit der Hand an der Stirn ab und sieht sich um. Die Scheinwerfer des Camaro blenden ihn.

Schwerfällig steigt er seitlich aus der Grube heraus, und da sieht er den Zuhälter zuckend vor dem Wagen liegen. Es sieht ein bisschen so aus, als wolle er auf dem mit Blättern und Ästen bedeckten Waldboden einen „Engel im Schnee" machen. Die Augen des Mannes sind halbgeschlossen, der Mund verzerrt.

„Was ist denn das jetzt für eine Scheiße!", entfährt es Willy. Er beugt sich zu dem zuckenden Mann herunter, dessen Bewegungen jetzt langsam abebben. Nach ein paar Sekunden liegt er ganz ruhig, die Augen geschlossen, die gekrümmten Finger in den weichen Waldboden gekrallt.

„Hey, was ist denn mit dir los?", fragt Willy den Bewusstlosen leise, wundert sich aber nicht, als er keine Antwort bekommt.

Einige Sekunden steht er leicht schwankend im Scheinwerferlicht und denkt an nichts. Er hört den Motor des Camaro im Leerlauf tuckern wie ein sprungbereites Tier, und die Verlockung, sich ebenfalls auf dem Waldboden zusammen zu kauern, steigt in ihm auf, wird aber von einem jähen Fluchtreflex begleitet, sodass die beiden gegensätzlichen Impulse sich wechselseitig aufheben. Irgendwann schüttelt Willy Bolz die Lähmung ab, steigt über die Beine des Zuhälters und zerrt die tote Frau aus dem Fond des Wagens.

Er hat noch nie in seinem Leben einen Toten berührt, daran muss er denken. Die Frau ist nicht schwer, mühelos trägt er sie das kurze Stück und legt den zierlichen Körper vorsichtig in der Grube ab. Danach kehrt er zum Wagen zurück und holt die Plane vom Rücksitz, um die Leiche damit abzudecken, bevor er die Grube wieder zuschaufelt. Zum Schluss verteilt er noch ein paar Äste und trockenes Laub über dem Grab, schleift den bewusstlosen Zuhälter zum Wagen und schafft ihn mit letzter Kraft auf den Rücksitz.

Mit den abgeknickten Beinen im Fußraum und dem verdrehten Oberkörper auf dem schmalen Polstersitz hängt der

Mann wie der sprichwörtliche Schluck Wasser in der Kurve auf der Rückbank und rührt sich nicht.

Vielleicht, denkt Willy Bolz, ist er ja auch schon tot, aber im selben Moment gibt der Zuhälter einen kurzen röchelnden Laut von sich und sinkt mit dem Kopf gegen die Scheibe des Seitenfensters. Speichel läuft ihm aus dem Mund, seine Lippen glänzen feucht im fahlen Licht der Innenraumbeleuchtung.

Bolz zittert, die körperliche Belastung hat ihm alles abverlangt. Er stützt sich am Wagendach ab, legt den Kopf auf die ausgebreiteten Arme, atmet schwer. Die Zunge klebt ihm am Gaumen, sein Rücken ist ein einziger stechender Schmerz. Allein die Gewissheit, dass er das Schlimmste bereits geschafft hat, verhindert, dass er an Ort und Stelle zusammenbricht.

Willy zwängt sich hinters Steuer des Camaro, sein Bauch drückt gegen das Lenkrad. Er braucht mehr Platz, muss den Fahrersitz verstellen, findet aber den Hebel nicht. Er hasst diese Sportwagen, hat noch nie in einem gesessen, geschweige denn gefahren. Vornübergebeugt fummelt er mit den Fingern unter dem Sitz herum, der sich schließlich ein Stück nach hinten bewegt, am Armaturenbrett blinken ein paar Lichter, auf dem Knauf des Schaltknüppels sind die sechs Gänge des Wagens auf einem Diagramm wiedergegeben.

Bolz schaltet in den Rückwärtsgang, lässt die Kupplung kommen und gibt etwas Gas, so wie er es von seinem alten Passat gewohnt ist, und merkt sofort, dass er einen Fehler gemacht hat: Der Wagen spurtet los, wühlt sich durch den trockenen Waldboden zurück auf den schmalen Zufahrtsweg und schießt beinahe auf der anderen Seite des Wegs erneut ins stockfinstere Unterholz. Bolz würgt den Motor ab, schlägt aufs Lenkrad und flucht. Wer zum Teufel braucht ein Auto mit 450 PS unter der Haube? Im Rückspiegel sieht er den Zuhälter mit dem Kopf an der Scheibe kleben, er atmet mit offenem Mund und hat von Willys Fehlstart nichts mitbekommen.

Wenig später haben sie den Waldweg verlassen, Bolz sieht die Landstraße vor sich. Er beschließt, den Weg, den sie gekommen sind, einfach zurückzufahren, und biegt nach links ab. Der Zuhälter hat doch den Namen des Dorfs erwähnt, das sich da vorne aus der Dunkelheit schält. Wie war das noch gleich? Wallstadt? Wallesheim? Wallerburgen?

„Kreisstadt Groß-Gerau, Stadtteil Wallerstädten", steht auf dem gelben Ortsschild mit schwarzer Aufschrift. Auch gut, denkt Bolz, dann eben Wallerstädten – und jetzt bloß weg von hier.

Auf der Verbindungsstraße zur Kreisstadt gibt er etwas mehr Gas und der Wagen beschleunigt sofort. In der Ferne taucht die blaubeleuchtete Aral-Tankstelle am Ortsrand auf und Bolz überlegt, ob er kurz anhalten und sich eine Flasche Wasser gegen seinen Durst holen soll, entscheidet sich aber dagegen. Es ist besser, wenn er so wenig wie möglich gesehen wird.

Gegen halb eins erreicht er Zeilsheim und steuert den Camaro durch die wie ausgestorben daliegenden Straßen. Die meisten Fenster sind schon dunkel, nur vereinzelt flackert noch blaues Fernsehlicht hinter den Gardinen. Als er vor seinem Hoftor aussteigt, sieht er sich dennoch verstohlen um und hofft, dass keiner seiner Nachbarn unter Schlaflosigkeit leidet und ausgerechnet jetzt aus dem Fenster sieht. Er öffnet das große Tor und fährt den Camaro in den Hof, stellt sofort Motor und Scheinwerfer aus und schließt das Tor wieder. Der Zuhälter liegt in sich zusammengesunken auf dem Rücksitz und schnarcht.

Bolz lässt den Schlüssel stecken und macht sich auf den Weg ins Haus, betritt den Flur, an dessen Ende die Gaststube liegt. Hinter der Theke knipst er nur die kleine Kassenlampe an, der Raum füllt sich mit Schatten, das matte Licht spiegelt sich in den polierten Zapfhähnen. Er nimmt eine Flasche Selters aus dem Kühlschrank unterm Tresen und trinkt sie im Stehen zur Hälfte aus, atmet ein paarmal erleichtert durch und trinkt auch den Rest. Einen Moment starrt er in den leeren Gastraum und meint ein Geräusch zu hören, fragt sich, ob der Zuhälter vielleicht aufgewacht ist und nach ihm sucht, aber dann ist es wieder still, bis auf das Hämmern in seinem Kopf, das nur langsam an Heftigkeit verliert. Bolz öffnet den Schrank mit den Butzenscheiben hinter sich und holt eine Flasche Schnaps heraus, schenkt sich ein, kippt den Kurzen ansatzlos runter und verlässt die Schankstube.

In der Wohnung im ersten Stock steht die Hitze des vergangenen Sommertages, weil er vergessen hat, die Rollläden auf der Südseite herunterzulassen. Im Flur steht ein Korb mit Schmutzwäsche, die er schon seit Tagen in die Waschmaschine stecken will. Genauso wie er schon seit einer Woche vorhat, endlich das Geschirr in der Küche zu spülen, die Toilette zu putzen und den Wohnzimmerteppich zu saugen. Er schiebt den Korb mit dem Fuß beiseite und schleppt sich ins Badezimmer, zerrt sich die an ihm klebenden Kleider vom Leib und lässt sie als stinkendes Knäuel auf den Fliesen liegen, bevor er in die Dusche steigt. Er wird die helle Sommerhose und das Hemd samt Unterwäsche nachher in den Müll werfen, als könne er so die Geschehnisse des vergangenen Abends ein für alle Mal entsorgen.

Die Dusche tut gut. Bolz seift sich ein und bleibt danach lange unter dem lauwarmen Wasserstrahl stehen, die Arme gegen die Wand gestemmt und den Blick nach unten gerichtet, wo Haare, Grasbüschel und Dreckklümpchen in den Abfluss strudeln. Als er sich danach im Halbdunkel des Badezimmers abfrottiert, fällt sein Blick durch das Fenster nach unten in den Hof, wo der Camaro im Mondlicht steht und aussieht wie ein lauerndes Tier.

Im Schlafzimmer schlüpft er in eine frische Unterhose und zieht ein weißes T-Shirt über, bevor er sich auf seine Seite des zerwühlten Doppelbetts fallen lässt. Ein paar Minuten verhindern die Gedanken an die vergangenen Stunden noch, dass er abschalten kann, aber dann siegt die körperliche Erschöpfung, und Willy Bolz taumelt in den Schlaf wie in einen finsteren Wald.

Als er zwei Stunden später aufschreckt, wird er vom Licht einer Taschenlampe geblendet. Bolz richtet sich auf, erhält aber einen heftigen Stoß gegen die Brust, sodass er zurück auf die Matratze geworfen wird. Die Bettfedern quietschen unter dem Gewicht des massigen Mannes, dem die Luft aus den Lungen gepresst wird. Mit vor Angst aufgerissenen Augen sieht er mehrere Gestalten um das Bett herumstehen, sie tragen schwarze Skimasken mit Schlitzen für Mund, Nase und Augen.

Zwei der Maskierten zerren ihn aus dem Bett.

„Was ... was ...wollt ihr denn von mir?"

„Schnauze halten und mitkommen!"

Die Männer treiben ihn aus der Wohnung und die Treppe hinunter. Irritiert stellt Willy Bolz fest, dass im Gastraum Licht brennt.

***

Siggi öffnet die Augen, aber er sieht nichts. Er blinzelt ein paarmal schnell hintereinander, um seinen Blick aufzuklaren, drückt sich die Fingerkuppen auf die Lider, aber die Welt bleibt eine grauschwarze Wand, die vor seinen Augen tanzt. Panik erfasst ihn, er richtet sich auf und prallt mit dem Kopf gegen die niedrige Fahrzeugdecke, da hebt sich der Vorhang vor seinen Augen und gibt den Blick frei auf einen mondbeschienenen Innenhof.

Siggi hat keine Ahnung, wo er ist. Arme und Beine sind wie aus Blei, der Rücken ein einziger Schmerz. Warum liegt er auch zusammengekrümmt auf dem schmalen Rücksitz des Camaro? Wo ist er hier und wie ist er hierhergekommen? Er erinnert sich an das Wäldchen, das ehemalige Raubtiergehege im Safariland, dort haben sie ein Loch gegraben, um Lolas Leiche darin verschwinden zu lassen. Jetzt fällt ihm auch der dicke Freier wieder ein. Wo ist der eigentlich hin?

Die Luft im Wagen legt sich wie eine schwere, feuchte Decke um ihn. Es riecht streng nach Erbrochenem und Schweiß. Das Atmen fällt ihm schwer. Siggi klappt den Sitz nach vorn und windet sich aus dem Fond heraus, bleibt aber mit dem Fuß im Sicherheitsgurt hängen, sodass seine Füße noch im Wagen sind, während er sich mit ausgestreckten Händen auf Knien in den Hof tastet. Wenn dort jemand wartet, um ihn zu erledigen, wird er jetzt gleich aus den Schatten hervortreten und ihm eine Pistole an den Kopf halten. Eine ganz jämmerliche Position, um den letzten Gang anzutreten, denkt er resigniert, aber es scheint zum Glück niemand da zu sein, der es auf ihn abgesehen hat.

Siggi hebt den Kopf und sieht sich um: Unweit des Wagens stehen Biertischgarnituren zwischen schmalen Bäumen. Nein, Unsinn, das sind keine Bäume, das sind Sonnenschirme, eingeklappte Sonnenschirme, die da im Mondlicht stehen. Unter einem Vordach steht eine Außentheke mit Zapfanlage, die Tür, die dahinter ins Hauptgebäude führt, ist geschlossen, die Fenster alle dunkel. Was ist das hier eigentlich, fragt sich Siggi, ein gottverdammter Biergarten? Er befreit seinen Fuß aus dem Gurt, zieht die Beine aus dem Wagen und richtet sich langsam auf.

Er geht ein paar Schritte auf das zweiflüglige Tor zu, das den Hof wahrscheinlich zur Straße hin abschließt. Der Riegel ist vorgelegt und gesichert, das Tor ist mindestens zwei Meter hoch, er müsste sich daran hochziehen, um zu sehen, was auf der anderen Seite ist, aber dazu fehlt ihm die Kraft.

Benommen trottet er zum Camaro zurück und stützt sich mit den Armen auf dem Wagendach ab. Noch während er versucht, seinen Gedächtnislücken auf die Spur zu kommen, wird die Tür hinter der Außentheke geöffnet, ein schmaler Streifen Licht flutet den Hof und ein Mann tritt heraus, der direkt zu ihm herübersieht.

Siggi hat nichts einstecken, kein Messer, keine Pistole, nicht mal einen albernen Schlagring. Der würde ihm in seiner derzeitigen Verfassung auch gar nichts bringen, da er kaum die Arme heben, geschweige denn einen Faustschlag platzieren kann.

Der Mann greift in die Innentasche seines Sakkos und holt etwas hervor. Siggi hält den Atem an, aber dann erkennt er, dass es nur ein Päckchen Zigaretten ist. Der Mann bleibt mit der Kippe im Mund stehen und sieht zu ihm rüber.

„Hey, Siggi, haste mal Feuer?" Er macht ein paar Schritte weiter auf ihn zu, bis nur noch der Camaro zwischen ihnen steht und sie sich über das Wagendach hinweg ansehen. Siggi kennt den Mann, weiß aber nicht woher.

„Feuer?", fragt ihn der Typ erneut und legt dabei die Stirn in Falten.

„Leck mich doch am Arsch ...", antwortet Siggi und der Mann lacht. In der Tür hinter ihm taucht eine zweite Gestalt auf.

„Macht bloß, dass ihr reinkommt, verdammt!"

Der Mann nimmt die Zigarette aus dem Mund und steckt sie zurück in das Päckchen. Er fixiert Siggi über das Wagendach hinweg und sagt: „Du hast es gehört, also komm schon!"

„Und ich hab' gesagt, dass du mich mal kannst ...", stößt Siggi kraftlos hervor. Er weiß, dass er keinesfalls in das Haus gehen darf. Da drinnen wäre er geliefert.

Der Mann schüttelt den Kopf. „Sieht nicht so aus, als hättest du eine Wahl."

„Hör zu, Arschloch, ich bin bewaffnet …", versucht es Siggi mit einem lahmen Bluff.

„Einen Scheiß bist du! Wenn du ne Wumme hättest, würdest du mir die jetzt schon ins Gesicht halten!"

Der Mann kommt mit großen, schnellen Schritten um den Camaro herum, bleibt direkt vor Siggi stehen, mustert ihn und verzieht das Gesicht. „Sieht so aus, als hättest du dir mal wieder in die Hose gemacht …"

Siggi lässt den Typ nicht aus den Augen, hält sich mit einer Hand am Wagen fest und tastet mit der anderen seinen Schritt ab, erst jetzt spürt er die kühle Feuchtigkeit zwischen seinen Beinen. Auf einmal ist ihm auch klar, woher er den Mann kennt. Es ist der Bodyguard, der ihn während seines ersten Anfalls in der Wohnung im Sonnenring gefilmt hat.

„Und jetzt ist hier mal Schluss mit dem Gequatsche", sagt der Mann, zieht eine halbautomatische Pistole aus dem Schulterhalfter, das unter seinem Sakko verborgen ist, und richtet sie auf Siggi, der nur noch denken kann: Das wars dann.

Das Licht in dem schmalen Hausgang kommt ihm ungewöhnlich grell vor, dabei flimmert dort nur eine altersschwache, bereits nachgedunkelte Leuchtstoffröhre. Leere Bierkästen sind an der Seite gestapelt und verengen den Weg, Siggi geht vorneweg, der Mann mit der Pistole folgt ihm. Der Gang verbreitert sich zu einem Treppenhaus, verengt sich wieder und mündet schließlich in einem Gastraum, der von mehreren Lampen erleuchtet wird. Die Rollläden vor den Fenstern mit den Butzenscheiben sind alle heruntergelassen, sodass von außen niemand etwas mitbekommt von dem nächtlichen Treffen.

Siggi zählt drei bewaffnete Männer, die sich im Raum verteilt haben, den Mann mit der Pistole hinter ihm nicht mitgezählt. Er hört die Tür ins Schloss fallen, sieht die langen Wirtshaustische, auf denen die Stühle stehen, als wolle hier gleich jemand durchputzen.

Der verängstigte Freier sitzt in der Ecke auf einem Hocker. Er trägt nur Unterwäsche, hat die Augen geschlossen und den Mund zusammengepresst, als müsse er krampfhaft einen Schrei zurückhalten.

Siggi verhält sich vollkommen ruhig, weil es sonst nichts gibt, was er tun könnte. Der Mann, der ihn ins Haus gebracht hat, tritt hinter ihm hervor, tätschelt Siggi die Schulter und lächelt. Er schraubt einen Schalldämpfer auf den Lauf seiner Pistole und geht, immer noch lächelnd, rüber zu dem zitternden Typen, der jetzt ein leises Wimmern von sich gibt.

„Halt's Maul und halt still, dann isses gleich vorbei", sagt der Mann und drückt ihm die Mündung der Waffe an die Stirn.

Der Freier reißt die Augen auf und beißt sich auf die Unterlippe. Siggi hört ein unwilliges Stöhnen, jemand hinter ihm sagt: „Siggi, Siggi, was machst du nur für Sachen auf deine alten Tage ..."

Die Bulldogge geht ein paar schwerfällige Schritte in den Raum hinein. Der alte Kiezkönig trägt einen zerknitterten Leinenanzug, sein enormer Bauch spannt das weiße Sommerhemd derart, dass die Knöpfe aussehen, als könnten sie jeden Moment abgesprengt werden. Er sieht erst zu dem jetzt wie gelähmt wirkenden Bolz rüber, dann wieder zu Siggi und schüttelt den Kopf.

„Der gute Herr Bolz hier hat sich beklauen lassen von einem deiner Mädchen. Das Geld, das ich ihm anvertraut habe, ist also ... ja, wo eigentlich? Kannst du mir das sagen, Siggi, hm?"

„Wir waren dabei es herauszufinden", antwortet Siggi, um Zeit zu schinden.

„Wo ist die Nutte?"

„Die ist … tot."

„Hab ich mir schon gedacht, hast sie an der Warte mit deinem Camaro ordentlich auf die Hörner genommen, was?"

„Ist mir vors Auto gelaufen, war ein dummer Unfall …"

„Sag das nicht mir, Siggi!" Die Bulldogge legt die Stirn in Falten und schüttelt den Kopf. „Das musst du den Typen klarmachen, die in die Braut investiert und dich zu ihrem Schutz angeheuert haben. Die werden nicht glücklich sein, dass du eines ihrer Mädchen kaputtgemacht hast, aber das weißt du sicher selbst."

„Ich krieg das schon wieder hin …"

Der Mann, der Bolz immer noch die Pistole an die Stirn hält, lacht spöttisch, verstummt aber sofort, als die Bulldogge ihm einen scharfen Blick zuwirft.

„Wie dem auch sei, das ist nicht mein Problem. Aber du bringst es nicht mehr, Siggi, das ist die traurige Wahrheit. Ich wollte dir ja nen Job geben, aber in deinem Zustand …" Die Bulldogge tippt sich mit dem Finger an die Stirn.

„Ich lass mich operieren", entgegnet Siggi. „Dann bin ich wieder wie neu, wirst schon sehen."

Der Mann bei Bolz schnaubt verächtlich und diesmal wird er nicht gemaßregelt. Die Bulldogge vergräbt die Hände in den Hosentaschen, betrachtet eine Weile den Fußboden und sagt dann: „Könnte mir alles egal sein, aber irgendwie bist du ja auch für den Verlust meiner Kohle mitverantwortlich, oder?"

Siggi will sofort etwas entgegnen, hält sich aber zurück. Es hätte ihm klar sein müssen, dass der Alte ihn nicht so einfach vom Haken lässt.

„Ich gebe dir Zeit, weil ich dich gut leiden kann. Aber wenn du mir mein Geld nicht zurückbringst …"

Als wäre mit der Ansage der Bulldogge ein geheimes Stichwort gefallen, lädt der Mann, der den unglückseligen Wirt bedroht, seine Pistole durch.

Der Schuss fällt und Willy Bolz schreit. Er stürzt mit ausgetreckten Händen vom Stuhl und landet auf allen Vieren, kippt nach vorn um und kauert schließlich auf dem Boden wie ein gläubiger Moslem beim Gebet, den Kopf eingezogen, wimmernd und zitternd.

Einer der massiven Holzbalken in der Decke hat den gedämpften Schuss abgefangen. Der Mann hat den Lauf im letzten Moment von der Stirn des Wirts nach oben gerissen.

Scheinhinrichtung, denkt Siggi, die Bulldogge lässt nichts aus. „Das wäre nicht nötig gewesen, wir bringen dir dein Geld …"

„Was nötig ist und was nicht, entscheide ich allein, ist das klar?"

„Klar …" Siggi nickt, es ist wohl besser, den Alten jetzt nicht unnötig zu provozieren.

Die Männer verlassen den Raum. Zwei gehen voran, die Bulldogge hinterher, dann folgt der Rest. Nach ein paar Minuten sind Siggi und der immer noch am Boden kauernde Wirt allein.

„Kannst aufstehen, sie sind weg!"

Bolz gibt ein Stöhnen von sich, richtet sich halb auf, öffnet die Augen und sieht sich ängstlich um.

„Ist das dein Laden hier?"

„Ja, mein Laden, Gaststätte Bolz … Traditionsbetrieb, familiengeführt … beste Gastronomie … seit über 100 Jahren …", sagt der Wirt mit leiser, stockender Stimme.

Der steht unter Schock, denkt Siggi und geht ein paar Schritte durch den Gastraum. Kurz bevor er die Theke erreicht, steht Bolz umständlich auf und setzt sich mit herabhängenden Armen auf den Stuhl.

„Auch was trinken?"

Bolz antwortet nicht. Siggi nimmt eine Flasche Cognac aus dem Regal, entkorkt den Branntwein und trinkt einen Schluck direkt aus der Flasche. Der Alkohol brennt in Mund

und Rachen, ätzt wie Säure in seiner Kehle. Beste Gastronomie also, naja …

„Wo sind wir hier eigentlich?"

Erst scheint Bolz die Frage gar nicht zu verstehen, dann antwortet er leise: „In Zeilsheim …"

Zeilsheim, denkt Siggi, eigentlich gar nicht schlecht. Hier wird ihn von den Rumänen so schnell niemand suchen. Offenbar hat ihn dieser Bolz im Camaro hergebracht, nachdem er beim Graben einen dieser Scheißanfälle bekommen hat. Der Kerl ist ein Klotz am Bein, aber immerhin war er so anständig und hat ihn nicht zuckend in dem Waldstück am offenen Grab zurückgelassen.

„Hast du das Mädchen begraben? Alles wieder zugeschüttet?"

Erneut dauert es einen Moment, bis der Wirt die Frage zu verstehen scheint. „Habe ich, ja, habe ich …"

Siggi weiß nicht, ob er sich auf die Aussage des gebeutelten Mannes wirklich verlassen kann, beschließt aber zunächst, es dabei bewenden zu lassen. Heute Nacht wird er ohnehin nichts mehr unternehmen können. Er wirft einen Blick auf die altmodische Uhr hinter dem Tresen, bald halb vier. Siggi spürt, wie das Adrenalin in seinem Körper abflaut und sich bleischwere Erschöpfung in seinen Gliedern ausbreitet. Wenn er die Augen schließt, beginnt sich etwas in seinem Kopf zu drehen, das sich nicht drehen sollte.

„Hör mal, ich muss mich unbedingt ein wenig ausruhen, dann sehen wir weiter, okay?"

Bolz antwortet nicht, steht einfach auf und verlässt mit hängenden Schultern den Gastraum. Er wartet, bis Siggi ihm nachkommt, dann klappt er neben der Tür am Sicherungskasten ein paar Schalter herunter und der Wirtsraum versinkt in Dunkelheit, zeitgleich flammt ein dämmriges Licht im Treppenhaus auf.

„Wir müssen nach oben", sagt Bolz, hält sich am Treppengeländer fest wie ein alter Mann und setzt seinen Fuß auf die erste Stufe.

Groß-Gerau, Nordsiedlung

Als Alexander Bühler am Nachmittag auf der Couch erwacht, scheint die Sonne durch die offene Terrassentür. Das Geräusch einer Motorsäge bohrt sich in seinen Kopf, der sich schwer und wie betäubt anfühlt. Auf dem Wohnzimmerteppich keine zwei Meter von ihm entfernt steht ein Hund und wedelt ihn freundlich an.

Bühler schließt die Augen und öffnet sie wieder, aber der Hund ist immer noch da. Manchmal zittern ihm die Hände, wenn er längere Zeit nichts getrunken hat, und Einschlafen kann er auch nach einer 12-Stunden-Schicht im Gaswerk nur mit großzügiger alkoholischer Nachhilfe, aber halluziniert hat er bisher noch nicht. Offenbar ist er in die nächste Phase seiner Sucht eingetreten, der Phase, in der man Dinge sieht, die gar nicht da sind. Dass sein Hirn ihm ausgerechnet einen Hund vorgaukelt, ist merkwürdig, er hatte nie einen besonderen Bezug zu Hunden, Katzen oder sonstigen Haustieren.

Der Hund sieht ihn mit leicht schräggelegtem Kopf an, er ist weder besonders groß noch klein, hat kurzes schwarzweiß geschecktes Fell und trägt ein schmales blaues Halsband, von dem eine Hundemarke baumelt. Erstaunlich, wie detailliert Alkohol-Halluzinationen sein können, denkt Bühler und korrigiert sich gleich wieder: Halluzinationen, die man als solche erkennt, sind eigentlich keine mehr. Dafür gibt es einen Fachbegriff, den er als Mediziner eigentlich kennen müsste, aber vielleicht hat er sich diesen Teil seines Fachwissens ja bereits versoffen.

Das Geräusch der Motorsäge aus dem Nachbargarten verstummt. Der Hund spitzt die Ohren, als bedeute das etwas. Der Ruf des Nachbarn dringt gedämpft in Bühlers Wohnzimmer, der Hund gibt ein hohes Fiepen von sich, rührt sich aber nicht vom Fleck.

„Ringo! Verdammt nochmal, wo treibst du dich schon wieder rum?"

Natürlich, der Hund ist keine Wahrnehmungsstörung. Er ist im Gegenteil der ganz reale Mischlingsrüde seines alten Nachbarn. Bleibt nur noch die Frage, wie der Ausreißer in sein Wohnzimmer gekommen ist.

Bühler erinnert sich schemenhaft, dass er nach seiner flüssigen Schlaftablette, die heute Morgen aus einer halben Flasche Jim Beam bestand, wegen der stickigen Luft im Zimmer die Terrassentür geöffnet hat. Danach muss er wohl auf der Couch eingeschlafen sein.

„Ringo, du Hundevieh, mach dich jetzt hierher!"

Ringo scheint seinen Besitzer ganz gut zu hören, macht aber immer noch keine Anstalten zu gehen.

„Junge, Junge", sagt Bühler und erhebt sich langsam vom Sofa. „Du kriegst mächtig Ärger mit deinem Herrn und Meister, wenn du dich weiter hier versteckst …"

Der Hund beginnt sich mit der Hinterpfote am Ohr zu kratzen, dann dreht er sich abrupt um und läuft in Richtung Terrassentür. Kurz vor der Schwelle bleibt er allerdings stehen und schaut sich nach Alexander Bühler um. Auffordernd, wie ihm scheint.

„Ach? Ich soll wohl ein gutes Wort für dich einlegen, was?"

Das Sonnenlicht blendet ihn, als er auf die Terrasse tritt. Strahlend blauer Himmel und keine Wolke weit und breit, sofort bricht ihm der Schweiß aus allen Poren, obwohl er nur mit einer Boxershorts und einem T-Shirt bekleidet ist.

Ringo trottet die verwitterten Steinstufen hinunter in den Garten und nähert sich mit eingezogenem Kopf dem Loch im

Zaun, durch das er offenbar auf Bühlers Grundstück gelangt ist.

„Sag mal, spinnst du? Du kannst doch nicht einfach abhauen!" Der alte Schubert hat seine Hände, die in groben Arbeitshandschuhen stecken, auf den Zaun gelegt und schüttelt den Kopf. „Bitte entschuldigen Sie, Ringo wird langsam alt und ein bisschen wunderlich. Ich hoffe, er hat Sie nicht belästigt?"

Bühler schüttelt den Kopf, winkt ab.

Der alte Schubert muss jetzt fast schon achtzig sein. Dass er bei diesem Wetter in der prallen Sonne ohne Kopfbedeckung an seinen Bäumen herumsägt, spricht dafür, dass er selbst auch langsam wunderlich wird.

Der Nachbar scheint Bühlers Gedanken erraten zu haben: „Ich wollte das eigentlich schon heute Vormittag erledigt haben, aber ich hab das wohl alles ein bisschen unterschätzt."

Der alte morsche Baum an der Grundstücksgrenze bog sich jedes Mal bedrohlich, wenn es im Herbst stürmte. Der alte Schubert war offenbar auf eine wackelige Standleiter gestiegen und hatte begonnen, mit der Motorsäge über dem Kopf die armdicken Zweige zu kürzen.

„Ringo mag den Lärm nicht und da ist er wohl zu Ihnen rüber. Ich hab's einfach nicht gemerkt, war zu beschäftigt mit dem Baum, wusste auch gar nicht, dass da ein Loch im Zaun ist ..."

„Ich auch nicht, macht aber nichts, alles gut."

Einen Moment lang stehen sich die beiden Männer unschlüssig am Gartenzaun gegenüber. Ein unsichtbares Motorflugzeug brummt irgendwo über ihnen am Himmel, Ringo liegt im Gras und blinzelt müde in die Sonne.

„Ja", sagt der alte Schubert schließlich, „ich werd dann mal wieder weitermachen."

„Verschieben Sie's lieber auf morgen früh, bei der Hitze fallen Sie sonst noch von der Leiter."

„Macht nix, ich hab nen Arzt in der Nachbarschaft", lacht der alte Schubert und zeigt ihm den erhobenen Daumen.

Bühler nickt grimmig und denkt: Auf den würde ich mich lieber nicht verlassen.

Als er wieder im Haus ist, fragt er sich, was sein Nachbar wohl über ihn weiß. Dass er seine Stelle im Krankenhaus verloren hat, dürfte sich rumgesprochen habe, da macht er sich nichts vor.

Bühler nimmt die halbvolle Flasche Whisky vom Couchtisch und geht in die abgedunkelte Küche, die rote Digitalanzeige am Backofen zeigt genau drei Uhr an. Zeit fürs Frühstück, denkt er, und nimmt einen großen Schluck.

An der Pinnwand über dem Küchentisch hängt immer noch der Bericht aus dem Groß-Gerauer WIR-Magazin über die hiesige Kreuzbund-Gruppe. Den ersten Schritt müsse jeder Betroffene selbst machen, hieß es dort. Bühler denkt immer mal wieder daran, diesen Schritt zu gehen und Kontakt zu der Selbsthilfegruppe für Suchtkranke in Klein Gerau aufzunehmen, aber dann verschiebt er es immer wieder. Vielleicht, denkt er jetzt, als er sich einen weiteren Schluck aus der Flasche genehmigt, vielleicht fehlt mir ja einfach ein guter Grund, um mit dem Saufen aufzuhören. Und wenn man den nicht hat …

Die Sonne fällt in schmalen Lichtbahnen durch die Schlitze im Rollladen, die angestaute Hitze des Nachmittags steht in der Küche, eine dicke Mücke zieht brummend ihre Kreise über dem dreckigen Geschirr in der Spüle. Bühler leert die Flasche und kehrt ins Wohnzimmer zurück, legt sich auf die Couch und starrt an die Decke, steht noch einmal auf und schließt die Terrassentür. Ringo ist ein netter Kerl, keine Frage, aber einmal Hundebesuch am Tag ist genug.

An das Foto des Jungen und die kryptischen Notizen auf dessen Rückseite denkt Alexander Bühler erst wieder, als er am frühen Abend am Dornberger Bahnhof steht. Er holt das zerknitterte Bild aus seiner Hose und beschließt, sich nicht weiter damit zu belasten, bringt es dann aber doch nicht fertig, das Foto im Mülleimer vor dem überdachten Wartehäuschen zu entsorgen. Als die S-Bahn einfährt, steckt er es wieder in die Hosentasche.

Eine gute Stunde später steigt Alexander Bühler durch das Loch im Drahtverhau, der das brachliegende Gelände des alten Gaswerks von der Schielestraße trennt. Das Tageslicht schwindet jetzt schneller, aber noch kann er auf die Taschenlampe verzichten. Es raschelt in den Büschen, aber seit Boris nachts regelmäßig seine Runden dreht, haben sich die Junkies nicht mehr blicken lassen. Das alte Matratzenlager mit den leeren Konservendosen ist seit Wochen unangetastet.

Vor dem Eingang zum Turm bleibt er stehen und wartet, bis die Kamera ihn erfasst hat. Boris öffnet die Tür und deutet eine ironische Verbeugung an. Karin nickt ihm kurz zu, sie steht auf einer Klappleiter und räumt Verbandspäckchen in das hohe Vorratsregal. Auf dem Boden stehen mehrere Kartons. Offenbar ist mal wieder eine Lieferung mit Materialnachschub eingetroffen.

Bühler sieht sich um, kann aber die Tasche mit dem Patienteneigentum nirgends entdecken. Auch sonst lässt nichts mehr darauf schließen, dass es hier am Vorabend eine Tote gegeben hat.

„Wo sind denn die Sachen der Patientin von letzter Nacht?"

Karin hält inne, sieht zu ihm herunter und schüttelt den Kopf. „Ich habe keine Ahnung."

„Hab ich alles entsorgt …", knurrt Boris und sieht dabei nicht vom Display seines Handys auf.

„Ah, okay, sehr gut." Bühler lässt ein paar Sekunden vergehen und fragt möglichst beiläufig: „Und wo?"

„Warum willsten das jetzt wissen, Herr Doktor?" Boris wirft ihm einen halb gelangweilten, halb genervten Blick zu, dann schaut er wieder auf sein Handy.

„Naja, weil der Inhalt uns vielleicht in Schwierigkeiten bringen kann?"

„Ach ja? Da war aber nix Besonderes drin."

„Trotzdem ..."

Boris steckt sein Handy betont langsam ein und mustert Bühler einen Moment. „Musst dir keine Sorgen machen, Doktor, die Tüte liegt drüben im Restmüllcontainer hinterm Junkie-Wohnheim, da guckt keiner freiwillig rein, außer er will sich unbedingt die Krätze holen."

„Ah, okay, ja dann ..." Bühler beschließt, sich vorerst damit zufriedenzugeben.

Das mehrstöckige verklinkerte Gebäude an der Schielestraße ist Teil des alten Gaswerk-Ensembles und beherbergt seit Jahren die Drogenberatungsstelle „Eastside" sowie ein Wohnheim für obdachlose Süchtige. Gut möglich, dass der Müllcontainer hinter dem Haus bereits heute Morgen geleert wurde. Damit wäre die karge Hinterlassenschaft seiner geheimnisvollen Patientin endgültig und unwiederbringlich verschwunden.

Freitag, 23.Juli 2021

Frankfurt, Zeilsheim

Sonnenstrahlen, die in das Wohnzimmer im ersten Stock fallen, wecken Siggi um die Mittagszeit. Sein Schlaf war tief und traumlos, es war, als habe er in den zurückliegenden Stunden einfach aufgehört zu existieren.

Das Erste, was er fühlt, ist die wunderbare Frische, die einen durchströmt, wenn man nach längerem mal wieder ein paar Stunden durchgeschlafen hat. Und das ausgerechnet hier, im Wohnzimmer des dicken Wirts, umgeben von edelholzfurnierten Möbeln, einem gefliesten Tisch und dicken Teppichen auf dem Boden. Gelsenkirchener Barock so weit das Auge reicht, alles picobello sauber und gepflegt, zumindest für das Auge eines Mannes, der den Großteil seines Lebens in Absteigen, möblierten Zimmern und Übergangswohnungen verbracht hat.

Siggi richtet sich auf dem Sofa auf und streckt sich. Schultern und Rücken schmerzen wie früher, wenn er es mal wieder in der Muckibude übertrieben hatte, aber sonst geht es ihm erstaunlich gut. Vor allem, wenn man bedenkt, was alles in der vergangenen Nacht passiert ist. Siggi braucht einen Plan, eine Idee, wie er an das Geld kommt, das die Nutte hat mitgehen lassen, aber zuerst braucht er mal einen Kaffee.

Im Gegensatz zu dem recht sauberen Wohnzimmer ist auf dem Linoleumfußboden im Flur etwas ausgelaufen, sodass seine nackten Füße bei jedem Schritt einen klebrigen Widerstand überwinden müssen. Leere Flaschen stehen aufgereiht entlang der Wand, aus einem Wäschekorb quillen zerknitterte Oberhemden und Schiesser-Feinripp Unterwäsche nebst dicken Socken. Durch die geöffnete Badezimmertür gegenüber sieht er noch mehr Wäschestücke auf dem Boden herumliegen, Handtücher hängen über dem Heizkörper,

Zahnpastaflecken im Waschbecken, ein seifenverschmierter Duschvorhang glitzert speckig im Sonnenlicht, das durch das schmale Fenster in den Raum fällt. Siggi tastet sich vorsichtig in den kleinen Raum, hebt den Toilettendeckel an und erleichtert sich.

Im Zimmer neben dem Bad befindet sich die Küche. Die in die Jahre gekommenen Einbaumöbel erinnern Siggi an seine Kindertage in Wallerstädten: Schubladen und Schränke mit aufgeklebter Holzimitatfolie, ein vom ständigen Scheuern zerkratztes Spülbecken, eine Dunstabzugshaube über dem Gasherd.

Auf der Anrichte steht inmitten schmutzigen Geschirrs eine Kaffeemaschine. Siggi schiebt mit dem Unterarm ein paar benutzte Tassen und Teller beiseite, öffnet eine Schranktür und findet sofort eine Büchse mit Kaffeepulver und Filtertüten. Während die Maschine fauchend ihre Arbeit verrichtet, sieht er aus dem schmalen Fenster in den Hof hinunter, wo der Camaro in der Sonne funkelt.

Unter einem Magnet mit Werbeaufdruck hängt eine Fotografie an der Kühlschranktür, auf der Siggi den dicken Wirt erkennt. Er steht hinter seinem Tresen und hat den Arm um eine zierliche, angestrengt lächelnde Frau gelegt. Erst jetzt fragt er sich, wo die beiden wohl sind. Die Frau scheint gestern Nacht zu ihrem Glück nicht hier gewesen zu sein, aber wo ist eigentlich Bolz abgeblieben?

Mit der Tasse in der Hand geht Siggi durch die Wohnung, am Ende des Flurs ist eine geschlossene Tür. Er mutmaßt, dass sich dahinter das Schlafzimmer der Eheleute befindet, nippt an seinem Kaffee und drückt vorsichtig die Klinke herunter. In dem engen Zimmer riecht es muffig, als sei lange nicht mehr richtig gelüftet worden. Das Doppelbett ist zerwühlt, ein wuchtiger Kleiderschrank nimmt die gesamte Vorderfront des Zimmers ein. Auch hier liegen Kleidungsstücke auf dem Boden herum, vom Fenster aus kann man in den Garten des Nachbarhauses sehen. Bolz scheint nicht hier zu sein. Siggi kann sich aber deutlich erinnern, dass sie gestern Nacht zusammen hier hochgekommen sind, der Wirt selbst hat ihm noch die Couch im Wohnzimmer angeboten und ist dann …

Offenbar war er auf dem Sofa schneller eingeschlafen, als gedacht. Bolz hat wahrscheinlich drüben in seinem Bett gepennt, war heute Morgen früher als er aufgewacht und ist jetzt schon unterwegs. Fragt sich nur, wohin. Er wird wohl kaum Brötchenholen sein fürs gemeinsame Frühstück, denkt Siggi grimmig. Der Kerl hat gestern Nacht ziemlich viel mitmachen müssen, und auf einmal befürchtet Siggi, dass Bolz vielleicht zur Polizei gegangen ist, um sein Gewissen zu erleichtern.

„Hey! Meister! Wo bist du denn?", ruft er in der stillen Wohnung, erhält aber keine Antwort.

Nachdenklich stellt er die Tasse ab und öffnet die Tür zum Treppenhaus, auch hier ist alles ruhig. Unten ist die Tür zum Gastraum geschlossen, aber nicht verriegelt. Siggi betritt den Raum und bleibt gleich darauf wieder abrupt stehen.

Willy Bolz baumelt in der Mitte des Gastraums vom massiven Querbalken, in den in der vergangenen Nacht die Kugel des Leibwächters eingedrungen ist. Ein umgestürzter Barhocker liegt unter ihm, die Schlinge um seinen Hals hat sich so tief in das aufgeschwemmte weiche Fleisch gegraben, dass sie kaum noch zu sehen ist.

„Scheiße", flüstert Siggi und wendet den Blick ab. Er hat schon ein paar Tote gesehen, aber noch nie einen Erhängten. Auf dem Tresen steht die halbvolle Flasche Cognac, aus der er gestern Nacht getrunken hat. Wahrscheinlich hat sich Bolz daraus auch noch einen letzten Schluck genehmigt, bevor er zur Tat geschritten ist.

Draußen im Hof setzt er sich an eine der Biertischgarnituren, die im Schatten steht, stützt die Ellenbogen auf und legt

169

den Kopf in die Hände. Von der Straße dringt Verkehrslärm heran, im Nachbarhaus lacht jemand, irgendwo spielt ein Radio. Es wird nicht mehr lange dauern, bis die Ehefrau, ein Lieferant, ein Gast oder sonst wer hier auftaucht, und Siggi weiß, dass er bis dahin verschwunden sein muss.

Frankfurt, Osthafen

Ein gehetzter Balkaneuropäer, der aus einer langen Stichwunde blutet. Das Arzthonorar begleicht er, indem er ein Geldbündel, das von einem roten Einmachgummi zusammengehalten wird, auf Karin Schneiders ramponierten Schreibtisch wirft. Der Mann ist in dieser Nacht der einzige Patient, der seinen Weg in den Turm gefunden hat. Alexander Bühler döst den Großteil der Zeit auf dem Drehstuhl im Behandlungszimmer vor sich hin, seine Assistentin löst Kreuzworträtsel und Boris macht lange Sicherheitsrundgänge auf dem Gelände.

Am Freitagmorgen verlassen sie den Turm. Es ist noch angenehm frisch so früh am Tag, aber man spürt bereits, dass ein weiterer heißer Sommertag bevorsteht. Boris geht wie immer in Richtung Main davon, und Karin schlägt an der Schielestraße den Weg in Richtung Straßenbahnhaltestelle ein. Bühler verlangsamt seine Schritte und als seine Assistentin sich fragend nach ihm umdreht, hebt er entschuldigend die Hand und sagt, dass er heute Morgen noch etwas zu erledigen habe. Einen Moment lang sieht es so aus, als wolle die Schneider nachfragen, was er denn so früh am Tag hier in der Gegend zu tun habe, aber dann nickt sie bloß und geht wortlos davon. Ein paar Kleintransporter mit Handwerkern sind schon unterwegs, ansonsten ist es noch ziemlich ruhig, als er die Schielestraße in entgegengesetzter Richtung hinuntergeht. Das mehrstöckige Direktions- und Verwaltungsgebäude des alten Gaswerks ist mitsamt des längst funktionslosen Pförtnerhäuschens erhalten worden. In den Räumlichkeiten ist seit Jahren eine niederschwellige Drogenhilfeeinrichtung untergebracht. Es gibt sogar einen Shuttleservice, der die Junkies aus dem Bahnhofsviertel hierherbringt.

In den oberen Stockwerken stehen ein paar Fenster offen, Bühler mutmaßt, dass sich dort die Notunterkünfte für die Obdachlosen befinden. Die Straße hinter den Gebäuden wird zum Main hin von dem neuen mit hohen Stahlzäunen gesicherten Heizkraftwerk der Mainova begrenzt. Folgt man der Straße nach links und läuft parallel zur Schielestraße, endet der Weg an einem Gitterzaun, hinter dem der alte Wasserturm aufragt. Der letzte der alten Gasspeichertürme, in dem Bühler seinen notärztlichen Dienst verrichtet, ist von hier aus nicht zu sehen.

Am Straßenrand vor der Rückseite der Drogeneinrichtung sind Parkbuchten, die so früh am Morgen noch kaum belegt sind. Der Restmüllcontainer steht schräg auf dem Bürgersteig und zur Hälfte auf der Straße. Bühler sieht sich um, dann öffnet der den Schiebedeckel. Ein Schwarm Mücken steigt zusammen mit einem übelkeitserregenden Geruch nach süßlicher Fäulnis aus dem Container auf. Ganz offenbar ist der Müll hier noch nicht abgeholt worden. Alexander Bühler muss den Kopf zur Seite drehen und ein Stück zurücktreten. Nachdem die Fliegen sich verzogen haben, atmet er tief durch und wirft einen längeren Blick in den Müllbehälter, wo sich prallgefüllte durchsichtige und blaue Plastiktüten stapeln. Er dreht sich noch einmal um, und als er immer noch niemanden sieht, holt er aus seinem Rucksack die Einmalhandschuhe hervor, die er aus dem Materiallager im Turm hat mitgehen lassen.

Nachdem er seinen Ekel überwunden hat, fällt es ihm zunehmend leichter, mit den behandschuhten Händen zwischen den Müllsäcken herumzuwühlen. Eine Restangst vor infizierten Nadeln und Kanülen bleibt und lässt ihn vorsichtig zu Werke gehen. Boris muss die Tasche mit dem Patienteneigentum ganz unten deponiert haben, um sicherzugehen, dass sie wirklich niemand findet, denkt er, aber bereits nach kurzer Suche findet er, wonach er gesucht hat. Gerade, als er die Plastiktüte aus dem Container ziehen will, spricht ihn jemand an.

„Sie müssen das nicht tun", sagt eine freundliche, weibliche Stimme hinter ihm.

Bühler kommt mit dem Oberkörper aus dem Container und dreht sich langsam um.

Die Frau, die ihn aus sicherer Entfernung mustert, hat lockiges rotes Haar, trägt eine helle Leinenhose, Sandalen und eine geknöpfte Sommerbluse, in ihrer Hand hält sie einen Schlüsselbund.

„Sie müssen das wirklich nicht tun", sagt sie noch einmal. „Haben Sie Hunger, möchten Sie etwas essen?"

Bühler versteht und muss beinahe lachen. „Nein, nein, ich habe nur etwas gesucht …"

„Verstehe …", erwidert die Frau und nickt. „Warum kommen Sie nicht einfach mit rein?"

„Danke, aber nein, es ist nicht so, wie es vielleicht aussieht …"

„Natürlich nicht. Sie entscheiden, was Sie tun. Vielleicht wollen Sie ja mit jemandem darüber reden, vielleicht auch erst mal nur einen Kaffee trinken?"

„Ich … also wirklich …"

„Es kostet nichts!"

„Ich weiß, ich weiß …"

Bühler zieht die Tasche aus dem Container und schultert seinen Rucksack. Die Frau geht einen Schritt beiseite, wie um ihm Platz zu machen, bleibt dann aber stehen.

Bühler schüttelt den Kopf.

„Es ist wirklich nicht ...", setzt er an, aber dann sieht er sich für einen Moment lang so, wie ihn die Frau sehen muss: einen unrasierten, übernächtigten Mann in alten Jeans und ausgeleiertem T-Shirt, der mit blutunterlaufenen Augen in einem Müllcontainer herumwühlt.

Die Frau wartet immer noch, sieht kurz rüber zum Hintereingang der Beratungsstelle.

„Okay", sagt Bühler schließlich. „Vielen Dank für das Angebot, aber ich gehe jetzt."

Die Frau nickt und lässt ihn ziehen. Bühler dreht sich nicht mehr um, spürt aber, dass sie ihm hinterhersieht, bis er um die Hausecke gebogen ist.

Erst an der Straßenbahnhaltestelle auf der Hanauer Landstraße merkt er, dass er noch immer die durchsichtigen Einmalhandschuhe trägt und zieht sie sich von den Fingern. Ein Kind in kurzen Hosen und Ringel-T-Shirt sieht ihm dabei mit offenem Mund zu.

„Kuck nicht dahin!" Die Mutter des Jungen ruft ihn zur Ordnung und wirft Bühler einen warnenden Blick zu, der sich am liebsten entschuldigen will, ohne zu wissen wofür.

In der Straßenbahn nimmt er die Tüte auf den Schoß und sieht hinein. Zuoberst liegen hochhackige Damen-Sandaletten mit schiefgelaufenen Absätzen und ein roter Lederrock. Die meisten anderen Fahrgäste sehen unbeteiligt aus dem Fenster, aber dennoch hält er es für angezeigt, Schuhe und Klamotten lieber nicht herauszuholen. Der Junge im Ringel-T-Shirt sitzt mit seiner Mutter zwei Reihen vor ihm und wirft Bühler immer mal wieder einen verstohlenen Blick zu.

Unter dem Rock und einem löchrigen Oberteil findet er ein Stofftier, das Attila, den Maskottchen-Adler der Frankfurter Eintracht darstellen soll. Der gelbe Vogel trägt das rotschwarze Trikot der Mannschaft und winkt mit einem seiner Flügel. Bühler beschließt, auch diesen Fund in der Tüte zu lassen, um die Aufmerksamkeit des Jungen nicht noch mehr auf sich zu ziehen.

Die Straßenbahn hält am Ostbahnhof, ein paar Leute steigen aus, ein paar Wartende ein. Ein Teenager lässt sich auf den Doppelsitz in der Reihe gegenüber fallen, er hat Stöpsel im Ohr und ein Smartphone in der Hand. Als die Straßenbahn wieder anfährt, schließt er die Augen.

Ganz unten in der Tüte findet Bühler ein paar lose Zettel, die scheinbar aus einem Notizblock herausgerissen worden sind, einen gelben Impfpass, dessen Vorderseite mit den Personendaten fehlt, eine FFP2-Maske, ein bisschen Münzgeld und einen noch eingewickelten Burger von McDonalds. Ganz zuunterst findet er auch ein paar kleinere Geldscheine. Komisch, dass sich Boris die nicht eingesteckt hat. Wahrscheinlich hat er sich bei der Entsorgung doch weitaus weniger Mühe gegeben, als er behauptet hat. Bühler zählt nach und kommt auf 20 Euro, das lose Münzgeld nicht mitgezählt. Unter den Zetteln ist eine Quittung für Turnschuhe, auf den karierten Notizblättern kleine Zeichnungen, meist Herzchen und Kreuze, auch betende Hände, einzelne Worte mit Betonungszeichen, wie er sie aus den slawischen oder romanischen Sprachen kennt. Ein Eigenname taucht immer wieder auf: Cosmin. Er will schon alles wieder zurück in die Tüte stopfen, als ihm ein Stück Pappe zwischen die Finger gerät, ein zerrissenes Foto. Es dauert einen Moment, bis er begreift, dass es sich dabei um die fehlende Hälfte der Fotografie handelt, die er der sterbenden Frau abgenommen hat.

Als die Straßenbahn am Allerheiligentor ankommt, hat Bühler die beiden Hälften zusammengesetzt und kann nun besser deuten, was auf der Rückseite des Fotokartons vermerkt ist: Es ist die Ankunftszeit eines Buses aus Bukarest. Irgendwer kommt heute am Busbahnhof hier in Frankfurt an, und zwar in einer halben Stunde.

Erstaunt stellt Bühler fest, dass der Teenager auf der anderen Seite des Ganges nicht mehr da ist, an dessen Stelle sitzt jetzt eine Frau mit Kopftuch und einer Einkaufstasche auf den Knien. Er wendet sich wieder dem Bild zu.

Der Junge, denkt Bühler. Dieser Cosmin. Sie hat ihren kleinen Sohn nach Deutschland geholt und jetzt ist sie tot. Wahrscheinlich hat sie Verwandte hier oder zumindest Freunde, die sich um den Jungen kümmern werden, versucht er sich zu beruhigen.

In der Münchener Straße steigt er aus. Die Trinkhallen, auch der legendäre Yok-Yok-Kiosk, haben noch alle geschlossen. Bühler braucht dringend einen Shot, ein Bier – irgendwas, das ihn ins Gleichgewicht bringt. Außerdem muss er die Tasche loswerden. Am Ende der Straße, kurz vor der Unterführung und dem Zugang zur B-Ebene, kauft er in einem Eckladen eine kleine Flasche Wodka, den er eigentlich gar nicht mag, und leert die Hälfte des Inhalts ohne Abzusetzen. Die Passanten am Kaisersack scheren sich nicht darum, Junkies und Trinker gehören hier zum normalen Straßenbild.

Ob er sich hier oder zu Hause hinter verschlossenen Türen einen ansäuft, ist doch nun auch schon egal, denkt Bühler, weiß aber, dass er mit dem ungenierten Trinken auf offener Straße eine weitere Stufe abwärts auf dem Weg ins komplette gesellschaftliche Aus genommen hat. Er blinzelt in die Sonne, die hinter dem Hauptbahnhof unaufhaltsam höher steigt und trotz der noch frühen Stunde schon Kraft hat. Ein Junkie läuft barfuß auf und ab, führt Selbstgespräche und bettelt Touristen an, die einen großen Bogen um den ausgezehrten fusselbärtigen Mann machen. Bühler trinkt noch einen Schluck und nimmt die Rolltreppe hinunter zur B-Ebene, bevor der Junkie ihn anpumpen kann.

Er kann sich nicht daran erinnern, einen Entschluss gefasst zu haben, aber nachdem er ein paar Minuten an Gleis 1 auf die S-Bahn gewartet hat, verlässt er den Bahnhof wieder durch den Ausgang an der Südseite.

Seit ein paar Jahren haben die Fernbusse eine eigene Haltestelle, die aus einem freien Platz mit bustauglichen Park- und Haltebuchten hinter dem neuen siebenstöckigen Inter-City-Hotel besteht, dessen weiße Fassade den Straßenzug dominiert. Die Altbauten entlang der Karlsruher Straße wirken auf ihn zwischen der neuen funktionalen Architektur merkwürdig deplatziert, als seien sie aus der Zeit gefallen.

Bühler zählt insgesamt vierzehn einfache Bussteige, von denen rund die Hälfte belegt ist. Er hat keine Ahnung, welche der grünorangefarbigen Busse gerade angekommen sind und welche kurz vor der Abfahrt stehen. Vor einigen der Busse haben sich Menschentrauben gebildet, Koffer und Taschen werden in den Gepäckraum geladen, bei anderen sind die Türen geschlossen und niemand ist zu sehen.

Bühler sucht vergeblich nach Hinweisschildern, er muss die lange Reihe abgehen und an den Bussen selbst nach Informationen suchen. Er holt noch einmal das Foto aus der Tasche und liest die Informationen ab, die seine Patientin dort notiert hat. Tatsächlich enthält der untere Teil des Fotos eine Nummer, die er auf einem der Busse ganz am Ende des Steigs wiederfindet.

Die vordere Tür des Reisebusses ist geöffnet, aber die Sitzreihen scheinen alle leer zu sein. Bühler macht einen vorsichtigen Schritt auf die erste Stufe des Einstiegs, der Fahrersitz vor dem großen Lenkrad ist verwaist, aber über der Rückenlehne hängt eine dünne Regenjacke.

„Hallo?", ruft er in den Bus hinein, bekommt aber keine Antwort. Er will schon wieder aussteigen, als er jemanden im hinteren Bereich der Sitzreihen lamentieren hört. Es klingt nach einem Mann. Einem ärgerlichen und leicht gereizten Mann.

„Hallo?", ruft Bühler erneut und sieht, wie sich zwischen den Sitzreihen jemand erhebt und mit gerunzelter Stirn zu ihm herübersieht.

„Entschuldigung, ich möchte nur wissen, ob ..."

„Sind Sie hier, um den Bengel abzuholen?" Der Mann stemmt die Arme in die Hüften. „Dann kommen Sie mal her!"

Bühler will etwas sagen, aber dann hört er ein leises Wimmern und wie der Busfahrer flucht. „Jetzt steh endlich auf, verdammt nochmal!"

Als er sich dem Fahrer nähert, schlägt ihm saurer Schweißgestank entgegen. Unter den Achseln des schweratmenden Mannes haben sich große feuchte Flecke auf seinem enganliegenden Poloshirt gebildet.

„Jetz steh schon auf, dein Papa ist da!"

„Oh, ich bin nicht ...", will Bühler das Missverständnis aufklären, aber der Fahrer hebt abwehrend die Hände.

„Ist mir vollkommen egal, wer Sie sind, aber für den Kurzen ist hier Endstation!"

„Na klar, ich regle das schon."

„Das will ich auch hoffen! In fünf Minuten seid ihr aus meinem Bus raus!", sagt der Fahrer und hebt die Hand mit den fünf gespreizten Fingern, um seiner Forderung Nachdruck zu verleihen. „In fünf Minuten!"

Ja doch, denkt Bühler und würde am liebsten die Flucht ergreifen, aber dazu ist er bereits zu weit gegangen.

Der Junge hat sich trotz der Hitze in eine dünne karierte Decke gewickelt und hält sich die Ohren zu. Als Bühler ihn leicht an der Schulter berührt, zuckt er zusammen und stößt einen erschrockenen Schrei aus.

„Schon gut, schon gut, ich will dir nichts, okay?"

Der Busfahrer schnaubt. „Der Bengel spricht kein Deutsch, hab ich auch schon versucht. Das sind doch alles Zigeuner, wenn Sie mich fragen!"

„Ich frag Sie aber nicht", entgegnet Bühler heftig.

Der Fahrer verschränkt die Arme vor der Brust. „Ist mir auch egal. Aber in fünf Minuten hast du den kleinen Stinker hier raus oder ich ruf die Bullen!"

„Ja, doch, und jetzt gehen Sie!"

Widerwillig setzt sich der Fahrer in Bewegung. „Ich warte draußen vor dem Bus."

Okay, denkt Bühler, und was jetzt? Er schiebt sich ein Stück in die Sitzreihe hinein und der Junge rückt sofort von ihm ab.

„Hey, schau doch mal!" Bühler holt die obere Hälfte des Fotos aus der Tasche und hält sie dem Jungen hin, der nur zögerlich einen Blick darauf wirft, dann aber weiten sich seine Augen.

„Mama? Mama?"

„Tja, naja, das ist jetzt ein bisschen schwierig, weißt du …"

Der Junge hebt den Kopf und sieht sich um. Seine großen braunen Augen zucken über die leeren Sitzreihen. Als er seine Mutter nicht entdecken kann, mustert er Bühler neugierig, der an die braunen Augen der Frau denken muss, die er vor knapp 48 Stunden nicht hatte retten können.

„Hör mal, wir müssen jetzt hier raus, okay? Austeigen, aus dem Bus raus, ja?"

Der Junge legt den Kopf schief und gähnt, rührt sich nicht vom Fleck, aber Bühler hat den Eindruck, dass er ihn diesmal sehr gut verstanden hat.

„Ach, da hab ich ja noch was für dich!" Er holt das Adlerstofftier aus der Tasche und hält es dem Jungen hin und als der danach greifen will, macht Bühler einen Schritt in den Gang.

Der Junge rückt ein Stück nach, dann scheint er die Finte zu durchschauen und schüttelt den Kopf.

„Cosmin", sagt Bühler leise, „jetzt komm schon. Du kannst nicht hier im Bus bleiben …"

Als habe die Nennung seines Namens einen Schalter in seinem Inneren umgelegt, rutscht der Junge auf einmal bereitwillig vom Sitz, greift nach dem Stofftier und drückt sich an ihm vorbei in den schmalen Gang. Im Fußraum entdeckt Bühler eine gefütterte Kinderjacke, deren Innenfutter aus den Rissen im billigen Polyesterstoff quillt. Er hebt sie auf und folgt dem Jungen.

Vor dem Bus geht der Fahrer rauchend auf und ab. Cosmin blinzelt in die Sonne und drückt sich den Stoff-Attila wie einen Schutzschild an den Bauch. Bühler spürt, wie ihm der Schweiß ausbricht, er hat keine Ahnung, wie es jetzt weitergehen soll, darüber hat er noch gar nicht nachgedacht.

Der Fahrer tritt seine Zigarette aus, steigt in den Bus und schließt die Türen, ohne sich noch einmal nach ihnen umzudrehen.

Cosmin steht ganz still auf dem Bussteig und sieht Bühler erwartungsvoll an. Der Junge trägt ein weißes T-Shirt, auf dem das Krümelmonster abgebildet ist, und eine verwaschene Kinderjeans, die ihm an den Beinen bereits ein gutes Stück zu kurz geworden ist. Seine nackten Füße stecken in schmutzigen weißen Segeltuchturnschuhen.

„Mama?"

Bühler hebt die Schultern. Schüttelt den Kopf. Er würde jetzt gern was trinken, aber stattdessen hat er sich einen rumänischen Waisenjungen ans Bein binden lassen. Er könnte ihn zur Polizei bringen, zögert aber. Dann kommt ihm ein anderer Gedanke.

Im Hauptbahnhof kauft er an einem Kiosk eine Cola für den Jungen und ein Bier für sich. Cosmin trinkt die Hälfte der Flasche ohne abzusetzen auf einen Rutsch aus. Sie stehen an Gleis 1 und warten auf die Einfahrt der S-Bahn. Als die Durchsage kommt und sich der Triebwagen nähert, deutet Bühler auf den Eingang der Bahnhofsmission, die sich direkt an Gleis 1 befindet.

Cosmin sieht ihn fragend an, die Colaflasche in der einen, den Stoffadler in der anderen Hand.

„Mama?"

Bühler windet sich. „Nein, deine Mama ist leider nicht da drin, aber dort sind Leute, die dir helfen werden, okay?"

„Okay?", echot Cosmin und Bühler weiß, dass der Junge nicht ein Wort verstanden hat. Also geht er vor, öffnet die Tür und winkt ihn heran.

In einer Ecke döst ein alter Mann, dem das Kinn auf die Brust gesunken ist, die zerknautschte medizinische Maske vor seinem Mund hat sein Speichel bereits großflächig durchweicht. Eine dunkelhäutige Frau mit einem weinenden Säugling auf dem Arm geht in der Mitte des Raums auf und ab, um das Baby zu beruhigen. Bühler wirft einen schnellen Blick durchs Fenster nach draußen, wo die S-Bahn wartet.

„Setz dich doch", ermuntert er den Jungen, und der Junge gehorcht zu seiner Überraschung sofort und lässt sich auf der Kante einer Holzbank nieder. Er trinkt die Cola aus, stellt die leere Flasche neben sich auf der Sitzfläche ab und hält sich an seinem Stofftier fest.

Bühler zögert, aber dann dreht er sich abrupt um, verlässt die Bahnhofsmission mit großen Schritten und steigt in die jetzt abfahrbereite S-Bahn.

Er geht die Sitzreihen entlang, die Abteile sind fast vollkommen leer. Schließlich lässt er sich auf einem der Sitze nieder, schließt die Augen und öffnet die Bierdose. Er hat gerade den ersten Schluck getrunken, als er hört, wie sich die Türen schließen. Der Anflug eines schlechten Gewissens will sich in ihm breitmachen, aber er spült die Anwandlung mit einem weiteren großen Schluck aus der Dose herunter. Was geht ihn dieser Junge an? Er hat schließlich schon Probleme genug. Der Zug setzt sich mit einem Ruck in Bewegung, Bühler trinkt mit geschlossenen Augen, spürt aber, wie sich das

Licht auf seinen Lidern verändert, als die Bahn wenig später über die Mainbrücke setzt.

Als er die Augen wieder öffnet, steht der Junge mit dem Stofftier im Gang und sieht ihn neugierig grinsend an, als spielten sie ein Spiel, dessen Regeln er noch nicht ganz begriffen hat.

Frankfurt, Obermainanlage

Es ist die Hitze, die Karin Schneider an diesem Morgen nicht schlafen lässt. Sie hat mit Durchzug gelüftet und dann die Rollläden nach unten gelassen, aber die Wohnung scheint die Sommerwärme der letzten Woche gespeichert zu haben.

Jetzt liegt sie wach in ihrem abgedunkelten Schlafzimmer, schwitzt, obwohl sie kaum etwas anhat, und denkt daran, wie einfach das alles früher einmal war. Wenn sie damals vom Nachtdienst aus dem Krankenhaus kam, machte sie Frühstück für Sascha und ihren Mann, der den Kleinen auf dem Weg zur Arbeit im Kindergarten ablieferte. Sie schlief sofort ein, wenn die beiden die Wohnung verlassen hatten, und wachte ohne Wecker zeitig genug auf, um Sascha am frühen Nachmittag wieder abzuholen. Sie erledigte den Haushalt und legte sich, wenn Horst wieder nach Hause kam, noch zwei Stunden auf die Couch, bevor sie erneut zur Schicht ging.

Aber früher ist vorbei und kommt nicht wieder. Nie wieder, denkt Karin Schneider, seufzt und strampelt sich aus dem dünnen Deckenbezug frei, der sich um ihre Beine gewickelt hat. Sie weiß, dass es keinen Sinn hat, liegenzubleiben und auf Schlaf zu hoffen, der einfach nicht kommen will. Es ist die Hitze, die sie nicht schlafen lässt, aber natürlich nicht nur, es sind auch die Gedanken an früher, das wilde Durcheinander der Erinnerungsfetzen ...

Sie muss jetzt nicht schlafen, sagt sie sich. Sie hat keine Verpflichtungen mehr, muss nachher kein Kind irgendwo abholen, keinen Ehemann bekochen. Eigentlich müsste sie das erleichtern, tut es aber nicht. Die freie Zeit liegt vor ihr wie eine unendliche Wüste, die es zu durchqueren gilt.

Nein. Schlaf wäre jetzt eine wunderbare Erlösung. Lange schlafen. Endlos schlafen?

Karin schüttelt den Kopf. Solche Gedanken bringen nichts, denn sie führen unweigerlich zu anderen Gedanken, dummen Gedanken. Sie streift langsam durch ihre Wohnung, vielleicht sollte sie mal renovieren? Sie könnte sich Saschas altes Zimmer herrichten, als Hobbyraum. Dann fehlte ihr nur noch ein Hobby ...

Auf einmal muss sie an Bühler denken. Wie er heute Morgen noch was zu erledigen hatte. Frühmorgens am Osthafen. Was hat man da schon zu erledigen? Als sie später in der Straßenbahn saß, fiel ihr die Bar ein, die sich etwas versteckt in der Schielestraße befindet. FKK-Club, Bordell, wie auch immer ...

Karin Schneider hat keinen bestimmten Plan, als sie im Schlafzimmer in ein leichtes Sommerkleid und im Flur in ihre alten Birkenstock-Sandalen schlüpft. Sie nimmt die Umhängetasche mit Portemonnaie und Zigaretten vom Garderobenständer, dann verlässt sie die Wohnung. Im Treppenhaus ist es still. Ihre berufstätigen Nachbarn sind alle schon längst unterwegs.

Draußen erwartet sie die Sonne und das beständige Rauschen der Großstadt. Sie geht ein paar Schritte, dann fällt ihr etwas ein. Am Wasserhäuschen die Straße runter steht ein alter Mann über seinen Rollator gebeugt und schimpft über das Abschneiden der deutschen Nationalmannschaft bei der vor einer Woche zu Ende gegangenen Europameisterschaft.

„Alles Flasche!", lamentiert der Alte. „Do spielt doch koaner mehr für Deutschland, da hat doch koaner mehr Nationalstolz, ei wie dann aach! Sinn doch alles nur noch …"

Der türkischstämmige Kioskbesitzer hebt die Schultern, grinst gelassen und schiebt dem Alten eine Bildzeitung über den Verkaufstresen vor seinem Schiebfenster.

„Krieg ich einen Euro und zehn Cent von dir, Hermann."

„Ja, ja, nix für ungut, waaßt schon, wie ich's moan …", entgegnet Hermann mürrisch und wühlt in dem Beutel, den er am Rollator hängen hat, nach Kleingeld.

„Klar, weiß ich das …", sagt der Kioskbesitzer und zwinkert Karin zu, die geduldig wartet, bis der Alte seine Zeitung bezahlt hat.

Sie kauft einen Kaffee im Pappbecher und setzt sich damit auf eine Bank in der Obermainanlage unweit des Lessing-Denkmals. Ein paar verspätete Jogger drehen noch ihre Runden, ein Mann mit flatternder Krawatte stürmt mit großen Schritten an ihr vorbei und brüllt in sein Handy.

„Nein!", schreit der Mann. „Nein, jetzt hören Sie mir mal zu! Sie hören mir zu!"

Karin schließt die Augen, nippt an ihrem Kaffee und hört die Vögel zwitschern. Sie fühlt sich dem Einschlafen jetzt schon bedeutend näher, als vorhin in ihrem Bett. Sie kennt das schon. Paradoxe Intervention nannten sie das früher. Wenn man nicht schlafen kann, nimmt man keine Tabletten, sondern steht auf, geht aus dem Haus und trinkt Kaffee, macht also genau das, was man sonst tun würde, um wachzubleiben.

Nach einer knappen halben Stunde ist der Rest des Kaffees in ihrem Becher lauwarm. Sie hat zwei Zigaretten geraucht und spürt, wie die Mischung aus Nikotin und Koffein nach der durchwachten Nacht einen leichten Schwindel in ihrem Kopf auslöst. Jetzt, denkt sie, jetzt könnte es tatsächlich funktionieren, Hitze hin oder her. Sie müsste vorher nur unbedingt nochmal aufs Klo, sonst würde der Kaffee sie nach einer Stunde wieder wecken ...

Als sie das Treppenhaus betritt, ist sie weiterhin guter Dinge, in den kommenden Stunden ein bisschen schlafen zu können. Und wenn sie heute Nachmittag aufwacht, könnte sie ja wieder in den Park gehen und sich sonnen. Das ist nicht viel, aber es ist besser als nichts. Ein Plan, der ihr hilft, auch diesen Tag zu überstehen. Und heute Nacht wäre sie ohnehin wieder wach und würde ihren Dienst an der Unterwelt verrichten ...

Die beiden Männer vor ihrer Wohnungstür sieht sie erst, als sie schon den letzten Treppenabsatz erreicht hat. Sie verlangsamt ihre Schritte und spürt förmlich, wie ihre mühsam erarbeitete Bettschwere von einem Adrenalinstoß weggespült wird.

Der größere der beiden Männer hebt begütigend die Hände, als wolle er sie beruhigen. Er hat kurzes Haar und graue Schläfen, trägt ein weißes Hemd und wirkt etwas pfaffenhaft, wenngleich Karin sicher ist, dass sie es nicht mit einem Geistlichen zu tun hat. Sein kleinerer Begleiter ist wesentlich jünger, er trägt trotz der Hitze eine schwarze Lederjacke und Bikerstiefel.

„Frau Schneider?", fragt der graumelierte Mann sanft, „Frau Karin Schneider?"

Karin nickt, sie weiß nicht, was sie sonst tun soll. Die beiden Männer werfen sich einen schnellen Blick zu.

„Können wir uns kurz unterhalten?", fragt der Jüngere und greift in seine Jacke.

Frankfurt, Zeilsheim

„Willy, biste do?"

Siggi presst sich mit dem Rücken gegen das breite Holztor und hält die Luft an. Der Mann auf der anderen Seite des Tors betätigt die Klingel, und aus dem Haus dringt ein schepperndes Schrillen nach draußen.

„Also die Schell geht jedenfalls ...", konstatiert eine zweite Stimme nüchtern.

„Wo macht dann der nur rum?"

„Ei was waaß dann isch, ständisch is der fort in de letzte Zeit!"

Schöne Scheiße, denkt Siggi, den nur ein paar Holzlatten von den zwei Männern auf der Straßenseite trennen, jetzt versammelt sich hier auch noch die Stammkundschaft des unglückseligen Wirts und stellt Vermutungen über dessen Verbleib an.

Nach einer gefühlten Ewigkeit entfernen sich endlich die Schritte der beiden Männer auf der Straße. Siggi wartet noch einen Moment, bevor er das Tor öffnet und auf die Straße tritt, wo jetzt niemand mehr zu sehen ist. Er geht über den Hof, steigt in den Camaro und lässt den PS-starken Wagen im ersten Gang langsam auf die Straße rollen, dann steigt er noch einmal aus und schließt das Tor wieder.

Als er keine Minute später um die nächste Straßenecke biegt, sieht er zwei alte Männer in Shorts, Freizeithemden und Trekkingsandalen, die vor dem Eingang eines Bäckerladens stehen, vor dem sich eine lange Schlange gebildet hat. Ein Schild im Schaufenster weist auf die Maskenpflicht hin und dass nur drei Kunden gleichzeitig den Laden betreten dürfen.

Er passiert die Bäckerei in gemäßigtem Tempo, um nicht aufzufallen, sieht aber im Rückspiegel, wie die beiden rüstigen Senioren ihm fragend hinterherschauen, die abgewinkelten Arme in die Hüften gestemmt. So viel zu seinem Plan, einen möglichst unauffälligen Abgang aus Zeilsheim hinzulegen. Wenn man den erhängten Bolz findet und jemand die richtigen Fragen stellt, werden die beiden Alten sich ganz bestimmt an den feuerroten Camaro erinnern, der am Freitagmorgen hier durch die Straßen gekrochen ist ...

Am Ortsausgang beschleunigt Siggi, passiert die Jahrhunderthalle und ist ruck-zuck in Höchst. Auf dem Parkplatz der Farbwerke stellt er den Wagen ab und nimmt die S-Bahn in Richtung Innenstadt. Jetzt mit dem Camaro ins Bahnhofsviertel zu fahren, wäre reiner Selbstmord. Wenn die Bulldogge recht hat, sind die Rumänen schon hinter ihm her wegen Lola, also muss er unbedingt unter deren Radar bleiben, wenn er sich nicht ein paar gebrochene Finger oder schlimmeres einhandeln will. Und Geld wollen die Typen wahrscheinlich auch von ihm als Entschädigung.

Nachdem er vor ein paar Stunden Bolz gefunden hatte, war sein erster Impuls, die Bulldogge zu informieren und ihm einen Deal vorzuschlagen, aber dann wurde Siggi klar, dass es besser war, wenn er das Ableben des Wirts erst mal für sich behielt. Auf jeden Fall muss er an die Kohle kommen, die die Nutte der Bulldogge geklaut hat, eine andere Chance hat er nicht. Er muss einen Weg finden, davon etwas abzuzweigen, um heil aus der Sache herauszukommen, was wiederum voraussetzt, dass er die Knete erst mal findet.

Die ganze Sache ist hoffnungslos verfahren. Allein darüber nachzudenken, bereitet ihm schon wieder Kopfschmerzen. Siggi massiert sich die Schläfen und fragt sich, wann wohl sein nächster Anfall bevorsteht. Er ist seit Jahren nicht mehr Bus oder Bahn gefahren und fühlt sich unwohl zwischen den Berufspendlern. Die S-Bahn ist voll von muffigen Aktentaschenträgern, Büromäuschen und Schülern und Studenten mit Stöpseln im Ohr und Handys in der Hand. Wie er diese Durchschnittsmenschen immer verachtet hat, heute dagegen zwickt ihn eine peinigende Sehnsucht nach dem ereignisarmen Spießerleben dieser Leute.

In Nied steigt ein schlaksiger Kerl mit orangefarbener Signalweste über der weißen Sanitäter-Uniform zu. Er stellt sich in den Gang vor die Sitzgruppe, in der Siggi Platz genommen hat, und als er den Arm hebt, um sich bei der Anfahrt des Zuges festzuhalten, sieht Siggi den Ausweis der Uni-Klinik an seinem Gürtel baumeln, was ihn an sein größtes Problem erinnert: die Operation. Auch dafür braucht er Geld, das er nicht hat. Er fragt sich, wie viel Kohle die Nutte auf die Seite geschafft hat. Zwanzigtausend? Dreißigtausend? Vielleicht sogar mehr? Mit dem bisschen Geld, das er selbst für Notfälle gebunkert hat, könnte es für die OP reichen, vielleicht sogar für die Nachbetreuung, allerdings müsste er dafür den Rumänen und der Bulldogge entwischen. Und er müsste weg aus Deutschland. Vielleicht nach Polen, dort kennt er ein paar Leute, die weder mit dem alten Kiezkönig noch den rumänischen Mädchenhändlern was am Hut haben …

Als die S-Bahn im Tiefbahnhof einfährt, kommt Bewegung in die Menschen. Am Bahnsteig streben die Zusteigenden von beiden Seiten auf die Eingänge zu und warten ungeduldig, bis ein Schwall Fahrgäste die Bahn verlassen hat. Siggi achtet darauf in einer Menschengruppe zu bleiben, oben vor dem Bahnhof beginnt schon das Gebiet, in dem er sich nicht mehr sicher fühlen kann.

Er schafft es unbehelligt in die Münchener Straße. Zwischen einem Döner-Imbiss und einem Handyladen befindet sich der Eingang, der zu den Wohnungen des mehrstöckigen Altbaus führt. Im Treppenhaus ist alles still, durch ein geöffnetes Fenster dringt gedämpfter Straßenlärm herein und die Morgensonne fällt auf die verblichenen Tapeten an den Wänden. Die zwei Zimmer im Dachgeschoss mit Mansarde bewohnt er seit einigen Jahren für kleines Geld, weil der Vermieter ihm einen Gefallen schuldig war.

187

In dem engen Flur, der zu seiner Wohnung führt, verlangsamt er seine Schritte und lauscht angestrengt, aber es ist nichts zu hören. Trotzdem stimmt hier was nicht, denkt Siggi, aber als er den Schlüssel aus der Tasche zieht, ist es bereits zu spät: Ein harter Stoß in den Rücken befördert ihn durch die aufschwingende Tür, die eigentlich hätte verschlossen sein sollen. Siggi versucht noch sich zu fangen, aber kurz bevor es ihm gelingt, bringt ihn ein weiterer Stoß von hinten vollends aus dem Gleichgewicht, sodass er der Länge nach auf den verkratzten Holzdielen aufschlägt. Die ausgestreckten Arme verhindern schlimmeres, aber irgendwo in seiner rechten Schulter knackt etwas und sendet einen ziehenden Schmerz durch seinen Oberkörper.

Er hebt den Kopf und sieht den extragroßen Flachbildschirm vor sich liegen, den jemand offenbar aus der Wandverankerung gerissen hat. Auch die Regale sind leergeräumt, ihr Inhalt liegt um ihn herum auf dem Fußboden verstreut, die Sitzpolster der Couch sind aufgeschlitzt, der Glastisch zerschlagen.

Siggi wird unsanft gepackt und auf die Knie gerissen, eine kräftige Hand zieht ihn an den Haaren, sein Kopf fliegt in den Nacken, sodass er jetzt das einzige noch heile Möbelstück in seiner Wohnung zu sehen bekommt: den Fernsehsessel mit dem verstellbaren Fußteil.

In diesem Sessel sitzt der schöne Bogdan mit hochgelegten Beinen. Bogdan trägt Stiefel mit Stahlkappen unter seinen Designerjeans und in dem Moment, als Siggi beginnt zu ahnen, was als nächstes geschehen wird, springt Bogdan auch schon auf und tritt ihm ins Gesicht.

Die beiden Männer, die Siggi festgehalten haben, lassen ihn zeitgleich los. Der Tritt schleudert ihn gegen die Wand. Er spürt, wie mindestens ein Zahn bricht, Blut füllt seinen Mund und durch den Aufprall bleibt ihm die Luft weg. Siggi rollt sich auf dem Boden zusammen und stöhnt, erwartet den nächsten Tritt, der aber nicht kommt.

„Steh auf!", sagt Bogdan und seine beiden Helfer zerren den aus dem Mund blutenden Siggi erneut auf die Knie.

„Du siehst ganz schön scheiße aus, Zuhälter, richtig scheiße, weißt du das?"

Siggi muss husten, weil er sich an seinem eigenen Blut verschluckt hat. Bogdan verzieht angeekelt das Gesicht und wartet, beugt sich zu ihm herunter, hebt seinen Kopf an und sieht ihm in die Augen. Trotz seiner misslichen Lage wundert sich Siggi wieder über das Babyface des schönen Bogdan, ein feingliedriger junger Mann, mit sanftem osteuropäischem Akzent. Ein Typ, der wegen seines Aussehens immer und überall unterschätzt wird. Aber Siggi weiß, wozu der Schönling fähig ist.

„Du schuldest uns was, Zuhälter", sagt Bogdan leise, „vergiss das nicht!"

Bogdan geht. Die Männer lassen Siggi los, der ohne Halt nach vorne auf alle Viere fällt. Ein blutiger Speichelfaden läuft ihm aus dem Mundwinkel und landet auf dem Holzboden. Vorsichtig betastet er seinen Kiefer, spuckt die Hälfte eines Schneidzahns aus, wankt ins Badezimmer. Nachdem er sich den Mund ausgespült hat, sieht er im Spiegel über dem Waschbecken die aufgeplatzte Lippe, seine linke Gesichtshälfte ist angeschwollen. Mit der Zunge erkundet er eine Zahnlücke, die vor dem Tritt noch nicht da war, den Zahn muss er wohl runtergeschluckt haben.

Mit einer Kältekompresse aus dem Gefrierschrank in der Küche kehrt er in das verwüstete Wohnzimmer zurück, lässt sich in den Sessel fallen, in dem kurz zuvor noch Bogdan gelümmelt hat, und drückt die kühlende Packung auf Wange und Kiefer. Die eisige Kälte beißt ihm in die Gesichtshaut, aber betäubt den Schmerz und stillt die Blutung.

Nach einer Viertelstunde sieht er sich in der Wohnung um. Die Verwüstung scheint nur den Zweck gehabt zu haben, ihn zu warnen und zu demütigen, gesucht haben die Rumänen offenbar nichts, und das ist die erste gute Nachricht an diesem Morgen.

In dem kleinen Schlafzimmer stinkt es ekelerregend nach Urin, die Schweine haben ihm tatsächlich ins Bett gepisst. Die Pistole, die unter dem Kopfteil am Metallgestänge mit mehreren Lagen Panzerband befestigt ist, haben sie allerdings nicht gefunden. Siggi wickelt die kompakte SIG Sauer P365 aus dem silbernen Band, der Ladestreifen am Griff ist eingesetzt. Zurück im Wohnzimmer löst er eine der Holzdielen direkt unterm Fenster, in dem Zwischenraum befindet sich eine schmale Ledertasche mit seinem Bargeld sowie die Handys und Ausweise seiner Mädchen – viele sind es ohnehin nicht mehr und wahrscheinlich hat sich bereits herumgesprochen, dass er kaltgestellt wurde. Er nimmt das Geld, den Ausweis und Adrianas Handy an sich.

Der Startbildschirm zeigt die kleine Nutte mit einem abwesend lächelnden Jungen, im Fotospeicher sind fast nur Bilder von der kleinen Kröte. Auf einer der Aufnahmen sitzt ein Haufen lachender Leute um einen Tisch, auf dem ein armseliger Kuchen steht. Adriana hält eine aus bunter Pappe geformte 5 in die Höhe. Der kleine Bastard sitzt dabei, als ginge ihn das alles nichts an, als gehöre er gar nicht dazu.

Das Mädchen, dem er den Namen Lola gegeben hat, hat also offenbar einen Sohn, der immer noch in dem Dreckloch in Rumänien festsitzt, aus dem sie gekrochen kam.

Zuerst denkt er sich nichts dabei, aber dann fällt ihm das Stofftier ein, das Lola auf ihrer Flucht dabeihatte. War der Junge vielleicht schon auf dem Weg nach Deutschland? Wollte sie mit ihm und dem gestohlenen Geld untertauchen? Die entscheidende Frage war jedoch immer noch, wo sie die Kohle gebunkert hat, bevor sie ihm an der Warte vors Auto gelaufen ist …

Siggi presst sich die mittlerweile nur noch mäßig kühlende Kompresse gegen die Wange und versucht, sich auf das alles einen Reim zu machen.

Groß-Gerau, Nordsiedlung

Alexander Bühler sieht, wie seine verstorbene Frau sich ans Klavier setzt, den Deckel, unter dem sich die Tasten befinden, hochklappt und noch einen Moment innehält, so wie sie es immer tut, bevor sie zu spielen beginnt. Ihre Hände mit den langen dünnen, aber kraftvollen Fingern schweben über den weißen und schwarzen Klaviertasten, jetzt schließt sie die Augen, jetzt atmet sie tief ein, jetzt schlägt sie den ersten Ton an.

Die ersten Töne einer Sonate erklingen. Mozart. Beethoven. Bach. Alexander Bühler hat keine Ahnung. Jetzt, wo Sylvia tot ist, bereut er es, sich nie wirklich für klassische Musik, die ihr so viel bedeutet hat, interessiert zu haben. Dass seine verstorbene Frau nun wieder am Klavier sitzt und spielt, liegt daran, dass er träumt – das wird ihm in dem Moment bewusst, als Sylvia sich ihm kurz zuwendet und lächelt. Auf dem Klavier steht ein Porträtbild, um dessen Rahmen ein schwarzer Trauerflor gelegt ist. Bühler kann zuerst nicht erkennen, wer auf dem Bild zu sehen ist, aber dann erkennt er die Frau, die er vor zwei Nächten im Gaswerk nicht retten konnte. Er weiß, dass es die Frau ist, obwohl sie gar nicht so aussieht, wie er sie in Erinnerung hat. Vielmehr sieht die Frau jetzt so aus wie Sylvia vor ihrer Krebserkrankung, dann wieder wie eine Filmschauspielerin, deren Namen ihm entfallen ist. Alexander Bühler wendet den Blick ab, die Klavierspielerin dreht ihm jetzt den Rücken zu, und er ist sich auf einmal nicht mehr sicher, ob es wirklich Sylvia ist. Er streckt seine rechte Hand nach der Schulter der Frau aus und spürt ihre spitzen Knochen unter dem dünnen weißen Sommerkleid, und da sagt die Frau etwas, das er nicht hören kann, weil sie unablässig weiter Klavier spielt, sie hämmert jetzt regelrecht auf die Tasten ein und dreht sich zu ihm um, aber bevor er ihr Gesicht zu sehen bekommt, wacht Alexander Bühler nach Luft schnappend auf und starrt an die Zimmerdecke, die sich sanft zu bewegen scheint, wie dunkles Wasser. Die Hitze, die sich im Schlafzimmer angestaut hat, umhüllt seinen schweißüberströmten Körper wie ein schwerer feuchter Mantel.

Alexander Bühler richtet sich im Bett auf und ein leichter Schwindel erfasst ihn. In dem abgedunkelten Raum erkennt er nun das Schwanken der Zimmerdecke als Schattenspiel, erzeugt von den Sonnenstrahlen, die durch die oberen Rollladenschlitze fallen. Er greift neben das Bett auf der Suche nach der Wasserflasche, findet aber nur leere Bierdosen und eine halbvolle Flasche Wodka Gorbatschow.

Bühler stöhnt und legt den dröhnenden Kopf in die Hände. Erst jetzt wird ihm bewusst, dass etwas aus seinem Traum immer noch da ist: Irgendwo spielt jemand Klavier. Nicht laut und fordernd, wie die Frau in seinem Traum, eher vorsichtig tastend, oft entstehen lange Pausen zwischen den Akkorden, die Melodie bricht ab und beginnt dann wieder von vorn. Das ist nicht möglich, denkt er. Sein Blick irrt im Zimmer umher, die rote Digitalanzeige des alten Radioweckers springt gerade um, es ist schon fast drei Uhr am Nachmittag, so lange hat er schon seit Tagen nicht mehr geschlafen.

Als er sich barfuß und in Boxershorts die schmale Treppe aus dem Obergeschoss nach unten tastet, muss er sich am Geländer festhalten, weil seine Beine zittern. Er schleicht durch den Flur, bis er vor Sylvias Zimmer ankommt, die Tür ist geöffnet, die Melodie nun flüssiger, sicherer. Er kennt das

Stück nicht, aber es hört sich wie etwas an, das er eigentlich kennen müsste.

Der Junge kniet auf der Klavierbank in dem sonnendurchfluteten Zimmer und ist ganz in sein Spiel versunken. Er trägt nur Unterhosen und sein verwaschenes Krümelmonster-Shirt, das ihm bis kaum über die Hüften reicht. Konzentriert arbeitet er sich durch eine unsichtbare Partitur, die nur er sehen kann.

Alexander Bühler macht einen Schritt in den Raum hinein, überlegt es sich dann aber anders und verlässt das Klavierzimmer wieder, ohne dass der Junge ihn bemerkt hat.

Auf der Couch im Wohnzimmer liegt das Adlerstofftier auf dem Kissen. Der Junge hat es mit dem dünnen Bettbezug zugedeckt, den er ihm am Morgen zum Schlafen gegeben hat. Bühler öffnet die Terrassentür und schaut in den Garten, Ringo steht schwanzwedelnd am Zaun und stößt einen kurzen freudigen Beller aus, als er ihn auf der Terrasse entdeckt, vom alten Schubert ist nichts zu sehen, aber der Baum in seinem Garten ist gestutzt.

Bühler zieht sich wieder ins Haus zurück. Er erschreckt furchtbar, als er den Jungen in der Tür zum Wohnzimmer stehen sieht.

„Gott, mach das nicht nochmal, hörst du?

Cosmin schnappt sich den Adler von der Couch und hält ihn schützend vor sich.

„Alles gut, Kleiner, du hast mich nur erschreckt, okay?"

„Okay?", echot der Junge.

Bühler fragt sich, wie es möglich ist, dass der Kleine so gut Klavier spielen kann. Er hält es für äußerst unwahrscheinlich, dass der Sohn einer Zwangsprostituierten in seiner Heimat Klavierunterricht erhalten hat. Cosmin Popescu kommt aus Bukarest und ist fünf Jahre alt. So steht es zumindest in dem Reisedokument, das er bei ihm gefunden hat. Mit fünf können sich die meisten Kinder noch nicht mal selbst die Schuhe binden, und Cosmin reist allein von Rumänien nach Deutschland und spielt Klaviersonaten – wenn es denn eine Sonate war, was Bühler da gehört hat.

„Hast du Hunger?", fragt er Cosmin, der ihn interessiert anschaut, aber nicht erkennen lässt, ob er ihn verstanden hat oder nicht. Stattdessen läuft er durch das Wohnzimmer nach draußen auf die Terrasse und blinzelt in die Sonne.

Als Bühler ihm folgt, steht der Junge schon am Gartenzaun und auf der anderen Seite steht Ringo und wedelt freundlich.

„Wen haben wir denn da?" Der alte Schubert tritt aus dem Schatten der Markise hinter seinem Haus. „Ringo ist ein ganz Lieber, vor dem musst du keine Angst haben", ermuntert er den Jungen, seine Hand durch den Zaun zu strecken und den Hund zu streicheln.

„Siehst du, hier hinter den Ohren, das mag er am liebsten!"

Cosmin krault dem Hund das Fell und Ringo legt den Kopf schief und gibt ein wohliges Brummen von sich.

„Wie heißt du denn, Junge?", fragt der alte Schubert. Als er darauf keine Antwort erhält, runzelt er die Stirn und sieht zu Bühler rüber, der von der Terrasse in den Garten heruntergekommen ist.

„Er heißt Cosmin."

„Cosmin, so so …"

Mist, denkt Bühler. Er hat keine Ahnung, wie er die Anwesenheit des Jungen erklären soll, der halbnackt am Gartenzaun steht und den Nachbarshund streichelt.

„Cosmin ist … ein Waisenkind aus Rumänien. Ich habe ihn nur vorübergehend aufgenommen …"

„Ach ja? Das ist aber nett von Ihnen …", sagt der alte Schubert in einem Tonfall, dem deutlich anzumerken ist, dass er die Geschichte nicht glaubt. „Aus Rumänien also, ja?"

„Ja, die Not ist dort mancherorts sehr groß und …", fügt Bühler hinzu, bricht dann aber ab, weil er merkt, dass er sich mit jeder Erklärung nur noch verdächtiger macht.

194

Ringo versucht mittlerweile das Stofftier durch den Zaun hindurch zu schnappen, und Cosmin zieht den Adler lachend vor der Schnauze des Hundes zurück.

„Wir gehen dann mal wieder rein", sagt Bühler. „Ich wollte uns gerade was zu essen machen, kommst du, Cosmin?"

Zu seiner Überraschung lässt der Junge sofort von dem Hund ab und folgt ihm ins Haus. In der Terrassentür dreht sich Bühler nochmal um und bemerkt, dass der alte Schubert immer noch am Zaun steht und ihm hinterhersieht.

Als er wenig später in seiner Küche Eier in die Pfanne schlägt, ärgert er sich über seinen Leichtsinn. Er kennt seinen Nachbarn nicht gut genug, um einschätzen zu können, ob er ein Mensch ist, der schnell misstrauisch wird, aber ein alleinstehender erwachsener Mann, der auf einmal einen kleinen Jungen im Haus hat, der kein Wort Deutsch spricht, gibt heutzutage selbst den arglosesten Zeitgenossen zu denken. Wenn Cosmin wenigstens etwas halbwegs Anständiges angehabt hätte ...

Bühler schaufelt die Spiegeleier auf einen Teller, legt eine Gurke dazu und steckt zwei Scheiben Weißbrot in den Toaster. Das war alles, was sein Kühlschrank noch hergegeben hat.

Als das Brot goldbraun getoastet ist, schmiert er Butter darauf und serviert es dem Jungen, der sich gierig darauf stürzt. Bühler selbst isst nichts, er bekommt schon seit Tagen kaum einen Bissen herunter. Stattdessen geht er ins Wohnzimmer und nimmt einen großen Schluck von dem Bourbon, der dort auf der Anrichte steht.

Bei seiner Rückkehr in die Küche stolpert er über die ausgelatschten Billigturnschuhe des Jungen im Flur. Er hebt einen davon auf: Die Sohle ist fast durchgelaufen und die Seiten haben lange Risse. Cosmin hat unterdessen seine Mahlzeit beendet. Ein bisschen Eigelb ist auf seinem T-Shirt gelandet.

Bühler nimmt eine Dose Cola aus dem Kühlschrank und gibt sie Cosmin, der in kleinen Schlucken daraus trinkt und ihn schon wieder mit diesem komischen Blick ansieht.

„Wir müssen dir dringend was anderes zum Anziehen besorgen, und ein paar neue Schuhe brauchst du auch."

Eine halbe Stunde später steuert Alexander Bühler den BMW auf den Parkplatz des Real-Marktes und überlegt, ob es vielleicht doch besser wäre, den Jungen im Auto zu lassen, aber er hat keine Ahnung, wie er dann Schuhe und Kleidung in der passenden Größe finden soll.

Cosmin sitzt unterdessen mit geschlossenen Augen auf dem Beifahrersitz und scheint vollkommen in ein klassisches Klavierkonzert versunken zu sein. Ab und an hebt er kurz die Hand, als wolle er die Musik anhalten oder verlangsamen, dann schüttelt er den Kopf und lacht. Den Radiosender hat er selbst eingestellt, die Suchlauftaste einfach so lange betätigt, bis alle Rock- und Popstationen übersprungen waren und ein Klassiksender auf der digitalen Skala eingestellt war. Während der ganzen Fahrt hat er nicht ein einziges Mal aus dem Fenster gesehen.

Bühler parkt neben einem der Verschläge, in denen die ineinandergeschobenen Einkaufswagen untergebracht sind. Als er den Zündschlüssel abzieht und die Musik verstummt, öffnet Cosmin die Augen und sieht ihn an, als wäre er gerade aus einem tiefen Traum erwacht.

Der Junge folgt ihm widerstandslos in den Einkaufsmarkt, scheint aber noch immer mehr mit der Musik in seinem Kopf beschäftigt zu sein als mit dem bunten Warenangebot um ihn herum. Etwa in der Mitte der Verkaufsfläche gibt es Schuhe und Kinderkleidung. Bühler zieht ein paar grellgelbe Sneaker und ein paar Turnschuhe mit Klettverschluss aus dem Regal, von denen er annimmt, dass sie Cosmin passen könnten. Der Junge scheint zu verstehen und schlüpft aus seinen zerschlissenen Segeltuchschuhen.

196

„Hör mal", sagt er, „du probierst die Schuhe hier an und rührst dich nicht vom Fleck, verstanden?"

Cosmin sieht zu ihm auf und lächelt, was nun wieder alles Mögliche heißen kann.

„Hier bleiben!" Bühler deutet energisch mit beiden Zeigefingern auf den Boden vor seinen Füßen. „Nicht weggehen!"

Jetzt nickt der Junge und senkt den Blick.

Einen Gang weiter stehen mehrere vergitterte Verkaufstische, auf denen in einem wilden Durcheinander bunte T-Shirts mit Pokémon-Aufdruck ausliegen. Unter einem Schild mit der Aufschrift „Stark reduziert" hängen Kindershorts in allen Größen. Bühler nimmt zwei T-Shirts und zwei Hosen, dann fallen ihm Cosmins schmutzige Füße ein. Er muss dem Jungen auch ein paar frische Socken kaufen und ihn heute Abend unter die Dusche stellen. Er wird ihn dann die ganze Nacht im Haus allein lassen müssen, und dieser Gedanke behagt ihm nicht. Er behagt ihm ganz und gar nicht.

Bühler grübelt noch über die kommende Nacht, als er spürt, dass ihn jemand beobachtet. Er dreht den Kopf und sieht seinen ehemaligen Arztkollegen zwischen den Verkaufsständern der Herrenabteilung stehen. Als Toni bemerkt, dass Bühler auf ihn aufmerksam geworden ist, tut er so, als sei er schon die ganze Zeit in die Begutachtung eines braunen Ledergürtels versunken und habe ihn gar nicht bemerkt.

Gut, denkt Bühler, er hat keine Lust, jetzt auch noch dumme Fragen beantworten zu müssen.

Mit den T-Shirts und den Shorts kehrt er in die Schuhabteilung zurück, aber Cosmin ist weg. Auf dem Boden vor dem Hocker liegen die zwei Paar Turnschuhe und seine alten Treter, aber von dem Jungen selbst fehlt jede Spur.

Zwischen den Schuhregalen sitzt ein alter Mann und zwängt seine riesigen Füße ächzend in sportive Trekkingsandalen. Eine Frau nähert sich ihm, stemmt die Arme in die

Hüften und sagt: „Die musst du eine Nummer größer nehmen, das wird doch nix!"

„Entschuldigen Sie bitte", sagt Bühler. „Haben Sie vielleicht einen Jungen gesehen, etwa so groß?" Er hält die Hand ausgestreckt auf Hüfthöhe, korrigiert etwas nach oben, dann wieder nach unten. Die beiden alten Leute sehen ihn ausdruckslos an und schütteln die Köpfe.

Bühler hetzt durch die Gänge. Weit kann der Kleine eigentlich nicht sein. Ihm fallen die beiden Umkleidekabinen zwischen den Ständern mit Damenbekleidung auf. Die Holztüren bieten nur im oberen Bereich einen Sichtschutz.

Eine Kabine ist offen, vor der anderen ist die halbe Tür zugezogen.

„Cosmin? Bist du da drin?"

Keine Antwort.

„Cosmin, verdammt nochmal ..."

Ein paar Meter entfernt legt eine Verkäuferin gelangweilt Damenblusen zusammen. Als Bühler sie gerade herbeirufen will, lässt sie ihre Arbeit ruhen und entfernt sich.

Okay, denkt er, dann eben so, geht in die Knie und versucht, durch den Spalt zwischen Tür und Boden zu sehen, aber erst als er fast schon in Bauchlage ist, kann er die ungewaschenen Füße und die ausgefranste Jeansshorts seines Schützlings sehen.

„Was machen Sie denn da?"

Bühler sieht die Verkäuferin über sich aufragen, die offenbar im ungünstigsten Moment den Weg zurück in die Damenabteilung gefunden hat.

„Der Junge ...", stammelt er, „also mein Junge ist da drin und kommt nicht raus ..."

„Das ist Ihr Sohn da in der Umkleide, ja?", fragt die Verkäuferin, greift über die halbe Tür und löst den Haken aus der Öse, der die Tür am Rahmen hält.

Cosmin sitzt auf dem Hocker in der engen Kabine und sieht sich selbst im Spiegel an. Dabei ist sein Blick allerdings vollkommen starr, als sehe er durch sein Spiegelbild hindurch. Als Bühler ihn jetzt mit Namen anspricht, dreht er langsam den Kopf in seine Richtung und lächelt. Das scheint der Verkäuferin zu genügen, sie nickt und wendet sich wieder ihren Blusen zu.

Mit dem Jungen stimmt doch was nicht, denkt Bühler. Cosmin legt den Kopf schief, sieht ihn an, aber auch hier wirkt es, als schaue er ihn nicht wirklich an, sondern durch ihn hindurch. Dann hört er die leise Musik, die als Dauerberieselung im ganzen Markt läuft. Er selbst hat sie die ganze Zeit über nicht wahrgenommen, aber Cosmin hat das Gedudel offenbar vollkommen in seinen Bann gezogen.

Bühler beschließt, den Einkauf so schnell wie möglich zu beenden, damit ihm der Junge nicht noch einmal abhandenkommt. Schuhe und Kleidung wird er einfach kaufen, und Cosmin zu Hause alles anprobieren zu lassen. Aus der Tiefkühltruhe wirft er einen Stapel Pizzen in den Einkaufswagen, kauft Butter, etwas abgepackten Käse und Wurst und eine große Packung Weißbrot. Als er wenig später im schmalen Kassengang seine Einkäufe auf das Transportband legt, fallen ihm die kleinen Schnapsfläschchen auf, die dort angeboten werden. Quengelware für Erwachsene, denkt Bühler bitter und legt zwei Fläschchen Obstler auf das Band.

Draußen auf dem Parkplatz dreht er den Verschluss von einem der Schnäpse, legt den Kopf in den Nacken und leert den Inhalt der Flasche. Er überlegt, ob er sich auch gleich noch die andere Flasche genehmigen soll, entscheidet sich aber dagegen. Als sie den Zebrastreifen auf die andere Seite überschreiten, legt Bühler dem Jungen eine Hand auf den Rücken, mit der anderen schiebt er den Einkaufswagen. Ein Auto nähert sich in moderatem Tempo und hält, damit sie die Straße überqueren können, und als Bühler einen schnellen Seitenblick riskiert, sieht er Tonis erstauntes Gesicht hinter der Windschutzscheibe.

Diesmal verhält er sich so, als habe er seinen alten Kollegen nicht erkannt. Soll er doch denken, was er will.

Zu Hause lässt sich Cosmin bereitwillig unter die Dusche stellen und abbrausen. Bühler fällt auf, wie mager der Junge ist, die Rippenbögen sind deutlich sichtbar, seine Arme sind bleistiftdünn. Cosmins Körper weist außer ein paar Schürfwunden an den Knien keine Verletzungen auf, seine Mutter scheint sich also gut um ihn gekümmert zu haben, im Rahmen ihrer beschränkten Möglichkeiten. Jedenfalls ist der Junge nicht misshandelt worden. Zumindest nicht körperlich …

Während Cosmin die neuen Sachen anprobiert, schiebt Bühler eine der Tiefkühlpizzen in den Ofen. Mit frisch gewaschenen Haaren und einem sauberen roten T-Shirt bekleidet, auf dem eine gelbe hasenartige Comicfigur abgebildet ist, sieht Cosmin aus wie alle anderen Kinder, die er manchmal auf dem Spielplatz in der Siedlung sieht. Er isst mit gutem Appetit fast die ganze Pizza, stützt das Gesicht in die Hände und bekommt schon wieder diesen abwesenden Blick, der nun wohl auf eine langsam, aber stetig wachsende Müdigkeit zurückzuführen ist. Cosmin reibt sich die Augen und Bühler überlegt, wie er ihm verständlich machen soll, dass er heute Nacht allein hier sein wird und dass er auf keinen Fall das Haus verlassen darf. Die Lösung ist so naheliegend, dass er sich wundert, nicht schon früher darauf gekommen zu sein.

Als Cosmin später mit seinem Eintracht-Adler auf der Couch im Wohnzimmer liegt, ruft Bühler die Übersetzungs-App auf seinem Smartphone auf und lässt das Programm seine auf Deutsch eingegebenen Sätze auf Rumänisch vorlesen. Cosmin nickt, als wäre das alles ohnehin klar gewesen und kein Problem.

Nachdem Bühler geduscht und frische Kleidung angelegt hat, kehrt er, bevor er das Haus verlässt, noch einmal ins

Wohnzimmer zurück, wo Cosmin im abnehmenden Tageslicht bereits eingeschlafen ist. Im Fernseher läuft ein Zeichen-
trickfilm ohne Ton, auf dem Couchtisch steht ein Glas Fanta.

Der Junge liegt auf dem Rücken und atmet gleichmäßig mit
offenem Mund, das Adlerstofftier ist auf den Boden gefallen.
Bühler hebt es auf und platziert es neben dem Jungen, sodass
er es bei sich weiß, wenn er in der Nacht wachwerden sollte.
Einen Moment lang betrachtet er das merkwürdige Kind, das
friedlich auf seiner Couch schläft, dann wandert sein Blick zu
der gerahmten Fotografie seiner Frau, und dann dreht er sich
abrupt um und verlässt das Haus, um auch heute Nacht wieder eine untilgbare Schuld abzuarbeiten.

Frankfurt, Osthafen, fünf Stunden später

Als Karin Schneider das notdürftig mit Trockenbauwänden
abgeteilte Behandlungszimmer betritt, fährt Alexander Bühler erschrocken herum, den silbernen Flachmann noch in der
Hand und einen Ausdruck im Gesicht wie ein kleiner Junge,
den man mit der Hand im Bonbonglas erwischt hat. Karin tut
so, als müsse sie ihre ganze Konzentration auf den Karton-
stapel mit Einwegspritzen richten, den sie auf ihren ausgestreckten Armen balanciert, und als sie wieder aufschaut, ist
der Flachmann verschwunden und Bühler fragt leutselig, ob
sie wegen der Hitze auch so schlecht schlafe.

Sie macht eine vage zustimmende Geste und betrachtet den
Arzt aus den Augenwinkeln, als sie die Kartons im Schrank
verstaut. Bühler hat abgenommen, er ist unrasiert und wirkt
erschöpft. Außerdem scheint er ohne einen gewissen Alko-
holpegel nicht mehr durch die Nacht zu kommen. Karin
kündigt an, eine rauchen zu gehen, und Bühler nickt übertrieben freundlich und lässt sich in seinen Drehstuhl fallen.

Draußen zirpen die Grillen, ein hohes Sirren liegt in der Luft, das aus allen Richtungen gleichzeitig zu kommen scheint. Irritiert hält sie nach der Quelle des nervigen Tons Ausschau, aber bevor sie etwas entdecken kann, verstummt das Geräusch abrupt. Sie zündet sich eine Zigarette an und lässt ihren Blick über das dunkle Buschwerk gleiten. Boris muss sich hier draußen irgendwo herumtreiben, vielleicht telefoniert er auch wieder irgendwo im Dickicht.

Ein Windhauch weht heran und bringt kurze Erfrischung, bevor die Luft wieder steht. Karin Schneider spürt, wie ihr der Stoff der dünnen Bluse am Körper klebt. Am liebsten würde sie jetzt nach Hause gehen, kalt duschen, alle Fenster in der Wohnung öffnen und auf Durchzug hoffen. Und während sie das denkt, fällt ihr wieder ein, dass sie gar nicht mehr hier sein müsste.

Sie weiß nicht mehr, was sie erwartet hat, als der jüngere der beiden Männer heute Morgen vor ihrer Wohnung in seine Jacke griff. Jedenfalls breitete sich ein unbestimmtes Gefühl der Bedrohung in ihr aus, das auch nicht schwinden wollte, als der junge Mann statt einer Waffe nur einen Ausweis hervorzog und sagte: „Mein Name ist Sven Gärtner, das ist mein Kollege Jürgen Sattler, wir sind von der Polizei."

Karin nickte und bat die beiden Polizisten ins Wohnzimmer, wo sie ihr eröffneten, dass man ihren Sohn tot aufgefunden habe. Er hatte einen Personalausweis bei sich und die letzte Adresse, unter der er gemeldet war, war die seiner Mutter. Offenbar hatte er sich eine Überdosis gesetzt.

„Wir wissen nicht, ob er es absichtlich gemacht hat, vielleicht hatte er auch einfach Pech …", sagte der jüngere Polizist, der das Reden übernommen hatte, seit sie in der Wohnung waren. Ob sie gewusst habe, dass ihr Sohn drogensüchtig gewesen sei?

Karin saß auf dem Rand der Couch und nickte. Sie stand auf, strich ihr Kleid, das Falten geworfen hatte, glatt und fragte, ob sie etwas anbieten könne, Kaffee, Tee, Wasser?

Die beiden Männer schüttelten synchron die Köpfe, derjenige, der sich als Sven Gärtner vorgestellt hatte, fragte: „Hat ihr Sohn zuletzt noch bei Ihnen gewohnt?"

„Nein, nicht mehr ...", sagte Karin und setzte sich wieder. Ihr Kopf fühlte sich an, als sei er mit Helium gefüllt, als würde er sich jeden Moment von ihrem Hals lösen und einfach davonfliegen. Sie hörte einen der Männer etwas sagen, verstand aber die Frage nicht. Nach einer Weile sagte sie: „Bei diesem Wetter hat man ständig Durst, nicht wahr?"

Die Polizisten warfen sich einen vielsagenden Blick zu, dann übernahm der ältere Beamte. „Wann haben Sie Ihren Sohn denn zum letzten Mal gesehen?"

Karin schüttelte den Kopf, ihr Blick wanderte zu dem gerahmten Foto, das Sascha als 18-Jährigen zeigte. „Das ... das ist schon ein paar Jahre her ..."

Der ältere Polizist nickte, als habe er nichts anderes erwartet. „Haben Sie jemanden, der sich jetzt um Sie kümmern kann?"

„Nein, aber das macht nichts. Ich wusste ja, dass es irgendwann so kommen würde."

„Möchten Sie vielleicht mit jemandem von uns reden? Wir haben einen sehr guten psychologischen Dienst ..."

Karin dachte einen Moment über das Angebot nach, bevor sie kopfschüttelnd ablehnte.

„Falls Sie es sich doch noch anders überlegen." Jürgen Sattler legte eine Visitenkarte mit dem Emblem der Hessischen Polizei auf den Wohnzimmertisch.

Karin Schneider brachte die Polzisten zur Tür. Danach blieb sie im Flur stehen, bis ihr die Beine so schwer wurden, dass sie sich setzten musste. Sie schaffte es, zurück ins Wohnzimmer zu gehen, wo sie sich auf die Couch setzte und aus dem

Fenster starrte, ohne etwas zu sehen. Irgendwann schloss sie die Augen, und als sie sie wieder aufschlug, lag sie zusammengekauert auf dem Teppich vor der Couch im Halbdunkel. Ihr Rücken schmerzte und trotz der angestauten Hitze im Zimmer fror sie. Überrascht stellte sie fest, dass es bereits früher Abend war. Sie streckte sich, öffnete das Fenster und ließ die Geräusche aus dem Park gegenüber herein. Dort lachten Menschen, von dort kam Musik, der Geruch nach gegrilltem Fleisch stieg ihr in die Nase. Karin Schneider schloss das Fenster wieder. Sie hatte keine Ahnung, was sie nun tun, wie es jetzt weitergehen sollte.

Auch jetzt, Stunden später, weiß sie das immer noch nicht. Sie raucht, schwitzt und fühlt sich elend. Insekten schwirren um die Lampe über dem Eingang, der Verkehr auf der Kaiserleibrücke ist ein gleichmäßiges fernes Rauschen in der Stille der Nacht. Es gibt nichts mehr, womit man sie unter Druck setzen könnte, sie könnte also einfach wieder ein normales Leben führen, aber irgendwie weiß sie nicht mehr, wie das geht, das normale Leben. Also ist sie heute Abend einfach wieder hergekommen, als hätte sich nichts geändert.

Du bist verrückt, denkt Karin, vollkommen verrückt. Sie drückt ihre Zigarette aus und sieht eine gedrungene Gestalt aus dem Gebüsch gegenüber kommen.

„Das ist alles furztrocken hier draußen", sagt Boris und macht eine ausholende Geste. „Ein Fünkchen von deinem Glimmstängel und hier brennt uns in Nullkommanix alles ab! Also pass mit der Kippe schön auf, Oma!"

Karin geht nicht auf die Provokation des abgehalfterten Boxers ein. Als er ansetzt, noch etwas zu sagen, kündigt ein helles Klingeln in seiner Tasche den Eingang einer elektronischen Nachricht an.

„Es gibt Arbeit …", brummt Boris, nachdem er die Nachricht gelesen hat. „Schusswunde …"

Karin nickt und geht zurück in den Turm, wo sie Alexander Bühler mit dem Kopf auf dem Schreibtisch schlafend vorfindet. Sie weckt ihn vorsichtig, und als er den Kopf hebt, sie seine blutunterlaufenen Augen und das aufgeschwemmte Gesicht sieht, erfasst sie das ungute Gefühl, dass das alles nicht mehr lange gutgehen kann.

Samstag, 24. Juli 2021

Frankfurt, Osthafen

Siggi kauert im Gebüsch hinter dem alten verklinkerten Wasserturm. Von hier aus hat er freien Blick auf den etwa hundert Meter entfernt liegenden Gasturm, der von einer Freifläche umgeben ist, sodass sich dem Eingang niemand unbemerkt nähern kann.

Als er vor einer Stunde ankam, war es noch dunkel, aber jetzt dämmert es bereits. Im Gebüsch um ihn herum beginnt es zu zirpen und zu zwitschern und über dem Fluss färbt sich der Himmel langsam orange.

Siggi spürt seinen Rücken, die geschwollene Unterlippe fühlt sich taub an, und aus der Zahnlücke suppt es immer noch, sodass er regelmäßig blutigen Speichel ausspucken muss.

Ein paarmal ist die alte Krankenschwester zum Rauchen rausgekommen, und der Leibwächter hat seine Kontrollrunden gedreht. Wenn der Typ auch nur einen Schuss Pulver wert wäre, hätte er Siggi eigentlich entdecken müssen. Einmal hat der Typ mit seiner Taschenlampe direkt ins Unterholz geleuchtet, in dem er versteckt lag, und ist dann einfach weitergegangen.

Siggi klatscht eine Schnake auf seinem Hals platt. Er holt umständlich sein Handy hervor, um die Zeitanzeige abzulesen. Genau in dem Moment, in dem das Display auf 6:00 Uhr springt, öffnet sich die Tür am Gasturm und der Arzt, die Schwester und ihr Beschützer kommen heraus, als hätten sie da drinnen gerade eben pünktlich zum Schichtende abgestochen.

Die Tür verriegelt sich selbst durch einen für Siggi undurchsichtigen Mechanismus und die Lampe über dem Eingang erlischt. Noch hat er sich nicht entschieden, wem von den Dreien er folgen wird. Der Arzt und die Schwester gehen in Richtung Schielestraße davon, der Gorilla hebt kurz die Hand und läuft über den offenen Platz Richtung Hafen.

Mist, denkt Siggi. Jetzt muss er sich schneller als gedacht entscheiden, wem er folgen will.

Schließlich lässt er Arzt und Schwester ziehen und heftet sich an die Fersen des gedrungenen Mannes, der sich im Gehen eine Zigarette anzündet und ohne Eile davongeht. Am Ende des freien Platzes befinden sich Container und Hallen, die wie zufällig hingeworfen auf dem kargen Areal stehen, dazwischen parken Lkw. Die Hafenanlagen ragen in der Ferne auf, der Fluss ist nicht mehr weit, scheint aber nicht das Ziel des Gorillas zu sein, der zwischen zwei Lastern verschwindet und sich parallel zum Mainhafen bewegt.

Irgendetwas muss er in der Nacht im Turm übersehen haben und Siggi hat den Verdacht, dass der Kirmesschläger vielleicht etwas darüber wissen könnte.

Auf dem wilden Parkplatz steigen vereinzelt Männer mit freiem Oberkörper aus den Fahrerkabinen der Lkw und strecken gähnend ihre Bäuche der aufgehenden Sonne entgegen. Offenbar dient die Gegend als Rastplatz für müde Brummifahrer. Etwas abseits der parkenden Fahrzeuge befindet sich ein Schuppen, an dem sich der Typ zu schaffen macht. Er öffnet das Vorhängeschloss, verschwindet in dem Verschlag und rollt kurz darauf eine Harley Davidson heraus. Er tritt die Maschine an, die sofort das typische Motorenblubbern von sich gibt, zieht sich einen Helm über, schaut noch einmal über den Platz und brettert in einer Staubwolke auf dem Motorrad davon.

Scheiße. Siggi weiß nicht, womit er gerechnet hat, aber damit nicht. Die ganze Warterei im Gebüsch umsonst. Er kehrt mit schweren Schritten zur Schielestraße zurück und denkt daran, den Camaro aus Höchst zu holen. Jetzt, wo die Sache mit den Rumänen zumindest vorläufig geklärt ist, muss er sich nicht weiter die Blöße geben und mit Bussen und Bahnen durch die Gegend gurken. Und dann? Was macht er dann?

Er ist derart in seine trüben Gedankenspiele vertieft, dass er das Motorrad am Straßenrand fast nicht bemerkt. Es steht vor der Einfahrt zu einem unscheinbaren Firmengelände, aber Siggi weiß, dass sich dort in einem zurückgebauten Gebäude der FKK-Mainhattan-Club befindet. So früh am Tag hat der Laden natürlich noch geschlossen, aber vielleicht hat der Typ ja Beziehungen und lässt sich gerade da drinnen gratis einen blasen.

Das Außengelände des Clubs ist gesichert, aber Siggi findet eine Stelle zwischen Gebäude und Sichtschutzwand, die ihm einen Blick in den Innenhof erlaubt. Dort stehen Liegestühle und gepolsterte Sitzgruppen aus hellem Holz auf einer gepflegten Rasenfläche verteilt, silberne Metallaschenbecher stehen auf kleinen Beistelltischen, ein Schwimmbecken und ein kleiner Whirlpool heben sich bläulich schimmernd von dem satten Grün des Rasens ab.

Siggi will schon gehen, als sich die Glastür hinter der Außentheke öffnet und eine Blondine im roten Bikini auf High-Heels herausstolziert kommt, hinter ihr stapft der Gorilla vom Gasturm in den Garten, nimmt seine Zigarette aus dem Mund und drückt sie in einem der Aschenbecher aus.

Die Blondine entledigt sich des Bikini-Oberteils, schlüpft aus den hohen Schuhen und springt in den Pool wie Pamela Anderson in ihren besten Tagen. Der Gorilla reibt sich den Nacken und sieht ihr eine Weile beim Planschen zu.

„Komm doch auch rein, Süßer!"

„Nee, komm du raus!"

„Hast es heute wohl eilig was?"

Die halbnackte Frau klettert an der kleinen Leiter auf den Umlauf und geht tropfend und mit nassen Haaren auf den Gorilla zu, der sich gerade eine neue Zigarette ansteckt.

„Hab ich dir gesagt, dass du schwimmen gehen sollst?"

Die Blondine macht einen Schmollmund. „Ich dachte, weil du raus wolltest …"

„Wirst du hier neuerdings fürs Denken bezahlt? Von mir jedenfalls nicht!"

„Sorry …"

„Ja, sorry für'n Arsch. Geh rein und trocken dich ab, ich komm gleich …"

Die Blondine geht ein paar Schritte, schnappt sich ihr Schuhe und verschwindet durch die Glastür in den Innenraum. Der Gorilla schnippt Asche in den Whirlpool, er steht ganz nah am Beckenrand und scheint über etwas nachzudenken.

Siggi weiß, dass er schnell handeln muss. Nicht denken, handeln. Ihm gelingt der Sprung über die Absperrwand, er landet auf dem Rasen, und als der Gorilla merkt, dass sich hinter ihm was tut, hat Siggi ihn schon bäuchlings auf die Fliesen vor dem Pool geworfen. Der überraschte Mann öffnet den Mund und keucht, aber im selben Moment drückt ihm Siggi den Kopf unter Wasser.

Der Gorilla zappelt rum, Siggi spürt die massiven Muskelberge an Rücken und Schultern unter ihm arbeiten, aber er ist jetzt in der besseren Position, er muss sich nicht mal sonderlich anstrengen, um den stärkeren Mann unten zu halten.

Als er ihm den Kopf aus dem Wasser zieht, spuckt und röchelt der Überwältigte und schnappt nach Luft.

„Was hast du mit den Sachen der Nutte gemacht? Haste was Interessantes dabei gefunden?"

„Ich … ich … hab …", stößt der Gorilla atemlos hervor, „keine Ahnung, wovon du redest …"

Erneut drückt Siggi ihm den Kopf in den Pool. Er sieht sich schnell um, aber hinter der Glastür zum Club ist niemand. Trotzdem kann er sich nicht unendlich Zeit lassen.

Als er ihn das nächste Mal Luft holen lässt, beginnt der Gorilla sofort zu Plappern. „Da war nix, nur Stofftier und Kleingeld und Klamotten und so'n Scheiß, aber ich hab unsern Doc gesehen, wie er's ausem Müll geholt hat am nächsten Tag ..."

„Warum sollte er das tun?"

„Weiß ich nicht, der Typ ist fertig, total am Arsch, haste das nicht gemerkt?"

Doch hatte er. Aber vielleicht war das nicht alles. Vielleicht hat der gute Doktor was in den Sachen gefunden, einen Hinweis darauf, wo die Nutte das Geld gebunkert hat.

„Sonst noch was?"

„Was soll denn noch sein? Du hast die Alte doch halbtot bei uns angeschleppt, verdammt nochmal ..."

Erneut drückt Siggi ihm den Kopf unter Wasser, diesmal aber aus schierem Frust, denn es gibt nichts, was er ihm sonst noch verraten könnte.

Als er von ihm ablässt, spuckt der Gorilla Wasser und ringt nach Atem. Siggi nutzt die Zeit, während der Mann noch außer Gefecht ist, um zu verschwinden. Diesmal braucht er zwei Anläufe, um die Sichtschutzwand zu überwinden. Beim Sprung auf die andere Seite fällt er fast vornüber auf die Schnauze, kann sich aber im letzten Moment fangen und humpelt davon.

Groß-Gerau, Nordsiedlung

Alexander Bühler sitzt in seiner Küche und nippt an einer Tasse Kaffee, die er mit einem Schuss Cognac aufgepeppt hat. Der Junge schläft noch. Er liegt noch genauso auf der Couch, wie er ihn gestern Abend verlassen hat, nur die dünne Decke hat er wegen der Hitze von sich gestrampelt.

Die Geräusche des Samstagmorgens dringen durch das gekippte Fenster zu ihm in den kleinen Raum: Jemand kehrt den Bürgersteig, ein Hund bellt, der alte Schubert erzählt irgendwem, den es wahrscheinlich nicht interessiert, was er gegen die Hitze macht, um nicht den Heldentod zu sterben. Er sagt tatsächlich „Heldentod" und lacht dabei. Bühler steht auf und schließt das Fenster trotz der Wärme, die sich bereits so früh am Morgen in der Küche staut.

Karin Schneiders Sohn ist also verstorben. Von einem Heldentod kann bei Sascha allerdings nicht die Rede sein, wohl eher von elendigem Verrecken. Die Schneider war heute Früh jedenfalls sichtlich angefasst.

„Eigentlich bin ich jetzt frei", hat sie in der Straßenbahn zu ihm gesagt. „Aber was fange ich damit an?"

Bühler hat sofort verstanden, was sie meint. Man kann nicht einfach wieder so in ein normales Leben zurückkehren. Nicht wenn man das getan hat, was sie getan haben. Als die Schneider am Allerheiligentor ausstieg, hat er ihr gewinkt und darüber nachgedacht, was er in ihrer Situation tun würde. Ihm war nichts eingefallen, aber wahrscheinlich würde er nicht anders reagieren wie sie, und das war eine furchtbar traurige Erkenntnis.

Auf einmal steht Cosmin in der Küchentür und reibt sich die Augen, er lächelt, sieht Bühler jedoch nicht dabei an.

„Na? Ausgeschlafen?"

Der Junge klettert auf den Stuhl ihm gegenüber und sieht sich auf der verkrümelten und mit Flecken übersäten Tischplatte um, als suche er etwas.

„Hunger? Soll ich dir Frühstück machen?", fragt Bühler, ohne mit einer Antwort zu rechnen, aber Cosmin nickt.

Während er kurz darauf sein Toastbrot mit Butter kaut, blättert der Junge in der letzten Ausgabe des Groß-Gerauer Veranstaltungsmagazins „Dibbegugger", das er unter dem Stapel mit Gratiszeitungen und Prospekten am Tischende hervorgezogen hat. Immer wieder kehrt er zur Titelseite zurück, auf der das Freibad mit dem Zehnmeterturm abgebildet ist.

„Kannst du schwimmen?", fragt Bühler. Diesmal antwortet der Junge nicht, sodass er es mit der Übersetzungs-App versucht.

Cosmin sieht ihn mit großen Augen an, als müsse er gründlich über die Frage nachdenken, dann zuckt er mit den Achseln und wendet sich wieder dem Titelfoto zu.

Alexander Bühler war seit seiner Jugend nicht mehr im Gerauer Freibad. Sylvia mochte Schwimmbäder im Allgemeinen nicht, sie zog Badeseen vor. Auf der Website der Bäderbetriebe erfährt er, dass man wegen der Pandemie nicht einfach eingelassen wird, sondern vorab ein dreistündiges Intervall buchen muss. Das Freibad öffnet um 10 Uhr, Zeit genug also, um sich noch für das erste Besuchsintervall anzumelden und Cosmin vorher eine Badehose zu besorgen ...

Als sie eine Stunde später das Bad betreten, sind lediglich ein paar Seniorenschwimmer im großen Becken, die gemütlich ihre Bahnen ziehen. Cosmin folgt ihm die Treppe hinunter auf die Liegewiese, wo Bühler ihre Handtücher ausbreitet und sich das Hemd aufknöpft. Ein paar Meter weiter schmiert eine junge Mutter ihren Sohn, der etwas jünger als Cosmin wirkt, von oben bis unten mit Sonnenschutzcreme ein und ermahnt ihn, seine Baseballkappe aufzusetzen, damit er keinen Sonnenstich bekommt.

„Aua, Bienenstich, Bienenstich!", schreit der Junge daraufhin aufgeregt und die Mutter lacht.

Bühler hat natürlich weder an Creme noch an einen anderen Sonnenschutz gedacht. Noch nicht einmal eine Flasche Wasser hat er eingepackt. Cosmins neue Badehose ist orange und ihm etwas zu groß. Die sportiven neongrünen Streifen an der Seite wollen irgendwie so gar nicht zu dem mageren, introvertierten Jungen passen. Ob er Cosmin mit dem Schwimmbadbesuch eine Freude macht, ist schwer zu sagen, denn er reagiert auf den gemeinsamen Ausflug bisher so, wie er auf fast alles reagiert: duldsam und nur mäßig an seiner Umwelt interessiert.

Seine Versuche, ihn in das Schwimmbecken mit mittlerer Tiefe zu locken, sind dann auch nicht von Erfolg gekrönt. Bühler steht bis zu den Oberschenkeln im Wasser und Cosmin betrachtet ihn neugierig vom Beckenrand. Die anderen Kinder drängen sich an ihm vorbei, springen vom Beckenrand oder schießen halbliegend die Rutschbahn hinunter in den Pool, aber Cosmin zuckt jedes Mal zusammen, wenn Wasser aufspritzt. Er weicht vor dem Beckenrand zurück und schlingt in einer Art Selbstumarmung die Arme um seinen mageren Oberkörper.

Bühler steigt aus dem Becken und kehrt mit dem erleichtert wirkenden Jungen zu ihrem Handtuchlager zurück. Um wenigstens etwas Schutz vor der Sonne zu haben, zieht er die Handtücher ein Stück weiter zurück unter einen schattenspendenden Baum.

„Wir müssen nicht ins Wasser, okay? Ich dachte nur ...“

Der Junge liegt auf dem Rücken und starrt in den wolkenlosen Himmel, lässt den Blick über die Wiese wandern. Die sanfte Bewegung des Sonnensegels über dem Babybecken entlockt ihm ein schwaches Lächeln. Es war eine Schnapsidee hierherzukommen, denkt Bühler und spürt, wie die Müdigkeit in ihn hineinkriecht. Eigentlich könnten sie jetzt sofort wieder gehen, aber es ist, als hätte ihm jemand von einer Minute auf die andere sämtliche Kraft geraubt. Als er sich mit dem Unterarm über den Augen auf dem Badetuch ausstreckt, schläft er sofort ein.

Bühler erwacht, weil das Licht sich verändert hat. Die Sonne ist gewandert und der einstige Schattenplatz liegt nun ungeschützt in der prallen Hitze. Es dauert einen Moment, bis ihm klar wird, wo er sich befindet, seine Haut spannt unangenehm und sein Mund ist trocken. Als er sich aufrichtet, erfasst ihn ein leichter Schwindel und sein leerer Magen zieht sich schmerzhaft zusammen.

Glocken läuten, es ist schon Mittagszeit. Die große Schwimmbaduhr über der Hecke, die das erhöht liegende große Becken zur Liegeweise hin abschirmt, kann Bühler in der Ferne nur verschwommen sehen.

Die Frau mit dem Jungen hat ihren Standort verlagert, sie trägt jetzt einen Strohhut und sitzt unweit von ihm entfernt im Halbschatten, ihr Sohn verdrückt gerade zufrieden eine Portion Pommes mit Ketchup.

Der Junge. Cosmin.

Bühler sieht sich um, das Handtuch neben seinem ist leer. Warum muss die kleine Ratte ihm nur immerzu davonlaufen?

„Suchen Sie ihren Sohn?", fragt die Frau mit dem Sonnenhut.

Bühler versucht aufzustehen, fällt aber gleich wieder um. Seine Beine fühlen sich an, als wären sie aus Gummi.

„Der ist da hoch", sagt die Frau und deutet zur Treppe hinüber, die zum oberen Schwimmbereich führt. „Vielleicht zum Kiosk?"

„Ja, ja …", stammelt er, „ja, das könnte sein."

Endlich schafft er es auf die Beine, macht ein paar vorsichtige Schritte und bemerkt mit Erleichterung, dass ihn seine Füße tragen. Das Schwindelgefühl weicht, jetzt kann er auch die Zeit auf der Schwimmbaduhr ablesen, es ist kurz nach zwölf, er hat also fast zwei Stunden geschlafen.

Vor dem Kioskcontainer sitzen ein paar Badegäste unter Sonnenschirmen, essen Wurst und trinken Cola, Kinder stehen an dem Verkaufsfenster an und wollen Eis, Pommes, Gummitiere. Cosmin ist nirgends zu sehen.

Wenn er das Bad verlassen hat, finde ich die kleine Kröte nie wieder, denkt Bühler.

Ein Mann mit stark behaarter Brust und mehreren verblassten Tattoos auf den massigen Oberarmen kommt mit einer Dose Bier vom Kiosk und fläzt sich auf einen der Gartenstühle. Biertrinken wäre jetzt eine verlockende Alternative, denkt Bühler, aber dann schaut er rüber zum Springerbecken und sieht auf der obersten Plattform des Sprungturms Cosmin stehen, die Signalfarben seiner neuen Badehose glänzen in der Sonne. Der Junge sieht abwechselnd nach unten ins Wasser und dann wieder nach oben in den Himmel, er hält sich in sicherem Abstand von der Absprungkante und jedes Mal, wenn jemand nach oben kommt, um einen Sprung zu wagen, zieht er sich bis an das hintere Geländer zurück.

Bühler überlegt, ihn zu rufen, aber dann entscheidet er sich dagegen und steigt vorsichtig die Treppe zum Turm hinauf. Er darf auf keinen Fall nach unten sehen, sonst würde er in einen Strudel gezogen und kopfüber in die Tiefe stürzen. Auf dem Fünfer pausiert er. Zwei Jungs, kaum älter als Cosmin, lehnen dort am Geländer und unterhalten sich lautstark, verstummen aber sofort, als sie ihn sehen. Bühler lächelt gequält und nimmt den Aufstieg zur nächsten Plattform in Angriff.

Auf dem Zehner weht ein warmer, aber kräftiger Wind, den man unten gar nicht erwartet hätte. Cosmin ist wieder allein. Er steht in der Mitte der Plattform, legt den Kopf schief und scheint auf irgendetwas zu lauschen, aber außer dem leisen Heulen des Windes und den Geräuschen, die vom Becken her hochgetragen werden, ist hier oben nichts zu hören.

„Cosmin", sagt Bühler vorsichtig, „Cosmin, was machst du hier oben?"

Der Junge dreht sich um und sieht ihn mit diesem entrückten Gesichtsausdruck an, den Bühler schon von ihm kennt.

„Komm, wir gehen wieder runter!"

Bühler vermeidet es, auf der Plattform weiter nach vorne zu gehen, aus Angst, dass ihm beim Blick in die Tiefe schwindelig wird.

„Komm jetzt bitte", sagt er noch einmal, und der Junge folgt ihm widerstandslos den Turm hinunter.

Am Kiosk kauft er sich ein Bier und eine Portion Pommes Frites für Cosmin, der jedes einzelne Kartoffelstäbchen ausgiebig betrachtet, bevor er es sich in den Mund steckt.

Was stimmt eigentlich mit dem Jungen nicht? Vielleicht hat er eine Form des Asperger-Syndroms wie Greta Thunberg, nur dass er im Gegensatz zu dem Schwedenmädchen weniger an seiner Umwelt, geschweige denn am Klimawandel oder sonstigen altruistischen Zielen Interesse zu haben scheint. Auf einmal wird ihm klar, weshalb Cosmin hierher wollte: Es war der Turm. Das Schwimmbad an sich hat ihn nicht wirklich interessiert, es war der Sprungturm, der ihn auf der Titelseite des „Dibbegugger" so fasziniert hat.

Bühler leert seine Dose, der zweistündige Schlaf auf der Liegewiese hat ihn nicht wirklich erfrischt, eher im Gegenteil. Die Sonne und das Bier und die Aufregung um den Jungen tun ihr übriges. Außerdem spürt er, dass er sich wahrscheinlich einen üblen Sonnenbrand geholt hat. Er muss nach Hause und dringend noch etwas schlafen, bevor er heute Abend wieder seinen Dienst antreten muss. Die nächsten drei Nächte hätte er dann frei, selbst die skrupellosesten Kriminellen wissen, dass man eine Kuh nicht gleichzeitig melken und schlachten kann.

Als sie das Freibad verlassen, hat sich eine Warteschlange am Einlass gebildet, die Fahrradständer entlang der Außenwand sind fast alle besetzt. Auf der Straße gibt es keine Parkplätze mehr, ein Auto hält und zwei Kinder in Badesachen springen heraus, der winkende Vater fährt los und erwischt beinahe einen entgegenkommenden Radfahrer, der ihm auf der falschen Fahrbahnseite entgegenkommt. Beide bremsen und beschimpfen sich gegenseitig. Die verdammte Hitze, denkt Bühler, die verdammte Hitze macht alle vollkommen wahnsinnig.

***

Im Haus ist es angenehm kühl, weil er diesmal rechtzeitig die Rollläden heruntergelassen hat, bevor sie ins Freibad aufgebrochen sind. Im Wohnzimmer schaltet er den Ventilator ein und zappt durch die Fernsehkanäle, bis er einen Sender gefunden hat, in dem Zeichentrickfilme laufen.

„Ich lege mich jetzt oben schlafen. Du bleibst im Haus und haust auf keinen Fall wieder ab, ist das klar?", diktiert Bühler in sein Handy, hält es Cosmin mit hochgezogenen Augenbrauen hin und spielt die rumänische Übersetzung ab.

„Nix abhauen", sagt der Junge und grinst.

„Genau, eigentlich ganz einfach, oder?"

Cosmin grinst immer noch, hat sich aber bereits dem Fernseher zugewandt, wo gerade Werbung für Süßigkeiten läuft.

Im Badezimmer im ersten Stock steht noch etwas von der Feuchtigkeitslotion, mit der Sylvia sich früher immer eingecremt hat. Der Geruch nach Vanille weckt wehmütige Erinnerungen, als er die Lotion vorsichtig auf den brennenden, geröteten Hautpartien aufträgt. Wenn sie Kinder gehabt hätten, hätte Sylvia sie niemals vor dem Fernseher geparkt. Aber Cosmin ist nicht sein Kind und Sylvia ist tot, also verbietet er sich, weiter darüber nachzudenken.

Als er vom Bad über den Flur ins Schlafzimmer geht, hört er, wie der Junge unten lauthals lacht, die überdrehten Stimmen und die schrille Musik aus dem Fernseher lassen auf ein rasantes Geschehen schließen, das Cosmin offenbar vollkommen in seinen Bann geschlagen hat.

Er träumt unruhig an diesem Nachmittag, kann sich aber später nur an ein unbestimmtes Gefühl der Bedrohung erinnern. Die Traumbilder, die ihn eben noch gequält haben, lösen sich mit dem Aufwachen fast sofort auf und sind auch durch intensives Nachdenken nicht mehr zu erreichen. Vielleicht auch besser so, denkt Bühler, steht auf, schleppt sich ins Bad und pinkelt im Stehen, sich mit einer Hand an der Wand abstützend.

Im Spiegel sieht er, dass er sich auch die Stirn verbrannt hat, die Haut an Schultern und Rücken spannt und brennt. Erneut cremt er sich mit Sylvias Lotion ein, und als er wenig später nach unten geht, hört er den Jungen Klavier spielen.

Cosmin hat die Augen beim Spielen geschlossen und bemerkt ihn gar nicht. Im Wohnzimmer läuft immer noch der Fernseher, ein Kinderreporter stellt einem onkelhaft lächelnden Mann im weißen Kittel Fragen über die Corona-Pandemie. Bühler geht rüber in die Küche, nimmt eine gut gekühlte Dose Bier aus dem Kühlschrank und öffnet sie. Zeit fürs Frühstück.

Sonntag, 25.Juli 2021

Frankfurt, Osthafen

Gegen halb sechs am Morgen parkt Siggi den Camaro am Fahrbahnrand in der Riederhofstraße. Die Tore der Werkshöfe und Firmen sind alle geschlossen, so früh am Sonntagmorgen ist die Gegend wie ausgestorben. Er erreicht die Schielestraße und schlägt sich durch das Loch im Zaun auf das abgesperrte Gelände des alten Gaswerks. Er geht davon aus, dass die Notarztbesatzung im Turm auch heute um dieselbe Zeit Feierabend macht, und hat deshalb darauf verzichtet, erneut die halbe Nacht in irgendeinem Gebüsch zu verbringen.

Tatsächlich verlässt die Crew den Turm um Punkt sechs, und alles spielt sich haargenau so ab wie am gestrigen Morgen: Die Tür verriegelt sich selbst, das Licht über dem Eingang erlischt, der Gorilla geht in Richtung Hafen davon, die Schwester und der Doc steuern die Schielestraße an. Siggi folgt den beiden in sicherem Abstand, steigt wenig später mit ihnen in die Straßenbahn und verbirgt sein Gesicht hinter einer Zeitung, die jemand auf dem Sitzplatz neben seinem zurückgelassen hat. Jedes Mal, wenn die Bahn hält, schaut er verstohlen über den Rand des Blattes, um mitzubekommen, ob einer der beiden aussteigt. Ein bisschen lächerlich kommt er sich bei der Detektivspielerei vor, aber so wie die Dinge liegen, ist der undurchsichtige Arzt seine einzige Hoffnung an die Kohle zu kommen.

Als sich die Bahn der Haltestelle Allerheiligentor nähert, steht die alte Krankenschwester auf. Der Arzt berührt sie leicht am Arm und sie lächelt. Siggi kann nicht hören, über was die beiden reden. Einen Moment lang sieht es fast so aus, als wolle der Doc mit ihr aussteigen, aber dann lässt er sich in seinen Sitz zurückfallen und winkt ihr durchs Fenster zu, als die Bahn sich wieder in Bewegung setzt.

Im Bahnhofsviertel steigt der Arzt aus, holt sich an einem Kiosk eine Dose Bier und einen Cognac, den er in seinen Flachmann umfüllt, die Dose knackt er sofort und trinkt sie auf dem Weg in den Bahnhof. Am Sonntagmorgen ist in der Halle vor den Bahnsteigen zum Glück nicht so viel Betrieb wie an den Wochentagen, sodass er dem Mann in einigem Abstand folgen kann, ohne ihn dabei aus den Augen zu verlieren. An Gleis 1 drückt er die leere Bierdose einem Penner in die Hand, der dort gerade die dreigeteilten Mülleimer durchwühlt, und steigt in die wartende S-Bahn.

Riedstadt – Goddelau steht auf der Anzeigetafel über dem Wagenfenster. Siggi hat sich schon gedacht, dass der gute Herr Doktor außerhalb wohnt. Allerdings hätte er bei seinem Wohnort eher auf den Taunus getippt.

Im Abteil sitzen kaum Fahrgäste. Er hält sich im Rücken des Arztes und ärgert sich, dass er die Zeitung aus der Straßenbahn nicht mitgenommen hat, merkt aber schon bald, dass eine Tarnung kaum notwendig ist, weil sein Beobachtungsobjekt stur auf den Boden zwischen seinen Füßen starrt und lediglich ab und zu einen großen Schluck aus dem Flachmann nimmt.

Als sie Niederrad erreichen, lehnt der Doc den Kopf gegen die Scheibe und scheint einzudösen. Siggi liest die weiteren Stationen von dem Info-Bildschirm über den Sitzreihen ab. Die Strecke führt über das Stadion und an Mörfelden vorbei bis ins Ried. Kurz bevor der Zug in Groß-Gerau hält, kommt Leben in den Arzt, er erhebt sich, hält sich an der Schlaufe im Mittelgang fest und bewegt sich schwerfällig auf den Bereich mit den Türen zu. Groß-Gerau also, denkt Siggi, schau an, so klein ist die Welt.

Sie sind die einzigen beiden Fahrgäste, die hier aussteigen. Er folgt dem arglosen Mann in sicherem Abstand durch die nach Urin stinkende Unterführung. Auf der anderen Seite vor dem Bahnhofsgebäude zieht der Arzt einen Schlüssel aus der Tasche, drückt einen Knopf und die Lichter an einem am Straßenrand geparkten BMW leuchten kurz auf. Siggi reagiert sofort und steuert auf den Taxistand zu. Ein schmerbäuchiger Glatzkopf mit buschigem Oberlippenbart lehnt an dem einzigen dort wartenden Mercedes und liest in der „Bild am Sonntag".

„Fahren Sie dem Wagen da hinterher", sagt Siggi und deutet über die Straße zu dem BMW.

Der Fahrer klappt betont langsam seine Zeitung zusammen und sieht Siggi gelangweilt an. Währenddessen hat der Doc seinen Wagen angelassen und setzt nun ein Stück zurück, um ausparken zu können.

„Gibt es ein Problem?"

„Kein Problem", entgegnet der Fahrer und steigt ein. „Sind Sie von der Polizei oder sowas?"

„Fahren Sie einfach dem schwarzen BMW nach, okay?", knurrt Siggi, der auf dem Rücksitz Platz genommen hat.

Als Bühler an ihnen vorbeifährt, schaltet der Fahrer den Taxameter ein und fährt an. Siggi merkt, wie ihn der dicke Typ im Rückspiegel mustert. Sollte er jemals nach seinem Fahrgast an diesem Sonntagmorgen gefragt werden, würde er Siggi wahrscheinlich in allen Einzelheiten beschreiben können …

Sie fahren über den Südring, und Siggi ist sich fast sicher, dass der BMW am Krankenhaus abbiegen und ins Neubaugebiet auf Esch fahren wird, was aber nicht passiert. Auch die Abzweigung nach Wallerstädten an der Aral Tankstelle lässt der BMW links liegen und bewegt sich in Richtung Ortsausgang, wo er schließlich auf den Nordring abbiegt. Hinter dem Friedhof biegt der Doc ab und nimmt die Brücke in Richtung Niederwaldsee. Der Taxifahrer folgt ihm in gebührendem Abstand, aber da sonst kaum jemand so früh unterwegs ist, dürfte es unwahrscheinlich sein, dass der Doc sie noch nicht bemerkt hat. Vor dem Waldstück biegen sie ins Gewerbegebiet ab und am Ende der Straße, am Netto-Markt, setzt der BMW den Blinker nach links. Er bleibt auf der Bundesstraße in Richtung Mörfelden und biegt erst wieder an der letzten Möglichkeit vor dem Autohaus in die Siedlung ab.

Die schmale Straße ist gesäumt von Ein- und Zweifamilienhäusern, in den Vorgärten verteilen Rasensprenger Sprühregen über den Rasenflächen. Hier ist Siggi noch nie zuvor gewesen. Er sieht schon, wie die Straße ein Stück weiter vorne endet, in unbebautes Gelände und Äcker übergeht, als der BMW in die Auffahrt des letzten Hauses auf der linken Seite abbiegt.

Feldrandlage, denkt Siggi, provinzielle Idylle. Zu dem Taxifahrer sagt er: „Nicht anhalten. Einfach weiterfahren jetzt!"

„Zum Schützenhaus?"

„Einfach weiterfahren, sage ich …"

Der Fahrer brummt eine unwirsche Zustimmung. Als sie die Häuserreihe hinter sich lassen, sieht Siggi ein Waldstück in der Ferne und davor einen langgezogenen Bau.

„Da vorne will ich raus", sagt Siggi und deutet auf das Haus, in dem offenbar eine Gaststätte untergebracht ist.

„Schützenhaus, sag ich doch …", entgegnet der Fahrer beleidigt und fügt hinzu: „Die haben aber so früh noch nicht auf …"

„Ich will spazieren gehen …"

„Klar doch, was sonst …?"

Spätestens mit seiner letzten Bemerkung hat sich der Dicke was auf die Schnauze verdient, aber dann würde er wahrscheinlich postwendend zu den Bullen rennen und die kann Siggi nun überhaupt nicht gebrauchen. Anstatt ihm also eine zu verpassen, zahlt er die Fahrt und gibt dem Dicken sogar noch Trinkgeld, für das er sich noch nicht mal bedankt. Siggi sieht dem abfahrenden Mercedes hinterher, dann macht er sich auf den Weg zurück in die Siedlung.

Groß-Gerau, Nordsiedlung

Bühler hat das Taxi bemerkt, sich aber nichts dabei gedacht. Die Abkürzung über den Nordring und die Brücke am Friedhof ist nun wirklich kein Geheimtipp mehr.

Er betritt sein Haus, zieht im Flur die Schuhe aus, hält inne und lauscht. Da ist ein Geräusch, das er nicht einordnen kann. Es hört sich wie ein leises Schmatzen an. Vielleicht beginnt er ja jetzt schon vor Müdigkeit zu halluzinieren, wobei der Minutenschlaf in der S-Bahn ihn erfrischt hat. Bühler zieht den Flachmann aus der Tasche und trinkt den letzten Schluck Cognac, bevor er die Wohnung betritt.

Auf der Couch im Wohnzimmer sitzt Cosmin und füttert den Nachbarshund mit Serrano-Schinken. Ringo wedelt verhalten mit dem Schwanz, als er Bühler bemerkt, und richtet seine Konzentration dann wieder vollständig auf die letzte Scheibe Wurst, die Cosmin gerade aus der Verpackung puhlt.

Die Terrassentür ist offen, der Rollladen davor nur zur Hälfte heruntergelassen. Offenbar hat Ringo wieder ein Loch im Zaun gefunden. Bühler zieht den Rollladen vollständig nach oben, die Terrasse liegt noch zur Hälfte im Schatten. Er geht die Steintreppe nach unten in den Garten und spürt das vom Morgentau noch nasse Gras unter seinen nackten Sohlen.

Er findet das Loch im Maschendrahtzaun hinter einer Hecke und späht hinüber in den Garten seines Nachbarn. Der alte Schubert sitzt mit zurückgelegtem Kopf und offenem Mund in seinem Liegestuhl und schnarcht. Die Bild-Zeitung liegt auseinandergefaltet über seinem Schoß, eine Tasse Kaffee dampft neben ihm auf einem kleinen Beistelltisch.

Bühler überlegt gerade, wie er seinen Nachbarn am schonendsten wecken kann, als Ringo hinter ihm aus dem Haus in den Garten gestürmt kommt, das Adlerstofftier in seinem Maul. Cosmin folgt ihm hysterisch zeternd in Unterhose die Treppe hinunter, aber Ringo ist schneller. Der alte Schubert erwacht von dem Lärm, schreckt auf, sodass ihm die Zeitung vom Schoß rutscht und auf den Boden fällt. Verwirrt sieht er sich um.

Ringo will unterdessen seine Beute durch das Loch im Zaun zerren. Bühler greift instinktiv nach dem Stofftier, was der Hund offenbar als Aufforderung zum Spielen missversteht. Er zerrt an dem Adler, dessen Nähte schließlich aufplatzen, und im nächsten Moment hat Ringo den Adlerkopf in der Schnauze, während Bühler den Torso des Maskottchens in den Händen hält.

Der Hund flüchtet mit seinem Teil der Beute in den Nachbargarten, wo der alte Schubert aufgesprungen ist. Ringo legt ihm den Adlerkopf zu Füßen und wedelt seinen Herrn erwartungsvoll an.

„Was hast du denn jetzt schon wieder angestellt!"

„Er hat sich das Stofftier des Kleinen geschnappt ...", entgegnet Bühler und deutet auf den abgerissenen Adlerkopf.

Der Nachbar stöhnt, bückt sich und hebt den Kopf auf. „Das tut mir leid, wirklich, ich dachte der Zaun ist wieder sicher ..."

Bühler sieht den wie gelähmt wirkenden Cosmin auf der Terrasse stehen. Die Augen des Jungen sind weit aufgerissen, er schnappt nach Luft, sein Kinn zittert. So aufgewühlt hat Bühler ihn bisher noch nicht erlebt. Cosmin dreht sich um und stolpert zurück ins Haus. Bühler nimmt den Kopf des Stofftiers über den Gartenzaun hinweg entgegen und akzeptiert die Entschuldigungen des Nachbarn mit einem Achselzucken.

Im Wohnzimmer findet er Cosmin auf der Couch vor, die Knie unters Kinn gezogen, das Gesicht tränenüberströmt.

„Das kann man bestimmt wieder annähen ...", sagt Bühler etwas hilflos und starrt auf die weiße Füllung, die aus dem Hals des Stoffadlers quillt. Der Kopf sieht noch schlimmer aus und klebt vom Speichel des Hundes.

Als er mit den Fingern das Loch im Torso betastet, spürt er einen harten flachen Gegenstand und zieht ihn vorsichtig heraus. Es ist eine Plastikkarte, auf die ein mehrstelliger Zahlencode geprägt ist. Die Rückseite des Kärtchens ist mit silbernem Panzerband umwickelt, unter dem sich die Konturen eines Schlüssels abzeichnen.

***

Siggi kauert im Gebüsch hinter dem Haus, in dem der Doc verschwunden ist. Dieses ständige in der Pampa Herumkriechen muss definitiv aufhören. Aber diesmal scheint er wenigstens auf der richtigen Spur zu sein. Als der Doc mit dem Hund nach draußen gekommen ist, hat er sich noch nichts gedacht, aber dann rannte plötzlich ein kleiner Junge auf die Terrasse und heulte rum ...

Erst war es nur so ein Gefühl. Woher kannte er die kleine Ratte nur? Und dann fiel es ihm ein. Er zog das Handy der Nutte hervor und scrollte sich erneut durch die Bildergalerie. Bereits beim zweiten Foto erkannte er den Buben wieder. Bleibt nur die Frage, wie er hierhergekommen ist und in welcher Beziehung er zu dem mysteriösen Arzt steht. Die Szene, die sich im Garten vor seinen Augen abspielte, war purer Slapstick: der durchgedrehte Hund mit dem Stofftier, der heulende Junge, der Doc, der sich mit dem Köter um das Stofftier stritt. Dann noch der Alte im Nachbargarten, der aus seinem Liegestuhl fiel und auch noch zu krakeelen anfing. Auf einmal war alles wieder ruhig, die beiden Erwachsenen

225

sprachen am Gartenzaun, der Junge verschwand im Haus und der Hund jagte seinem eigenen Schwanz nach.

Jetzt ist der Köter allein im angrenzenden Garten. Als Siggi sich bewegt, raschelt es im Gebüsch, und das Tier hebt den Kopf, spitzt die Ohren und fängt an zu knurren.

Scheiße, denkt Siggi und macht sich aus dem Staub. An der Ecke, wo das Grundstück endet und in offenes Feld übergeht, ist das Haus durch eine hohe Hecke abgeschirmt. In der anderen Richtung erstreckt sich das Wohngebiet: Am Straßenrand parken Autos, die Fenster in den Einfamilienhäuschen stehen weit offen. Jemand steht auf einem Balkon und blinzelt in die Sonne. Ein grauhaariger Mann kommt auf einem Fahrrad mit Lastenkorb die Straße heruntergefahren, er hält an jedem Haus und steckt Prospekte in die Briefkästen und Zeitungsrollen.

Es ist nur eine Frage der Zeit, bis irgendwer auf ihn aufmerksam wird und sich fragt, warum er an einem Sonntagmorgen in diesem beschaulichen Wohngebiet herumlungert. Zum Glück ist er mit dem Taxi hergekommen – wenn auch noch sein roter Camaro um die Ecke parken würde, wären ihm die neugierigen Blicke aus der Nachbarschaft so gut wie sicher.

Während Siggi mehr oder weniger ratlos vor dem Haus steht, öffnet sich die Haustür und der Doktor kommt heraus. Er hat sich umgezogen, trägt jetzt Jeans, Poloshirt und eine Sonnenbrille. In der Auffahrt sieht er sich um und Siggi geht einen Schritt zurück, sodass die Hecke ihn verbirgt. Als nächstes hört er, wie der Motor des BMW angelassen wird. Vorsichtig tritt er wieder hinter der Hecke hervor und sieht, wie der Wagen rückwärts aus der Auffahrt setzt, einschlägt und davonfährt. Gerade erst nach Hause gekommen von seinem Nachtdienst und schon wieder auf Achse? Siggi wüsste zu gern, was wohl dahintersteckt. An eine erneute Verfolgung ist natürlich nicht zu denken, der BMW ist bereits fast am Ende der Straße angelangt und biegt nach rechts auf die Bundesstraße ab.

Weil er nicht weiß, was er sonst tun soll, und um den neugierigen Blicken aus der Nachbarschaft zu entkommen, schlägt er sich erneut in das Buschwerk hinterm Haus. Der Hund im angrenzenden Garten ist nicht mehr zu sehen. Die Terrassentür des Doktors ist nicht geschlossen, lediglich der Rollladen ist zur Hälfte heruntergelassen. Nicht nachdenken, handeln.

Siggi steigt über den verwitterten Holzzaun und ist mit ein paar schnellen Schritten auf der Terrasse. Irgendwo in der Nachbarschaft spielt jemand Klavier. Er sieht sich noch einmal um, bückt sich und schlüpft unter dem Rollladen hindurch in das Wohnzimmer des Doktors. Das Erste, was er wahrnimmt, ist dass die Klaviermusik lauter wird. Irritiert registriert er, dass das Geklimper offenbar aus dem Haus kommt. Das Wohnzimmer ist leer, eine zerknautschte Decke und ein Kissen liegen auf dem großen Sofa, eine Bücherwand dominiert den Raum, ein kleiner Fernseher steht auf einem Beistelltisch, halbvolle Flaschen Whisky und Cognac stehen auf dem Fensterbrett, der Raum riecht trotz der offenen Terrassentür stickig nach verbrauchter Luft.

Er tastet sich an der Wand entlang zur Tür, gegenüber liegt eine unaufgeräumte kleine Küche, linker Hand der Flur, der am anderen Ende in einem schmalen Treppenhaus endet, davor gehen zwei Zimmer ab. Die Tür zum ersten Zimmer steht offen. Dort sitzt der Junge mit geschlossenen Augen an einem Klavier und klimpert wie in Trance irgendeinen klassischen Mist.

Siggi beobachtet ihn eine Zeitlang, macht einen Schritt nach vorn, lehnt sich in den Türrahmen und sagt: „Hey!"

Als der Junge nicht reagiert, fasst er ihm an die Schulter und sagt noch einmal: „Hey!"

Jetzt fährt das magere Bübchen vor Schreck zusammen, hebt zitternd die Hände von den Tasten vors Gesicht und stößt einen erstickten Schrei aus.

Siggi grinst. „Musst keine Angst haben Kleiner, ich bin ein guter alter Freund deiner Mama ..."

Frankfurt am Main

Alexander Bühler stellt den BMW im Parkhaus am Hauptbahnhof ab und steigt in die S-Bahn zur Galluswarte. Er ist übernächtigt und müde, aber der Fund der Karte und des Schlüssels haben ihm keine Ruhe gelassen. Wegen seiner nachlassenden Reaktionsfähigkeit wäre es wohl besser gewesen, wieder den Zug zu nehmen, aber sonntags ist auf den Straßen weniger los und er ist gut durchgekommen.

In der S-Bahn sind überwiegend Touristen und Freizeitmenschen sowie ein paar Jugendliche, die alkoholische Süßgetränke bechern, rumrülpsen und lautstrak dumme Sprüche reißen. Bühler sieht durch sie hindurch, manchmal sieht er seine Umgebung nur unscharf, dann muss er blinzeln und sich die Augen reiben, um wieder einen klaren Blick zu bekommen.

Von der Warte aus ist es nicht mehr weit und bereits nach wenigen Minuten steht er vor einem mehrstöckigen Gebäude, in dessen Erdgeschoss sich das Main-Lager befindet: Selfstorage – privat und gewerblich, steht auf einem roten Banner über dem Eingang. Mit der Karte gelangt er in das Gebäude und findet schnell die Kofferbox, welche die Frau ein paar Stunden vor ihrem Tod angemietet haben muss. Der Schlüssel passt, in der Box hätten drei bis vier große Koffer Platz, aber darin steht lediglich eine blauweiße Sporttasche.

Geld oder Drogen, denkt Bühler, etwas anderes kommt eigentlich nicht infrage. Jedenfalls enthält die Tasche das, was der Zuhälter und der dicke schwitzende Typ so verzweifelt gesucht haben, als sie die Frau zu ihm in den Turm brachten. Er öffnet den Reisverschluss und sieht sofort die gestapelten Geldbündel. Bühler blickt sich im Flur mit den Kofferboxen um, er ist ganz allein. Offenbar hat die Frau die Männer beklaut, hat die Beute hier deponiert und dafür gesorgt, dass ihr Sohn nach Frankfurt kommt, aber in der Zwischenzeit haben die beiden sie erwischt und versucht, herauszubekommen, wo das Geld versteckt ist – was ihnen augenscheinlich nicht gelungen ist.

Bühler schließt die Box wieder und verlässt mit der Tasche das Lager. Das Gefühl mit einer Sporttasche voller Geld am S-Bahnhof zu stehen, ist vollkommen surreal, er bewegt sich wie in einem Traum, steigt in die Bahn und fährt zurück zum Hauptbahnhof. Er muss nachdenken, kann aber keinen klaren Gedanken fassen. Im Parkhaus verstaut er die Tasche im Kofferraum, setzt sich hinters Steuer und schließt die Augen. Unter ihm warten Fernbusse in Grün und Orange, an der Haltestelle, wo er vor zwei Tagen den merkwürdigen Jungen aufgegabelt hat.

Er schreckt auf, als ein weißer Kleintransporter mit quietschenden Reifen die Rampe heraufkommt und direkt auf ihn zuhält. Er muss wohl für einen Moment eingenickt sein.

Der Transporter stoppt abrupt vor dem BMW und blockiert damit den einzigen Fluchtweg. Scheiße, denkt Bühler, so eine verdammte Scheiße.

Ein Mann im blauen Overall öffnet die Beifahrertür und springt heraus, er schimpft in einer Sprache, die Bühler vage als osteuropäisch identifizieren würde. Der Fahrer lässt das Seitenfenster herunter und lacht, dann gibt er Gas und fährt mit dem Transporter ans andere Ende des Parkdecks, wo er noch einmal den Motor aufheulen lässt und rasant in eine freie Parklücke setzt.

Der Mann im Overall schüttelt den Kopf, sieht Bühler durch die Windschutzscheibe an und hebt entschuldigend die Arme. „Kollege spinnt, ist total verrückt! Durchgeknallter Bosniake!"

Bühler nickt und versucht zu lächeln. Er lehnt sich im Sitz zurück, spürt seinen Herzschlag immer noch im Hals, sieht, wie der Overall-Mann leise vor sich hin schimpfend davongeht. Jetzt ist wieder alles still auf dem Parkdeck, die Geräusche aus der Stadt und vom Bahnhof dringen nur gedämpft herauf.

Auf der Autobahn spürt er, wie das Adrenalin, das ihn die ganze Zeit über wachgehalten hat, abflaut. Er hält sich auf der äußersten rechten Fahrspur und schleicht den Lastern mit 90 Stundenkilometern hinterher, weil er sich nicht traut zu überholen. Als endlich die Abfahrt Groß-Gerau in Sicht kommt, spürt er eine unendliche Erleichterung.

Bühler parkt den BMW in der Auffahrt, steigt aus und öffnet den Kofferraum. Er sieht die blauweiße Sporttasche und auf einmal erfasst ihn ein ungewöhnlich starkes Déjà-vu: Er hat schon einmal hier gestanden, in den Kofferraum geschaut, er hat diese Tasche gesehen, die Sonne im Rücken und Angst in sich aufsteigen gespürt. Bühler schließt die Augen und öffnet sie wieder. Er weiß, dass Erschöpfung und Schlafmangel so etwas auslösen können, aber dennoch schließt er den Kofferraum wieder, ohne die Tasche herauszunehmen.

Er betritt zum zweiten Mal an diesem Morgen sein Haus. Fast glaubt er, Ringos Schmatzen zu hören, der sich erneut ins Haus geschlichen hat, aber diesmal ist alles still. Die Tür zum Klavierzimmer ist geschlossen, der Mann im Wohnzimmer gehört nicht hierher, kommt ihm aber bekannt vor.

„Na? Kleinen Ausflug gemacht?"

„Ich kenne dich, du bist …"

Der Mann ist so schnell bei ihm, dass Bühler keine Zeit hat zu reagieren. Er fühlt den Schlag im Gesicht und wie seine Beine nachgeben, dann kommt ihm der Boden entgegen.

„Ja, wir kennen uns!" Der Mann zerrt ihn auf die Knie, packt ihn am Kinn und presst ihm die Finger in die Wangen. „Und du hast etwas, das mir gehört!"

Jetzt erkennt Bühler in ihm den Zuhälter, der die Frau in den Turm gebracht hat. „Wo ... wo ist denn dein Kompagnon?"

„Mein was? Willst du mich verarschen?"

Der Zuhälter packt ihn und wirft Bühler wie eine Puppe über den Couchtisch, er spürt, wie etwas in seiner Schulter reißt und ein stechender Schmerz in seinen linken Arm schießt.

„Jetzt pass mal gut auf", presst der Zuhälter zwischen zusammengebissenen Zähnen hervor. „Du rückst jetzt die Kohle raus, sonst jage ich erst der kleinen Ratte im Nebenzimmer und dann dir eine Kugel in den Bauch, kapiert?"

Bühler sieht auf dem Rücken liegend den Mann über sich aufragen, der eine Pistole auf ihn richtet und durchlädt. „Ich habe keine Ahnung, wovon Sie reden ..."

„Wie du willst, Doc, dann fange ich jetzt mal mit deinem kleinen Freund an ..."

Der Zuhälter geht in Richtung Klavierzimmer davon. Bühler rappelt sich auf, hält sich die lädierte Schulter und kommt schwankend auf die Beine. Er weiß, dass es vorbei ist. Alles, was er jetzt noch tun kann, ist etwas Zeit zu schinden.

„Ich habe das Geld, aber es ist nicht hier."

Der Zuhälter grinst und kommt zurück ins Wohnzimmer. „Na also, Herr Doktor, warum nicht gleich so, dann gehen wir jetzt ... jetzt ... wir jetzt ... gehen ..."

Bühler registriert, dass etwas nicht stimmt. Der Lauf, der auf ihn gerichteten Pistole, beginnt zu zittern. Das Gesicht des Mannes verzerrt sich. Später wird Alexander Bühler daran denken, dass er den Anfall eigentlich nur hätte abwarten müssen, aber in diesem Moment denkt er nicht, sondern wirft sich nach vorne und versucht, den größeren und kräftigeren Gegner umzureißen.

Der Mann wankt, lässt die Pistole fallen, hält aber dem Angriff stand. Er packt Bühler und auf einmal bewegen sich beide Männer in einer tanzartigen Umklammerung durchs Wohnzimmer. Bühler riecht den faulen Atem und den Schweiß seines Gegners, er spürt, wie ihm die Sinne schwinden, aber dann stürzen sie über den umgekippten Couchtisch. Der Zuhälter fällt einfach nach hinten um, als wäre er eine elektrisch betriebene Puppe, der man den Stecker gezogen hat – und Bühler, der sich an ihn klammert, fällt mit, aber er fällt weich, weil er auf den Körper des Mannes stürzt, dem beim Aufprall die Luft aus den Lungen gepresst wird.

Bäuchlings auf dem leblosen Zuhälter liegend ist Bühler einen Moment lang trotz des Sturzes davon überzeugt, dass der Mann ihn gleich von sich stoßen und endgültig erledigen wird, aber dann spürt er den erschlafften Körper unter sich und sieht, wie sich eine Blutlache neben dem verdrehten Kopf des Mannes bildet. Angeekelt wendet Bühler sich ab. Er kommt auf die Knie, sein Atem geht stoßweise, seine Augen brennen, sein linker Arm fühlt sich taub an. Vorsichtig streckt er den Arm aus und tastet nach dem Puls des Reglosen. Auf allen Vieren krabbelt er davon, lehnt sich mit dem Rücken gegen die Wand und beobachtet den Toten. Er weiß nicht, wie lange er so dasitzt, an nichts Bestimmtes denkt und irgendwann trotzdem versteht, dass der Zuhälter bei seinem Sturz mit dem Hinterkopf gegen die marmorne Fensterbank geschlagen sein muss, und dass ihn das umgebracht und ihm, Alexander Bühler, gleichzeitig das Leben gerettet hat.

Er schließt die Augen, fragt sich, wann er endlich schlafen kann, sein Körper ist am Ende, aber das Hirn immer noch in fiebriger Alarmbereitschaft. Dann hört er Töne, zaghaft angeschlagene Klaviertöne und da erst fällt ihm der Junge wieder ein.

Die Tür zu Sylvias Zimmer ist verschlossen. Bühler sieht sich um und findet den Schlüssel, den der Zuhälter auf dem oberen Türrahmen abgelegt hat.

„Cosmin?", ruft er, bevor er das Zimmer betritt. „Es ist alles in Ordnung, du brauchst keine Angst mehr haben, okay?"

Der Junge sitzt auf der Klavierbank und starrt die Tasten an.

„Es ist alles wieder gut!", sagt Bühler und denkt gleichzeitig, dass das natürlich vollkommener Unsinn ist.

Cosmin schlägt abwesend ein paar Töne an, einen Akkord, dreht sich um und sieht Bühler an, der sich später einreden wird, dass der Junge ihn in diesem Moment angelächelt hat.

Draußen vor dem Fenster ist alles ruhig. Nichts deutet darauf hin, dass jemand mitbekommen hat, was sich in den letzten Minuten hier abgespielt hat. In der Auffahrt steht der BMW mit einer Tasche voller Geld im Kofferraum.

Bühler holt sein Handy und wählt eine Nummer. Er weiß nicht, ob er damit das Richtige tut oder alles nur noch schlimmer macht, aber es ist der einzige Ausweg, der ihm einfällt.

***

Der Anruf kommt unerwartet. Alexander Bühler stottert, lallt, bricht zwischendurch immer wieder ab, entschuldigt sich und spricht dann weiter. Die Geschichte, die er ihr erzählt, ist vollkommen verrückt, aber dennoch zweifelt sie nicht eine Minute an ihrem Wahrheitsgehalt.

„Hör zu …", sagt er schließlich, „wenn du damit nichts zu tun haben willst, verstehe ich das, leg einfach auf. Ich lass dich dann in Ruhe."

Karin Schneider lacht. „So einfach ist das, ja?"

Bühler sagt nichts, sie kann seinen schweren, pfeifenden Atem hören. Er ist sicher nicht total besoffen, aber nüchtern ist er auch nicht. Sie stellt sich vor, wie er mit der Leiche des Zuhälters und dem kleinen Jungen in seiner Wohnung sitzt und nicht weiß, wie es weitergehen soll.

„Du musst mir natürlich verraten, wo du wohnst", sagt sie schließlich.

„Okay, okay", antwortet Bühler und klingt erleichtert. „Wir treffen uns in Groß-Gerau, aber besser nicht in meinem Haus."

Als sie eine knappe Stunde später in Groß-Gerau aussteigt, folgt sie seiner Wegbeschreibung. In der Bahnhofsunterführung wendet sie sich nach links und gelangt auf einen großzügigen Pendler-Parkplatz, auf dem heute, am Sonntag, kaum Autos stehen. Die Geschäfte im angrenzenden Einkaufszentrum haben alle geschlossen, bis auf den Bäckerladen an der Ecke. Die Tische vor dem Laden sind alle besetzt, die Menschen nippen an ihren Getränken, essen Kuchen und recken die Gesichter in die Sonne, die von einem wolkenlosen Himmel herabscheint. An der Theke hat sich eine lange Schlange gebildet, aber die Tische im Inneren des Gastraums sind fast alle frei, weil viele Kunden offenbar nur Brötchen zum Mitnehmen kaufen wollen.

Es dauert einen Moment, bis sie Alexander Bühler an einem der hinteren Tische sitzen sieht. Das Kinn ist ihm auf die Brust gesunken, die Arme hängen schlaff herab. Er lehnt seitlich an der Sichtschutzwand, die zwischen den Tischreihen platziert ist. Die Wand ist das Einzige, was seinen Körper davon abhält, vollständig in sich zusammenzusacken. Der Junge ihm gegenüber sitzt hingegen kerzengerade auf seinem Stuhl, sein Rücken berührt noch nicht einmal die Lehne. Er betrachtet aufmerksam die Bläschen, die in dem Glas Limonade, das vor ihm steht, aufsteigen und an der Oberfläche zerplatzen. Das Zweite, was ihr auffällt, sind die aberwitzigen Klamotten, die Cosmin trägt. Shorts und T-Shirt scheinen neu zu sein, sind dem mageren Kerlchen aber viel zu weit. Die Farbkombination aus Blau und Neongrün ist der Klassiker der Geschmacklosigkeit, dazu rote Turnschuhe mit Klettverschluss. Der arme Junge ist angezogen wie der sprichwörtliche Pfingstochse. Karin nähert sich dem Tisch und sagt: „Hallo Cosmin ..."

Statt Cosmin reagiert Bühler. Er reißt die Augen auf, schnappt nach Luft, fuchtelte mit den Händen in der Luft herum.

Der Junge sieht seine Verrenkungen und lacht.

„Keine Sorge, ich bin's nur ..."

„Oh Gott, Gott sei Dank ... ich dachte schon, du kommst nicht."

„Ich hol uns mal Kaffee ..."

Karin reiht sich in der Warteschlange ein und sieht über die Tische hinweg, wie der Junge immer wieder zu ihr herüberschaut. Alexander sagt etwas zu ihm, hält ihm sein Handy hin und nach einer Weile runzelt der Junge die Stirn und sieht erneut zu ihr herüber. Sie winkt und lächelt ihm zu, aber Cosmin wendet sich ab. Sie wird es versuchen, aber wenn der Junge nicht mit ihr geht, muss sich Alexander was anderes einfallen lassen. Vielleicht wäre das auch besser so.

Als sie an ihren Platz zurückkehrt und die Tassen auf den Tisch stellt, mustert sie der Junge interessiert. Bühler nickt und sagt: „Das ist Karin, sie wird sich um dich kümmern ..."

Der Junge lässt nicht erkennen, ob er verstanden hat, was das bedeutet, sondern wendet sich wieder seiner Fanta zu, von der er noch nicht einen einzigen Schluck getrunken hat.

„Du siehst nicht gut aus", sagt Karin vorsichtig und rührt etwas Milch in ihren Kaffee.

Bühler hebt die Schultern. Er ist unrasiert, sein Gesicht glänzt schweißig, das Polo-Hemd ist am Kragen ein Stück eingerissen, als habe jemand heftig daran gezerrt. Als er die Tasse zum Mund führt, zittert seine Hand.

Karin nimmt auch einen Schluck von ihrem Kaffee, und als Cosmin die beiden Erwachsenen trinken sieht, hebt er sein Glas mit beiden Händen an den Mund und trinkt es in einem Zug zur Hälfte aus.

„Eine durstige kleine Seele …" Karin streckt die Hand aus und streicht dem Jungen über den Kopf. Der lässt es geschehen, sieht Karin dabei aber nicht an.

„Er ist eigentlich sehr brav", sagt Bühler. „Er liebt Musik, er kann Klavier spielen …"

„Vermisst er nicht seine Mutter?"

„Schwer zu sagen. Er scheint alles so hinzunehmen, aber natürlich weiß ich nicht …" Bühler bricht ab und greift nach seiner Tasse, verbrennt sich daran die Finger und flucht. „Ich bin … ich … lange halte ich nicht mehr durch …"

Karin sieht den Jungen an, der ihr jetzt auch einen kurzen scheuen Blick zuwirft. Das ist doch Wahnsinn, denkt sie, ein absoluter Wahnsinn. Als sie ihren Blick wieder auf Alexander Bühler richtet, zieht der gerade eine blauweiße Sporttasche unter dem Tisch hervor und nickt ihr bedeutungsvoll zu.

Eine halbe Stunde später stehen sie zu dritt an Gleis 4 und warten auf die Einfahrt der S-Bahn nach Frankfurt. Außer ihnen sind noch ein Teenagerpärchen und ein alter Mann auf dem Bahnsteig. Als der Zug einfährt und die Türen sich öffnen, drückt Alexander Bühler Karin die Tasche in die Hand und geht in die Hocke, um noch einmal mit Cosmin zu reden, der danach ohne zu murren mit Karin in die Bahn steigt.

„Magst du Alexander nicht winken?", fragt Karin den Jungen, als der Zug sich in Bewegung setzt, aber Cosmin lächelt nur versonnen und sieht nicht aus dem Fenster.

***

Zu Hause ist es still. Bühler geht ins Wohnzimmer und für einen Schreckmoment glaubt er, der tote Zuhälter sei verschwunden, aber dann sieht er ihn zwischen den umgestürzten Möbeln liegen. Seine Augen sind geöffnet, ein Ausdruck ungläubigen Erstaunens liegt auf seinem erstarrten Gesicht.

Die Polizei kommt ohne Blaulicht, aber mit zwei Einsatzfahrzeugen, dicht gefolgt von einem Krankwagen, der mit eingeschaltetem Warnblinker am Straßenrand stehenbleibt. Vier Polizisten springen aus den Streifenwagen, aus dem Krankenwagen zwei Sanitäter, einer der beiden trägt einen Medikamenten-Koffer, der andere einen Notfall-Rucksack. Alexander Bühler steht am Küchenfenster und atmet tief durch.

Als er wenig später zur Vernehmung auf die Wache gebracht wird, sperren die Polizisten sein Grundstück gerade mit rotweißem Flatterband ab. Ein unscheinbarer Kleintransporter steht quer in der Auffahrt, zwei Männer in weißen Overalls steigen aus und laden silberne Koffer aus dem Laderaum. Auf der anderen Straßenseite stehen ein paar Leute aus der Nachbarschaft und recken neugierig die Hälse. Eine junge Polizistin, die er schon vorhin im Haus gesehen hat, steht jetzt nebenan beim alten Schubert vor der Haustür und klingelt. Mist, denkt Bühler, als er in den Streifenwagen steigt, an den hat er gar nicht mehr gedacht.

Seine Alkoholfahne ist den Polizisten natürlich nicht entgangen. Auf der Fahrt zur Wache fragt ihn der begleitende Beamte, ob er mit einem Schnelltest und später eventuell mit einem Bluttest einverstanden sei, Bühler willigt sofort ein. Danach sitzt er in einem nüchtern möblierten Raum auf der Polizeiwache und wartet. Ein Tisch, zwei Stühle. Kein Spiegel, hinter dem weitere Vernehmer lauern, keine Kameras, zumindest kann er keine erkennen, aber seine Wahrnehmung hat in den letzten Stunden beträchtlich gelitten. Vor seinen Augen tanzen manchmal blauschwarze Schatten, und wenn er die Augen schließt, verschwinden sie nicht, sondern breiten sich aus wie verschüttete Tinte.

Bühler fragt sich, wie spät es wohl ist. Er hat das Gefühl, schon endlos zu warten. Er fragt sich gerade, ob man ihn mit Absicht hier schmorren lässt oder ob es sich für ihn nur so anfühlt und in Wirklichkeit kaum Zeit vergangen ist, seit man ihn auf die Wache gebracht hat, als die Tür geöffnet wird und ein leger gekleideter sportiver Mann mittleren Alters eintritt. Der Mann hat einen Becher Kaffee dabei und stellt sich als Hauptkommissar Michael Schnabel vor.

„Ich wusste nicht, ob Sie Milch oder Zucker möchten …", sagt der Kommissar freundlich und stellt den dampfenden Becher vor Bühler auf den Tisch.

„Schon gut, danke …"

Schnabel nimmt auf der anderen Seite des Tisches Platz und belehrt ihn über die anstehende Vernehmung, sagt, es stünde ihm frei eine Aussage zu machen oder nicht. Auch könne er jederzeit einen Anwalt anrufen.

Bühler sagt einen Moment lang nichts, als müsse er die Optionen, die ihm gerade offeriert wurden, gründlich überdenken. Schließlich schüttelt er den Kopf und sagt: „Ich werde aussagen, ich habe schließlich in Notwehr gehandelt."

Was Alexander Bühler in der Folge erzählt ist eine Mischung aus der Wahrheit, ein paar kleinen Lügen und vielen Auslassungen. Verdammt vielen Auslassungen …

Er sei von einem morgendlichen Spaziergang nach Hause gekommen und habe den Einbrecher überrascht. Bühler räumt alles ein, was die Polizei ohnehin herausfinden wird: den Verlust der Approbation, die Arbeitslosigkeit, Alkoholsucht. Schnabel sagt lange Zeit nichts, dann fragt er, ob zum Zeitpunkt des Einbruchs sonst noch jemand im Haus gewesen sei. Bühler verneint. Seine Frau sei verstorben, er lebe allein. Der Kommissar nickt und fragt, ob er den Einbrecher vielleicht kannte, und Bühler antwortet, dass er den Mann noch nie zuvor gesehen hat. Er habe ihn mit der Pistole bedroht und Geld verlangt. Er habe keine Ahnung, wie der Mann auf die Idee gekommen sei, dass bei ihm etwas zu holen sei, und das habe er ihm auch gesagt. Bühler sagt, er habe furchtbare Angst gehabt, dass der Mann ihn aus Frust erschießt, einfach so. Ihm sei erst in diesem Moment klargeworden, wie sehr er an seinem Leben hänge, und als der Typ plötzlich angefangen habe zu zittern, habe er seine Chance gesehen, ihn zu entwaffnen, bei dem anschließenden Handgemenge seien sie beide gestürzt und dabei sei der Einbrecher mit dem Hinterkopf aufgeschlagen, gegen die Fensterbank, und dann ...

An dieser Stelle bricht Bühler ab, nimmt den Becher und trinkt einen Schluck Kaffee. Sein Magen rebelliert sofort gegen die heiße, bittere Flüssigkeit und er verzieht das Gesicht.

Der Kommissar sieht ihn an und sagt: „Sie können vorerst nicht in ihr Haus zurück, solange der Tatort noch untersucht wird."

Bühler zuckt die Achseln. „Ich nehme mir ein Zimmer. Was passiert denn jetzt? Es war doch Notwehr ... Ich meine, was hätte ich denn tun sollen?"

„Wir müssen trotzdem ein Strafverfahren gegen Sie einleiten."

Bühler schnaubt. „Wegen was?"

„Wahrscheinlich Körperverletzung mit Todesfolge. Aber darüber entscheidet der Staatsanwalt."

„Aber ich ..."

„Wenn sich alles so zugetragen hat, wie Sie es berichtet haben, wird das Verfahren wieder eingestellt, aber wie gesagt ..."

„Darüber entscheidet der Staatsanwalt ..."

Hauptkommissar Schnabel nickt.

Eine knappe Stunde später steht Bühler an der Rezeption im Hotel Adler und sieht der adrett gekleideten jungen Frau hinter dem Empfangsbereich dabei zu, wie sie in ihrem PC nach freien Einzelzimmern im Haus sucht. Er versucht, auszurechnen, wie lange er jetzt am Stück wach ist, aber es gelingt ihm nicht. Die Frau lächelt und sagt, sie habe etwas Passendes gefunden, nennt eine Zimmernummer und den Weg dorthin, die Frühstückszeiten auch, aber die hat Bühler sofort wieder vergessen. In seinem Zimmer zieht er sich bis auf die Unterhose aus, denkt noch daran, dass er vor dem Schlafen unbedingt noch duschen möchte, streckt sich probehalber auf dem frisch bezogenen, sauberen Bett aus und ist binnen weniger Minuten eingeschlafen.

Zwei Tage später

Frankfurt am Main, Osthafen

Karin Schneider sieht das Blaulicht schon von Weitem. Das Absperrgitter, das die Schielestraße von dem Gelände des alten Gaswerks abtrennt, ist beiseite geräumt, Polizeiwagen säumen die Zufahrt. Ihr erster Impuls ist, wieder kehrtzumachen, aber dann geht sie einfach weiter, eine ältere Frau, die einen Abendspaziergang macht und sich wundert, was da wohl los ist.

Einer der Polizisten, der etwas abseits steht, wirft ihr einen Blick zu, sieht aber rasch wieder weg. Er lehnt an der offenen Tür eines Streifenwagens, in dessen Fond ein Mann sitzt, der ihr kurz zuzwinkert, als sie vorübergeht. Karin fasst ihre Tasche enger und beschleunigt ihre Schritte. Dass sie Boris als Erstes erwischt haben, wundert sie nicht.

Sie nimmt die Straßenbahn zurück in die Innenstadt. Als sie die Tür zu ihrer Wohnung aufschließt, spürt sie die Anwesenheit eines anderen Menschen und ist einen Moment lang irritiert. Es ist alles noch sehr ungewohnt. Dabei macht der Junge eigentlich gar keine Umstände. Er steht in Saschas altem Zimmer am Fenster und sieht hinaus in die orangerote Abenddämmerung, die klobigen Kopfhörer wirken vollkommen überdimensioniert auf seinem zierlichen Schädel. Der Junge muss dringend zum Friseur, denkt sie, und ein paar gescheite Sachen zum Anziehen benötigt er auch. Mit dem Zeug, das Alexander Bühler ihm gekauft hat, sieht er ja aus wie ein Clown. Den Jungen interessiert das nicht, er hört seine Musik und bewegt dazu seine Finger auf dem Fensterbrett. Sie wird ihm eines dieser Keyboards kaufen, an das er seine Kopfhörer anschließen und spielen kann. Sie wird die alte Klappcouch gegen ein richtiges Bett austauschen. Sie

241

wird das Zimmer tapezieren und Cosmin die Wandfarbe aussuchen lassen. Und dann muss sie sich überlegen, wie es weitergeht. Wie es weitergehen kann.

In ihrer Küche brüht sie sich Tee auf. Morgen wird sie ein Konto bei einer Bank eröffnen, die nicht ihre Hausbank ist, und in den kommenden Wochen immer wieder kleinere Beträge Bargeld einzahlen. Solange, bis die verdammte Tasche unter der Eckbank leer ist.

Sie nimmt gerade den Teebeutel aus der Tasse, als Cosmin im Türrahmen auftaucht und sie mit großen Augen ansieht. Immerzu sieht er einen so an, als erwarte er alles und gleichzeitig nichts vom Leben.

„Na? Hast du Hunger?"

Cosmin reagiert nicht, starrt einfach nur vor sich hin.

Als Karin nach dem Handy auf der Tischplatte greift, um die Übersetzungs-App aufzurufen, setzt sich der Junge in Bewegung, klettert auf den Küchenstuhl und streicht mit der flachen Hand die Tischdeck glatt.

„Du bist ein merkwürdiger kleiner Junge, weißt du das?"

Cosmin wiegt den Kopf hin und her und hebt kurz die Hand, als wolle er sagen: Es ist ja auch eine merkwürdige Welt.

Drei Monate später

Groß-Gerau, Stadtmuseum

Die Klavierabende im Museum am Marktplatz präsentieren in loser Folge brillante Musiker, die Perlen klassischer Musik zum Vortrag bringen. Alexander Bühler hat den Namen des Wunderknaben am Klavier gelesen und sofort wieder vergessen, sich aber die Veranstaltung für den Abend gemerkt, an dem Karin mit Cosmin nach Groß-Gerau kommen würde. Ein paar Tage vorher hat er sie alle drei zur Teilnahme angemeldet, was wegen der Coronabestimmungen vorgeschrieben war.

Sie sitzen in der ersten Reihe des hellen Raums, das schwindende Herbstlicht sickert durch die verglaste Oberdecke und an den Wänden hängen noch abstrakte Bilder von der letzten Ausstellung. Etwa fünfundzwanzig Musikinteressierte sind zu der kleinen Soiree gekommen. Der Museumsleiter ist ein schlanker hellblonder Mann mit leicht norddeutscher Sprachfärbung. Er geht mit federnden Schritten nach vorne und bedankt sich bei den Besuchern für ihr Kommen, dann führt er mit einigen kenntnisreichen Bemerkungen eloquent in die musikalische Darbietung des Abends ein.

Cosmin sitzt zwischen Karin und Alexander Bühler und sieht sich während der einführenden Worte im Raum um, nickt ab und zu oder lächelt ohne erkennbaren Anlass. Als der Begrüßungsapplaus verklungen ist und der Pianist die ersten Töne anschlägt, richtet er allerdings seine ungeteilte Aufmerksamkeit auf den Virtuosen am Flügel.

In der Pause nuckelt Cosmin selbstzufrieden an einer Fanta, was Karin die Möglichkeit gibt, draußen vor dem Museum eine Zigarette zu rauchen.

„Seit wann rauchst du denn?", fragt sie überrascht, als sie sieht, dass Bühler sich auch eine ansteckt.

„Suchtverlagerung", erwidert er und hebt die Schultern.

Tatsächlich hat er mit dem Rauchen während des Alkoholentzugs in einer Klinik im Ried angefangen. Nach dem körperlichen Entzug geht es nun darum, auch psychisch clean zu werden, was ihm an manchen Tagen noch nicht ganz so gut gelingen will. Der Sekt, der gerade drinnen gereicht wird, wäre jedenfalls eine zu große Versuchung für ihn gewesen.

„Ich stehe in Kontakt mit dem rumänischen Konsulat", sagt Karin zwischen zwei Zügen. „Ich weiß nicht, was dabei herauskommt, aber wenn er hier eine Zukunft haben soll, dann muss er in eine Schule, und das geht nicht, solange er quasi illegal hier ist ..."

Bühler nickt. „Und ... das Geld?"

„Habe ich sicher für ihn geparkt. Mach dir darum mal keine Gedanken."

„Hat sich jemand bei dir gemeldet, ich meine ...?"

„Nein, bei dir?"

Bühler schüttelt den Kopf. Offenbar hat man auch ihn vom Haken gelassen. Vor einer Woche hatte er in der FAZ einen Artikel über eine ehemalige Kiezgröße gelesen, die immer noch in kriminelle Machenschaften verwickelt war: Geldwäsche, Drogen, Erpressung. Auch der großangelegte Polizeieinsatz am Osthafen im Juli stünde mit dem Mann in Verbindung, der jetzt in Untersuchungshaft sitze und auf seinen Prozess warte. Ein ehemaliger Boxer, der lange für ihn gearbeitet habe, wolle gegen ihn aussagen.

Karin wartet bereits am Eingang, die Pause nähert sich ihrem Ende und die letzten Raucher begeben sich wieder hinein. Alexander Bühler zieht noch einmal an seiner Zigarette und drückt sie dann in dem Standaschenbecher neben dem Eingang aus. Ein kühler Wind weht über den Vorplatz, der schon eine Ahnung des kommenden Winters mit sich trägt.

Nachwort und Dank

Das vorliegende Buch ist kein Roman über die Corona-Pandemie. Da das Leben des Zeilsheimer Wirts Willy Bolz (einer der Hauptpersonen des vorliegenden Krimis) allerdings erst durch die Pandemie in Schieflage gerät, bleibt es nicht aus, dass die Handlung teilweise auch von den wechselnden Einschränkungen in den Jahren 2020 und 2021 erzählt. Ich habe mich bemüht, die wesentlichen Vorschriften, die im öffentlichen Raum während der Pandemie galten, auch bei der Handlung zu berücksichtigen und widerzugeben, vor allem die Maskenpflicht und die Beschränkungen in der Gastronomie und im Einzelhandel sind im Buch beschrieben.

Als ich im Frühjahr 2022 mit der Niederschrift des Romans anfing, war der Großteil aller Corona-Restriktionen bereits wieder außer Kraft gesetzt. Die nachträgliche Recherche darüber, was in den Jahren 2020 – 2021 wann, wo und unter welchen Umständen zu einem bestimmten Zeitpunkt erlaubt war oder eben nicht, gestaltete sich nicht einfach. Vieles war inzidenzabhängig und später nicht immer logisch nachvollziehbar. Der eigenen Erinnerung war auch hier, wie so oft, schon gar nicht zu trauen. Sollten sich also Ungenauigkeiten eingeschlichen haben, welche die Coronabestimmungen betreffen, so bitte ich, diese zu entschuldigen.

Bemerkenswert erscheint mir aber, dass man sich an den Wegfall der freiheitseinschränkenden Maßnahmen, die ja vielerorts als massive Zumutungen erlebt wurden, wieder sehr schnell gewöhnte. Die Normalität, nach der sich alle während der Lockdowns so sehr gesehnt hatten, wurde dann doch sehr schnell wieder genau das: Normalität eben.

Eine Frage, die bei der Lektüre des Romans bei vielen Lesern und Leserinnen auftauchen dürfte, ist die nach der Art der Störung, unter der Cosmin leidet. Seine musikalische Begabung ist eine Inselbegabung bei gleichzeitiger Entwicklungsverzögerung bzw. geistiger Behinderung. Man spricht dabei auch vom sogenannten Savant-Syndrom. Es tritt oft zusammen mit Autismus auf, aber rund die Hälfte aller Betroffenen sind keine Autisten, sondern leiden unter anderen Formen von Entwicklungsstörungen und geistigen Einschränkungen. Was Cosmins Verhalten letztlich zugrunde liegt, habe ich bewusst offengelassen, auf ausgeprägten Autismus lässt sein Verhalten aber nicht schließen.

Wie schon bei meinen vorherigen Büchern hatte ich auch bei der Entstehung dieses Romans zahlreiche Helfer, Unterstützer und Informanten, ohne die es das vorliegende Buch so nicht geben würde. Auf die Liegenschaft, die in dieser Geschichte eine zentrale Rolle spielt, nämlich das alte Gaswerk Ost mit seinen beiden alten Türmen am Frankfurter Osthafen, wurde ich von Frau Dr. Maria Wüllenkemper aufmerksam gemacht. Frau Wüllenkemper ist Bezirksdenkmalpflegerin des Landesamtes für Denkmalpflege Hessen in Frankfurt und war auch so freundlich den Kontakt zum Bauherrenamt herzustellen. Den dortigen städtischen Mitarbeitern verdanke ich nicht nur die Möglichkeit, vor Ort auf dem Gelände recherchieren zu können, sondern auch den Großteil aller Informationen, die mit den beiden verbliebenen Türmen und der näheren Umgebung zu tun haben.

Für Informationen zum Thema Polizeiarbeit danke ich Herrn Kriminalhauptkommissar Jürgen Heinz, der mich in dieser Hinsicht erneut fachlich beraten hat. Sollte es hier trotzdem zu Ungenauigkeiten gekommen sein, sind sie der literarischen Realität des Romans geschuldet, die eben niemals mit der außerliterarischen Wirklichkeit deckungsgleich ist.

Meine Frau Ilka hat das Entstehen des Buchs wieder mit großer Geduld und kritischer Anteilnahme begleitet. Ohne sie wäre das alles ohnehin überhaupt nicht möglich.

Ich danke dem Hessischen Ministerium für Wissenschaft und Kunst, welches die Arbeit an diesem Roman mit einem Stipendium gefördert hat. Dank gebührt auch meinem Verleger Gerd Fischer, der aus dem Manuskript ein Buch gemacht hat.

Ein abschließender Dank geht an alle meine Leserinnen und Leser, die mein Schaffen teilweise schon über Jahre begleiten.